Jasper Nicolaisen

Ein schönes Kleid

ROMAN ÜBER EINE QUEERE FAMILIE

Erste Auflage September 2016

Umschlag und grafische Realisierung von Sergio Vitale unter Verwendung eines Fotos von Mario Lalich (getty images)
Gesamtherstellung: Finidr
ISBN 978-3-89656-247-0
Printed in the Czech Republic.

Bitte fordern Sie unser Gesamtverzeichnis an:
Querverlag GmbH
Akazienstraße 25, 10823 Berlin
www.querverlag.de

When I left my home and my family I was no more than a boy.
Simon & Garfunkel, The Boxer

When I left my home and my family I was no more than a boy.
Emmylou Harris, The Boxer

Vorbemerkung

Der vorliegende Text beruht auf Erfahrungen des Autors als Pflegevater, mit der eigenen und fremden Familien und vielen Kindern, mit denen er gearbeitet hat. Trotzdem handelt es sich ganz entschieden um einen Roman und nicht um einen Tatsachenbericht. Die Personen, von denen im Folgenden erzählt wird, sind keine realen Personen, obwohl sie hier und da Gemeinsamkeiten mit echten Menschen aufweisen. Insbesondere sollte die Geschichte nicht als Leitfaden zur Aufnahme eines Pflegekindes verstanden werden. Aus erzählerischen Gründen ist der Prozess stark verkürzt und vereinfacht dargestellt. Leser_innen, die sich Informationen zur Gründung einer eigenen Pflegefamilie wünschen, sollten sich unbedingt bei einer entsprechenden Beratungsstelle oder bei ihrem zuständigen Jugendamt erkundigen – dort kennt man sich mit der Realität besser aus. Die meisten Menschen, die dort arbeiten, sind in der Realität auch weit weniger verschroben, dafür aber hilfsbereiter als die im Roman geschilderten. Der Autor dankt allen Mitarbeiter_innen der Jugendämter und der Familienhilfe, den Erzieher_innen, Therapeut_innen, Logopäd_innen, Ärzt_innen und nicht zuletzt Eltern und Kindern, denen er rund um die Familiengründung beruflich und privat begegnet ist. Ohne sie wäre dieses Buch nicht möglich gewesen.

Kapitel 1

„Ihr wollt ein Kind? Wieso?"

Der Hund hockte mit feuchten Augen vor uns und wedelte aufgeregt mit dem Schwanz. „Bin ich euch nicht mehr gut genug? Seit fünfzehn Jahren kennen wir uns! Ich dachte, ich bin euer kleines Kuschelbaby! Ihr seid schwul. Ihr braucht keine Kinder! Ihr wollt keine Kinder! Endlich habe ich mich damit abgefunden, dass meine Herrchen schwul sind. Nachdem ich übrigens damit klarkommen musste, dass das eine Herrchen früher ein Frauchen war. Wisst ihr überhaupt, wie das einen kleinen Münsterländer durcheinanderbringt? Was sich da alles ändert? Am Geruch? An der Stimmfärbung?"

„Jetzt bitte nicht wieder die Transleier, Sojus", brummte ich. „Wir wissen alle, wie du gelitten hast. Niemand hatte es schwerer als du, ganz klar."

„Warum quiekt der denn jetzt so?", fragte Levi. „Sojus, aus! Ich muss mich hier konzentrieren."

Sojus ließ sich nicht beirren. Mit hängender Zunge tippelte er um den Esstisch, während sein Blick immer panischer wurde.

„Ich habe alles geschluckt. Immer habe ich alles geschluckt! Und überhaupt, wo soll denn hier noch ein Kind reinpassen? Schlimm genug, dass der süße kleine Hund im Wohnzimmer schlafen muss. Wenn hier ein Kind reinschneit, nicht auszudenken! Mein Spielzeug! Ihr gebt dem nicht mein Spielzeug, oder? Was essen denn so Kinder eigentlich? Kein Trockenfutter, oder? Aber Kleinkinder stecken alles in den Mund. Ich sage euch gleich, wenn so ein Balg in mein Futter speichelt, rühr ich das nicht mehr an!"

„Als ob du sonst Hemmungen hättest, irgendwas in den Mund zu nehmen“, sagte ich und zog die Augenbrauen hoch.

„Das sagt der Richtige!“, kläffte Sojus.

Levi knallte die Unterlagen vom Jugendamt auf den Tisch. „Ist jetzt mal Schluss? Sojus, aus! Jannis, Klappe!“

„Er hat mich wegen meiner abwechslungsreichen Begehrensstruktur beleidigt“, protestierte ich.

„Dein Pech, wenn du dich deswegen von einem Münsterländer ankacken lässt.“ Levi kaute auf dem Kugelschreiber. „Das sind echt schwere Fragen hier. Könntest du also bitte mal aufhören, Fantasiegespräche mit unserem Hund zu führen, und mir helfen?“

„Das sind keine Fantasiegespräche. Ich bin Übersetzer von Beruf, da kommt so was automatisch.“

„Angekackt“, japste Sojus. „Keine schlechte Idee eigentlich.“

„Untersteh dich!“ Ich drohte mit der Faust.

„Pflegekinder aufnehmen wollen, aber kleine Hunde hauen! Bin gespannt, was das Jugendamt dazu sagt.“ Sojus wieselte auf seinen Platz und steckte die Nase unter den Schwanz.

„Levi“, wandte ich mich hilfesuchend an meinen Mann, „sag du doch auch mal was. Jetzt heißt es schon, wie wollten einen Sack voll Kinder. Dabei wollen wir doch nur eins.“ Ich runzelte die Stirn und schaute fast ebenso zweifelnd wie Sojus. „Wir wollen doch nur eins, oder?“

„Schatz“, sagte Levi, „können wir vielleicht erst mal den Fragebogen ausfüllen? Damit das Jugendamt uns überhaupt in die Vermittlungsdatenbank aufnimmt? Wenn sie dem bisexuellen Vampirübersetzer und dem Transenbauern dann erst mal *ein* unschuldiges Kindlein anvertraut haben, dann reden wir weiter, okay?“

„Okay."

Ich atmete tief durch und beugte mich über den Fragebogen. „Kann ja nichts dafür, dass sie mir immer nur diese Vampirschmonzetten zum Übersetzen geben. Wenn da was Anspruchsvolleres käme, ich würd nicht Nein sagen."

„Ich weiß." Levi tätschelte mir den Arm. „Anspruchsvoll ist nicht dein Problem. Du hast ja auch zu mir Bauernlümmel ja gesagt, mein Schmonzettenheld."

„Ohh", machte ich. „Knutschi."

„Knutschi", sagte Levi.

„Kotz-kotz", sagte Sojus und würgte ein paar Haare hoch.

Frage 1: Beschreiben Sie Ihre Beziehung. Wie haben Sie sich kennengelernt? Was macht Sie zu guten Pflegeeltern? Wo sehen Sie Potenziale, wo Schwierigkeiten?

„Unsere Beziehung beschreiben." Levi grinste. „Ich bin der Chef und verdiene das Geld, du massierst mir die Füße und redest beruflich mit Hunden, Pflanzen und Vampiren."

„Sehr witzig." Ich umfasste die Teetasse mit beiden Händen, zog die Füße in den Schneidersitz und starrte aus dem Fenster.

Levi stupste mich in die Seite. „Sitz da nicht so innerlich rum wie so 'ne Lesbe."

„Die Frauen stehen drauf", sagte ich.

„Ich weiß." Levi goss sich auch eine Tasse ein. „Fand ich damals auch gut."

Kennengelernt hatte ich Levi mit neunzehn. Er war ein Skinheadmädchen aus einer Familie, wo alle ständig im Keller hockten, rauchten und Slayer hörten. Ich war ein nerdiger Spätzünder, der überhastet zu Hause ausgezogen war, weil der Rest der Familie sich in ein Reihenhaus nach Oberbayern davongemacht hatte. Jetzt hockte ich als Untermieter einer seltsamen Katzen-Oma zwanzig Kilometer von Lüneburg entfernt auf dem Dorf und trampte jeden Morgen zur Schule und wieder zurück. Trotz meiner dicken Brille und meiner Vorliebe für noch viel dickere Bücher umgab mich dieser eigenwillige Lebensstil anscheinend mit dem Hauch des Geheimnisvollen – und auch mit einem Hauch von Körpergeruch, denn eine Waschmaschine besaß ich nicht, und die Katzen-Oma hielt nicht viel davon, die Streu ihrer Schützlinge regelmäßig zu wechseln. Die Ziegen, die im Garten weideten, machten es auch nicht besser.

„Wasch dich mal", sagte meine beste Freundin Anthea andauernd zu mir. Wir hockten auf dem Bauernhof ihrer Eltern und rauchten vom Selbstangebauten, das äußerst unberechenbar reinhaute, je nachdem, wie viel von der spärlichen niedersächsischen Sonne das Gras abbekommen hatte.

„Hab mich gestern erst geduscht", sagte ich und hustete grünen Rauch.

„Lusche", sagte Anthea. „Lern erst mal rauchen. Sonst wirst du nie Sex haben."

„Mir doch …", ich würgte, „… egal."

„Kennst du eigentlich Levi? Die von der Melanchtonschule? Das ist eine Freundin von Kathi, die mit dem Bruder von Alex zusammen ist."

„Nee. Kenne ich nicht."

„Sieht aus wie 'n Junge."

„Aha?"

„Darauf stehst du doch."

„Sehr witzig."

„Ist nicht schlimm, wenn du schwul bist. Jetzt, wo Rotgrün dran ist, dürft ihr bald heiraten und Kinder adoptieren. Oder du nimmst halt Levi. Kathi sagt, die steht auf dich."

„Ach, Quatsch."

„Kein Grund, rot zu werden. Die ist auch ein Jahr älter als du. Außerdem hat die schon Erfahrung. Kathi sagt, die ist bi. Die war mit einer aus ihrer Schule zusammen, ein Jahrgang unter ihr. Die sind da in aller Öffentlichkeit Hand in Hand rumgelaufen. Ich sag Kathi, die soll euch vorstellen. Dann zieht sie dich durch die Bettritze, und du bist endlich keine Jungfrau mehr."

„Lass doch den Scheiß."

„Du wirst ja schon wieder rot."

Ich ließ mich breitschlagen, mit zu irgendeiner Party zu kommen. Ich hasste Partys. Ich konnte nicht tanzen und hatte die letzten Klamotten. Ich roch komisch, ich interessierte mich für Sachen, die sonst keinen interessierten, und ich wohnte bei einer Katzen-Oma.

Levi stand rum und rauchte und trank Bier. Sie hatte die Haare raspelkurz rasiert und trug Docs, eine Lederjacke und ein schönes Kleid mit Batikmuster. Damals waren die Neunziger, und man durfte das noch machen. Anthea ging zu ihrem Grüppchen und sagte irgendwas zu Kathi, und die beugte sich zu Levi und schrie ihm was ins Ohr.

Aus der Anlage dröhnte *Two Princes* von den Spin Doctors, sodass ich nichts von dem verstand, was ein paar Meter von mir entfernt geredet wurde. Ich verachtete diese Musik natürlich. Als *ernsthaft* Musikinteressierter hörte ich Pearl Jam, Björk und Sonic Youth, und zwar die *komplexen, improvisierten Sachen* von Sonic Youth. Ich beschloss, genervt auszusehen.

Levi lächelte zu mir rüber und zog an der Zigarette.

Nur für den Fall, dass das ein Flirtversuch war, guckte ich weg. Oberflächlichkeiten wie Flirten verachtete ich natürlich ebenfalls. Wer mich besser kennenlernen wollte, musste sich schon Mühe geben. Sich auf ein ernsthaftes Gespräch einlassen. Spazieren gehen. Bücher tauschen. So was eben.

Levi kam zu mir rüber.

„Na?"

Was sollte das denn bitte für eine Gesprächseinleitung sein? Na? Was sollte ich denn darauf sagen? Ich musste was sagen, oder? Mein Herz klopfte dumm. Ich fand Leonardo DiCaprio gut und Wynona Rider. Levi sah wie keine von beiden aus. Aber sie hatte airbrushblaue Augen.

„Die Musik ist scheiße", sagte sie, als ich nur nickte.

„Finde ich auch."

„Was hörst du denn sonst so?"

„Jazz."

„Was?"

„Jazz."

„Ach so. Ja, Kathi hat schon gemeint, du bist ein bisschen verrückt."

„Jazz ist nicht verrückt."

„Keine Ahnung. Ich hör so was nicht."

„Was hörst du denn?"

„Die Toten Hosen."

O Gott. Die Toten Hosen. Das Ende von allem. Ich beschloss, noch genervter zu sein.

„Kommst du mit raus? Es ist so laut hier."

Raus? Vor die Tür? Wo geknutscht wurde? Mit einem Skinhead-Prollmädchen, das Die Toten Hosen hörte und airbrushblaue Augen hatte? Niemals.

„Klar", sagte ich.

Kapitel 2

„Hör auf. So warst du gar nicht.“ Levi strubbelte mir durchs Haar. „Du warst total süß. Und gar nicht so uncool. Du hattest eine Lederhose an und hast alleine gewohnt. Und punkige Haare. Und du hast immer diese Kunstprojekte gemacht. Und du warst vielleicht schwul. Wir haben total viel über dich geredet. Da haben sich einige für dich interessiert. Du warst halt nur zu blöd.“

„Danke.“

„Bist du ja heute immer noch.“ Levi grinste.

Sojus bellte hämisch.

„Was soll denn das heißen?“ Ich war nach all den Jahren immer noch ein bisschen angepiekst.

„Das soll heißen“, sagte Sojus und streckte die Pfoten von sich, „dass du verklemmt bist.“

„Bloß, weil du es mit jeder machst, die an eine Straßenecke pinkeln kann.“

Sojus bleckte die Zähne. „Hey, und ich bin kastriert!“

Levi sah zwischen mir und Sojus hin und her. „Wenn du dich mehr mit netten Frauen und Männern unterhalten würdest, statt mit unserem Hund oder Elfen und Zwergen aus deinen Büchern, hättest du bessere Chancen, das meine ich. Du bist eine coole Sau, du zeigst es nur nicht so. Das finde ich manchmal schade.“

„Du tust ja so, als hätte ich keine Freunde.“

„Du hast einen Sack voll Freunde. Aber, Schatz, die meisten von denen spielen mit dir Spiele, bei denen ihr so tut, als wärt ihr Elfen und Zwerge. Das ist nicht die Art von Rollenspielen, die besonders sexy ist.“

Eigentlich hätte ich lachen sollen. Aber dieser Fragebogen ging mir langsam doch ein bisschen an die Nieren. Welches Heteropärchen, das sich mit Kinderabsichten trug, musste sich denn bitte erst mal hinsetzen und mit dem Partner das ganze gemeinsame Leben durchgehen? Und überhaupt, wie viel ich gerne von mir zeigen wollte, das war doch wohl immer noch meine Sache, oder?

„Mann, ich guck halt lieber erst mal und komme dann aus mir raus. Muss sich ja nicht jeder gleich so aufdrängen."

Jetzt war Levi empört. „Dräng ich mich auf, oder was?"

„Ich habe Sojus gemeint."

Schnell beugte ich mich wieder über den Fragebogen.

*

Es dauert dann tatsächlich noch ein paar Wochen, bis Levi mich *durch die Bettritze zog*, wie Anthea sich ausgedrückt hatte. Es war schön und ganz anders, als ich erwartet hatte. Für alle anderen Menschen war er eine junge Frau; zu mir sprach sein Körper Männersachen: die Bestimmtheit, die harten Hände, aber auch das plötzliche Nachgeben. Ich fühlte mich genommen, konnte mich nehmen lassen und entdeckte langsam, dass mein eigener Körper keine Gebrauchsanweisung mitbrachte und dass ich alles an ihm vielseitig einsetzen konnte. *Wie* ich es einsetzen wollte, das lag an mir (und an Levi), und das war verwirrend, manchmal anstrengend, aber auch eine schöne Arbeit.

Levi zog zu Hause aus, und ich ließ die Katzen-Oma hinter mir, um den Zivildienst in einer psychiatrischen Klinik zu beginnen. Dort liefen mir allerhand Menschen über den Weg, die es nicht leicht hatten, aber sich nicht unterkriegen ließen. In der Arbeitstherapie-Gärtnerei trafen sich Psychotiker, Depressive, Alkoholiker, Auf-Tripps-Hängengebliebene oder einfach nur Leute, die irgendwo vom Weg abgekommen waren, mit denen keiner mehr was anzufangen wusste und die so sehr in ihrer eigenen Welt lebten, dass sie keiner mehr verstand. Bis auf mich.

Dass ich nicht nur zwischen meinem und Levis Körper, zwischen Mann und Frau ein guter Übersetzer war, merkte ich, als Herr Stöker mir Handgranatenweitwurf beibrachte.

Wir waren damit beauftragt, ein paar alte Pflaumenbäume am Rand des Klinikgeländes abzuernten. Mit einem knarrenden Handwagen zockelten wir los, die klappernden Werkzeuge auf der Ladefläche, durch Sommerstaub, Grasgeruch und prickelndes Licht auf der Haut. Auf den Wiesen standen Patienten und dachten vor sich hin. Manche schrien zwischendurch. Wind rauschte in den Bäumen, die genau so alt waren wie das Klinikgelände mit den verschnörkelten Holzveranden.

„Hast du 'ne Kippe?“, wollte Herr Stöker wissen.

„Klar.“ Ich rauchte inzwischen, von Levi angesteckt.

Wir blieben stehen und drehten uns eine.

„Du hättest zur Bundeswehr gehen sollen“, sagte Stöker plötzlich. „Was machst du, wenn der Russe kommt?“

„Glaube nicht, dass das so bald passiert“, sagte ich.

„Kann man nie wissen. Kann man nie wissen.“ Stöker pustete Rauch in den Sommerferienhimmel. „Hast du 'n Hund?“

„Nein. Meine Freundin will einen.“

„Und du nicht?“

„Weiß nicht.“

„Musst du doch wissen. Feine Tiere sind das, Hunde.“

„Kann sein. Weiß ich aber nicht. Muss man sich so viel kümmern. Ist mir zu viel Arbeit. Ich mag Katzen lieber.“

Stöker guckte mich durch den Rauch an.

„Komm, ich zeig dir Handgranatenweitwurf.“

„Nee, danke.“

„Wenn der Russe kommt, musst du das können. Wir üben das gleich hier.“ Er bückte sich nach einem Stein. „Erst den Zünder losmachen …“ Er klemmte die Zigarette in den Mundwinkel, kniff das Auge vor dem Rauch zusammen, holte weit aus, nahm ein paar Schritte Anlauf, schleuderte den Stein und starrte seiner Granate hustend hinterher. „… und bämm! Ein Panzer weniger!“

„Ich will keine Panzer sprengen. Was glauben Sie, warum ich Zivildienst mache?“

„Junge, der Russe fragt nicht, ob du sprengen willst. Da heißt es, du oder er. Oder willst du dich lieber erschießen lassen?“

„Im Zweifel ja.“

„Junge, das glaubt dir doch keiner. Wenn es hart auf hart kommt, dann denkst du nicht mehr. Weißt du, was ich gemacht hab? Arbeit, meine ich?“

„Nee.“

„Tierfutter. Schlachterei, drüben in Verden. Und ich liebe Tiere. Pferdewirt hab ich werden wollen. Dachte, ich kann das nicht. Tier schlachten. Konnte ich aber doch. Und wenn der Russe kommt, dann kannst du auch eine Handgranate werfen.“

Er hielt mir einen anderen Stein hin. „Los, jetzt du.“

„Ich will das wirklich nicht machen!“

Stöker roch nach Zigaretten, nach Altmännerschweiß und einer dicken Zementschicht Old Spice. Durch die verschmierte Brille starrten mich rote Äuglein an. Ich war ganz allein mit ihm. Hier, wo die Pflaumenbäume standen, ging das Klinikgelände in Wald über. Stacheldraht lag niedergetrampelt am Boden. Mir fiel ein, dass Stöker ja eigentlich verrückt war.

„Okay." Ich nahm den Stein. „Zünder abziehen, ja?" Ich zerrte an einem unsichtbaren Metallring.

„Gut." Stöker nickte lobend. „Und jetzt schnell weg damit, Mensch!"

Ich rannte, schleuderte, starrte hinterher. Irgendwo im Wald krachte der Stein gegen einen Baum.

„Bämm! Ein Panzer weniger!" Stöker hieb mir auf den Rücken. „Du bist ein Naturtalent, Junge." Plötzlich hielt er inne.

„Was ist?" Ich war plötzlich auch irgendwie begeistert von meinem Sieg über den russischen Panzer.

Stöker fasste sich an die Wange. „Mein Zahn", sagte er leise. „Jetzt funken sie wieder."

„Was funken sie denn?", wollte ich wissen. Ich hatte für den Moment vergessen, dass Stöker mir von seinen Wahnideen erzählte. Wenn ich schon Handgranatenweitwurf gelernt hatte, konnte ich auch verstehen, was irgendwer in die Zähne von Ex-Schlachthofschergen funkte, die sich um die Wehrbereitschaft der deutschen Jugend sorgten.

Stöker deutete stumm zum Himmel. „Die sind da oben", sagte er. „Es kommt in meinem Zahn an. Das liegt am Amalgam. Weil ich arm bin. Porzellan kann ich mir nicht leisten."

„Ach so", sagte ich. „Ich habe da Glück. Keine Löcher in den Zähnen."

„Da hast du wirklich Glück." Stöker nickte bekräftigend. „Wenn du mal Löcher hast, nimm bloß kein Amalgam. Damit hat alles angefangen bei mir. Ich höre das andauernd. Aber ich kann nicht sagen, was sie funken. Das versteht einfach keiner."

Ich guckte in den Wald, wo ich den russischen Panzer mit einem Stein weggesprengt hatte.

„Wissen Sie“, sagte ich, „meine Eltern, die sind nach Oberbayern, und bei mir war das kurz vor dem Abi. Mein Bruder war schon weg, also, bei meiner Oma. Ich war ganz allein mit meinen Eltern. Und da bin ich also hier geblieben. Drüben in Weetze, auf dem Dorf. Und alle in der Schule, die Lehrer und Eltern und sogar welche von meinen Mitschülern, die wollten immer wissen, wie es mir geht und ob ich was brauche. Ich konnte das auch nicht sagen. Ich hätte gebraucht, dass mal jemand für mich einkaufen geht und mir die Wäsche wäscht. Ich war nämlich noch irgendwie ziemlich klein. Und abends war ich allein. Ich dachte fast, ich könnte mit den Katzen sprechen, die da überall auf dem Hof waren. Aber Menschen wären schon besser gewesen. Aber was wollen Sie da sagen? Die Leute wollten mir alle helfen. Aber ich konnte wirklich nicht sagen, was ich gebraucht hätte, obwohl ich es so deutlich gemerkt habe, dass ich dachte, mein Schädel platzt, wenn ich es keinem sage.“

Stöker trat seine Zigarette aus. Ein Rauchfaden stieg aus dem trockenen Laub. Er trat noch mal nach. Mir fiel auf, dass er glänzende, schwarze Herrenschuhe trug, die sehr teuer aussahen.

„Junge“, sagte er, „du kommst hier irgendwann raus. Aus dir wird mal was. Du bist schlau. Du studierst und alles. Du gehst da mit deiner Freundin in die Stadt, und du schaffst dir einen Hund an. Vergiss mir bloß nicht, wie man eine Granate wirft, ja? Wenn der Russe kommt.“

„Ist gut“, sagte ich.

Wir rauchten und ernteten Pflaumen, bis wir keine Lust mehr hatten. Stöker blieb noch ein paar Wochen, dann war er von einem Tag auf den anderen verschwunden.

„Hat sich selbst entlassen“, brummte meine Chefin. „Kenne ich schon. In drei Monaten ist der wieder da. Seit acht Jahren bin ich hier, und der Stöker geht hier aus und ein wie durch eine Drehtür."

„Vielleicht muss er drüben in Verden ein paar Russen erledigen", sagte ich.

„Was?" Meine Chefin sah mich verständnislos an.

„Handgranatenweitwurf", erklärte ich. „Er kann ja nicht genau sagen, was sie ihm in den Zahn funken, aber ich bin mir ziemlich sicher, dass sie ihm Positionen durchgeben. Wo die Panzer als Nächstes auftauchen."

„Was reden Sie denn da?"

„Hat mir Stöker erzählt. Ist halt sein Wahn. Ich schätze, das hat mit dem Job zu tun. Den ganzen Tag Tiere abschlachten kann ja nicht gesund sein."

„Hat er Ihnen das erzählt?"

„Ja. Drüben im Wald."

Meine Chefin musterte mich. „Jannis, Stöker redet hier mit keinem mehr als das Nötigste. Ich glaube, nicht mal die Ärzte wissen, was in seinem Kopf vorgeht. Mehr als ‚ja' oder ‚nein' hab ich in all den Jahren nie von ihm gehört."

An diesem Abend schmiss ich auf dem Weg zu Levis Wohnung einen Stein nach dem anderen ins Gebüsch, nur zur Vorsicht, falls dort Russen wären.

Als Levi mir die Tür öffnete, sprang mir ein schwarzweißes Bündel Aufregung entgegen.

„Hallo, hallo! Wer bist du? Ich bin Sojus! Es ist alles so neu hier! Kommst du jetzt öfter? Ich hab dich schon gerochen hier! Du kommst jetzt öfter. Streichel mich! Ich freue mich so! Ich freu mich so! Ich leck dir die Hand! Was ist das in deiner Tasche? Oh, Lederschuhe! Lecker!"

Ich schüttelte den Welpen von meinem Fuß.

„Hallo." Levi umarmte mich. „Ich hab mir einen Hund gekauft."

„Hallo. Das sehe ich.“

„Das bin ich! Das bin ich! Der Hund bin ich! Ich!“

„Er bellt schon die ganze Zeit so. Er ist ein etwas aufgeregter kleiner Charakter.“

„Merke ich schon.“

„Im Auto ist mir schlecht, schlecht, schlecht geworden, und ich hab gekotzt, -kotzt, -kotzt! Tut mir leid, tut mir leid, nicht sauer sein, bitte bitte. Es ist so toll, dich kennenzulernen!“

Ich kniete mich hin und kraulte den Hund hinter den Ohren. Er hörte auf, herumzuschreien, und legte sich genüsslich auf den Rücken.

„Puh.“ Levi hockte sich neben uns. „Endlich ist der mal still. Du bist ja ein richtiger Hundeflüsterer. Bist du auch nicht sauer? Ich weiß, du wolltest lieber eine Katze. Aber ich war heute mit Maxi auf dem Dorf bei ihren Eltern, und da hab ich ihn gesehen und konnte nicht widerstehen. Leider hat er dann noch bei Maxi ins Auto gekotzt.“

„Ich weiß.“

„Woher weißt du das bitte?“

Der Welpe räkelte sich mit heraushängender Zunge unter meiner Hand und sah mindestens genau so irre aus wie Herr Stöker.

„Die kann mich nicht verstehen. Das hab ich schon gemerkt. Aber ich hab sie trotzdem total arg lieb! Lieb, lieb, lieb! Es ist alles so aufregend hier bei euch! Und dich, dich hab ich auch lieb.“

Ich musste lachen. „Er ist wirklich ein bisschen hysterisch. Wie soll er denn heißen?“

„Sojus! Ich heiße Sojus! Sojus, Sojus, Sojus!“

„Ich dachte, dir fällt vielleicht was ein. Du bist doch der Dichter.“

„Ich glaube, er heißt Sojus.“

„Du glaubst, er heißt?"

Ich guckte hoch und grinste Levi an. „Das hat er mir gesagt. Du musst nur genau hinhören."

Levi knutschte mich. „Du spinnst." Sie stand auf und klopfte sich unternehmungslustig auf die Oberschenkel. „Das Material von der Uni ist gekommen. Ich glaube, ich mache das wirklich mit den Agrarwissenschaften. Hast du jetzt eigentlich schon einen Plan?"

Ich kraulte Sojus den schweinchenrosa Bauch.

„Was mit Sprachen. Englisch", sagte ich. „Nein, halt. Amerikanisch. Ich mochte im Leistungskurs immer am liebsten die Geschichten von den Siedlern, die in Wäldern von Neuengland an die kopflosen Reiter verlorengingen. Und Übersetzen … ich glaube, Übersetzen liegt mir gut."

Levi, Sojus und ich zogen nach Berlin, weil Levi in Berlin studieren wollte. Sie fand, da war viel los, und es war die Hauptstadt der Schwulen. Ich wunderte mich nicht, dass das für sie wichtig war. Alle meine Freunde gingen nach Hamburg, aber ich zog Levi nach. Ich schrieb mich für Amerikanistik ein und nahm Erziehungswissenschaften dazu, weil es da keine Zugangsbeschränkungen gab und ich ein Zweitfach brauchte. Wir zogen nach Spandau, weil wir dachten, es spielte keine Rolle, wo man in Berlin genau wohnte. Ein Jahr später korrigierten wir unseren Irrtum und zogen auf die Sonnenallee, die damals noch bezahlbar war. Levi verbrachte ein Jahr im Bauwagen auf einem Bauernhof, und ich ging ein Jahr zum Studieren nach Amerika. Sie guckte anderen Frauen hinterher und hatte Sex mit ihnen. Ich guckte anderen Frauen hinterher und las eifrig die *Siegessäule*. Als ich in Amerika war, rief Levi eines Tages an und sagte, wenn ich zurückkäme, wollte sie ein Kind. Ich war gerade zum ersten Mal mit dem Gedanken beschäftigt, eine akademische Karriere zu starten. Rückblickend betrachtet kam mir dieser Gedanke wohl nur, weil ich es so sehr liebte, in einem fremden Land unter lauter Fremden zu sein, mit denen mich aber die große Liebe zu den Geschichten verband, die mir vorkamen, als wären sie über mich geschrieben worden – die verlassenen, trotzigen Kinder Europas, die in Wäldern voller Indianer und Hexen dem Teufel begegnen. Es war, als würde ich in einer Übersetzung meines Lebens in die Realität leben, und ich war den ganzen Tag mit Übersetzen beschäftigt. Für ungefähr zwei Tage nach dem Telefonat mit Levi hielt ich die Idee, mit ihr ein Kind zu haben, tatsächlich für eine gute Sache. Ich wusste, was ich werden wollte, und ich wusste, dass sie an meiner Seite sein sollte. Es fühlte sich erwachsen an. Warum also kein Kind?

Kaum war ich Berlin, verflog der Zauber, und mein altes, unübersetztes Leben hatte mich wieder. Obwohl ich noch eine Doktorarbeit in Amerikanistik begann, kam mir der Gedanke an eine akademische Karriere bald abhanden. Die sehr netten und bemühten Menschen im Doktorandenkolloquium kannten nichts mehr außerhalb der Mauern ihrer Institution. Und ich wollte in Bewegung bleiben. Wenn ich mich nicht weiter in die Fremde begab, wie hätte ich mich da weiter im Übersetzen üben sollen?

Dass ich mit Levi nach all den Jahren noch zusammen war, schien auf den ersten Blick nicht recht zu diesem Wunsch nach Beweglichkeit und dem Vermitteln zwischen dem Fremden und dem Vertrauten zu passen. Und manchmal fragte ich mich tatsächlich, ob ich nicht ohne eine feste Partnerschaft glücklicher wäre. Flirten machte mir Spaß, und mein Bewegungsdrang, meine Suche nach der Fremde und dem Neuen, führte mich mit schöner Regelmäßigkeit in neue Jobs, neue Hobbys, neue Projekte, wo ich interessierte Partner fand, Männer wie Frauen. Ich war immer derjenige, der ein bisschen anders war, Neuigkeiten aus anderen Welten mitbrachte und alles, was in den festgefügten Zirkeln der Anderen so wichtig war, nicht ganz so ernst zu nehmen schien. Und da ich dank des Kontakts mit vielen verschiedenen Menschen gut reden und witzig sein konnte, hörte man mir gern zu. Ohne es zunächst selbst zu merken, war aus mir muffeligem (und müffelndem) Außenseiter ein spannender Wanderer zwischen den Welten geworden, den man gern dabei hatte, weil er die Dinge in Bewegung brachte. Ich war fast cool geworden – und ein beliebter Flirtpartner. Affären hatte ich nicht, obwohl ich mit Levi verabredet hatte, dass das okay wäre. Ich liebte das Spiel mit dem Ungewissen und den Andeutungen und beließ es dabei. Levi hatte andere – meistens Frauen –, mit denn sie in die lesbische Welt Berlins auszog. Wir gingen zum CSD, wo ich mir reingeschmuggelt vorkam, sosehr ich mir auch angelesen hatte, wie wichtig die bisexuelle Sichtbarkeit sei. Was tat ich denn schon groß Nicht-Heterosexuelles? Immerhin war ich mit Levi bald zehn Jahre zusammen, und wir hatten schon über Kinder gesprochen.

Lange Zeit dachte ich, wir würden nach all den Jahren noch so gut zusammenpassen, weil sie mein sicherer Hafen war, der Fixpunkt, zu dem ich aus meinem spielerischen Umherschweifen zwischen vielen Lebenswelten immer zurückkehren konnte. Der andere Grund für unsere lange Liebe – für die wir, je länger sie andauerte, desto mehr halb spöttische, halb bewundernde Kommentare verpasst kriegten – war, dass wir es schafften, uns immer wieder fremd zu werden.

Fremd und doch vertrauter als je zuvor wurde mir Levi durch die Sache mit dem Schnurrbart.

Kapitel 3

„Sollen wir das da irgendwie reinschreiben?"
Levi kaute auf dem Stift herum und sah mich nicht an. Sojus tat, als würde er schlafen. Hinter der Mauer, die unseren kleinen Garten begrenzte, ging die Sonne unter. Der Staubsauger in der Nachbarwohnung verstummte jaulend.

„Was meinst du?", fragte ich. Ich wusste genau, was er meinte. Eine Amsel war die Letzte, die es nicht mitgekriegt hatte, und trällerte blöd und fröhlich durch die Regenreste.

„Ach so." Ich schüttelte den Kopf. „Ja, klar. Gute Frage."

„Ich meine, irgendwann müssen wir das ja auch einem Kind erklären. Das wird mich ja auch mal nackt sehen. Und halt irgendwann Fragen stellen. Warum ich nicht so aussehe wie andere Männer."

„Das können wir doch dem Kind dann erklären."

„Wie denn?"

Sojus öffnete ein Auge und blinzelte zu uns herüber. Die Antwort schien ihn zu interessieren.

„Weiß noch nicht. Aber ich bin mir sicher, dass mir im richtigen Augenblick die richtigen Worte einfallen."

Levi drückte meine Hand. „Das glaube ich auch."

Irgendwie passte mir diese Antwort nicht. Es schien plötzlich ausgemacht, dass ich dem Kind alle schwierigen Fragen erklären würde. Mit einem Mal wollte ich diesen Fragebogen so schnell wie möglich hinter mich bringen.

„Aber dem Amt, meine ich. Was sagen wir denen? Ich hab da Sachen im Internet gelesen. In Bayern gibt's zwei Frauen, da ist eine trans, und die kriegen einfach kein Kind."

„Hier ist Berlin. Und dann sagen wir's eben einfach nicht."

„Und wenn die das später rauskriegen? Das Kind muss ja nur mal was sagen. Und das muss es ja auch dürfen. Wir können doch nicht sagen, das darfst du keinem erzählen. Wie scheiße wär das denn? Dafür hab ich doch nicht gekämpft, dass das jetzt plötzlich versteckt werden muss."

Sojus öffnete auch das andere Auge und reckte sich.

„Lasst euch von mir nicht stören", sagte er süffisant und sperrte den Rachen auf. „Ich bin gespannt, wie ihr euch da rauswinden wollt. Menschen! Alles so kompliziert bei euch."

Ich warf ihm einen vorwurfsvollen Blick zu.

„Welches Heteropaar muss sich denn bitte über solche Fragen Gedanken machen, wenn es diesen Bogen ausfüllt? Glaubst du, es gibt auch nur einen Typen, der als Mann geboren wurde und hier reinschreibt: Ich hatte Hodenkrebs, ich habe nur noch einen Hoden? Oder irgendeine Frau, die da angibt: Entschuldigung, mein Hormonspiegel ist so und so, deshalb ist meine Körperbehaarung vielleicht nicht so, wie es die Richtlinien der Berliner Jugendämter für werdende Pflegemütter vorsehen? Was hat denn das damit zu tun, ob wir gute Eltern sein können?"

„Nichts. Stimmt schon." Levi verzog das Gesicht. „Ich will halt nur nicht, dass es später Probleme gibt."

Der Unmut, den ich vorhin empfunden hatte, meldete sich wieder, stärker. *Keine Probleme*, dachte ich. *Jetzt denkst du darüber nach, ob es da vielleicht Probleme gibt.*

„Willst du da wirklich reinschreiben, dass du irgendwann mit dieser Dingsda zum CSD …"

„Katja. Die hieß Katja."

„Dass du mit der Katja zum CSD bist und meintest, da gibt es jetzt so was, das heißt *drag kings*. Und dass man sich da Schnurrbärte anmalt?"

„Du fandest das gut."

„Ich fand das auch gut. Aber das ist ja jetzt nicht der Punkt."

„Ich meine nur, weil du dich so aufregst."

Sojus lachte und strecke die Pfoten, als wollte er sagen: Das kann noch lustig werden. Die Amsel trällerte immer noch, und langsam hatte ich den Verdacht, dass sie mir absichtlich auf die Nerven gehen wollte.

„Ich reg mich auf, weil ich es unfair finde, dass wir so was da angeben sollen. Das kannst du doch nicht wollen. Ja, und wissen Sie, liebes Jugendamt, damals, das ist noch gar nicht so lange her, da gab es Gesetze, dass Leute wie ich, wenn sie öffentlich so sein wollten, wie sie nun mal sind, dass wir uns die Gebärmutter rausoperieren lassen mussten, damit wir fortpflanzungsunfähig sind, wie Ihre Amtskollegen das nennen, damit nicht noch mehr von uns Freaks entstehen?"

„Nee, das will ich nicht schreiben."

„Okay. Oder dass ich mal nach Hause kam und du lagst wegen der OP-Komplikation blutend auf dem Boden, und wir mussten ins Krankenhaus, damit sie dich wieder zunähen konnten? Oder dass deine Mutter mich angerufen hat damals und sagte, wir müssten dich in eine Anstalt schaffen, das wär doch auch in meinem Interesse, ich als Heteromann, der Interesse an einer gesunden Freundin hätte …"

„… und dass du da nicht gesagt hast, dass das gar nicht stimmt, mit dem hetero, sondern dass du irgendeinen anderen Scheiß gesagt hast und so nett und höflich warst wie immer? Das sagen wir nicht, nein."

Die Amsel hielt erschrocken die Klappe. Gleich darauf hörten wir in der Stille zwischen uns Flügelschlagen. Sojus stand auf und tappelte ins Schlafzimmer.

Levi und ich sahen uns an.

„Lass uns nicht streiten", sagte ich schließlich. „Da kommen noch jede Menge Fragen. Wenn wir da jetzt schon anfangen …"

„Okay, hast recht." Levi beugte sich wieder über das Papier. „Aber was sagen wir denen dann?"

Ich überlegte.

„Okay. Ich weiß. Schreib: Wir verfügen über einen …"

„Moment, Moment." Levi griff nach dem Stift. „Wir verfügen über einen …"

„Verfügen über einen vielfältigen und diversen Freundeskreis, in dem unterschiedlichste Lebensentwürfe auch abseits der klassischen Normen gelebt werden. Ein Pflegekind wird bei uns eine bunte Vielfalt …"

„… bunte Vielfalt ist gut. So ein Kack", kicherte Levi.

„Eine bunte Vielfalt an möglichen Vorbildern und Rollenmodellen vorfinden. Hinsichtlich Herkunft, Sprache, sexueller Orientierung und geschlechtlicher Verortung …"

„O Gott", ächzte Levi. „Verortung. Ich fühl mich auch immer so verortet als Mann. Aber da stehen die drauf im Amt, oder?"

„Da stehen die drauf", nickte ich. „Und, Achtung, jetzt kommt's, auch wir betrachten uns als queer, d.h. Normen von Heteronormativität und Geschlechterbildern in der Lebenspraxis infrage stellend, Punkt. So, dann kann doch jetzt keiner mehr was sagen."

„Le – bens – prax – is", murmelte Levi beim Schreiben. „Okay, fertig. Meinst du, die kapieren das überhaupt?"

„Möglicherweise nicht. Aber sie werden sich nicht trauen, nachzufragen."

„Bestens. Und warum …" Levi kniff die Augen zusammen. „Und warum sind wir gute Pflegeeltern?"

„Keine Ahnung", kläffte Sojus aus dem Schlafzimmer, „der kleine Hund war schon seit Stunden nicht mehr draußen. Und wurde heute auch noch viel zu wenig liebgehabt."

„Der kleine Hund sollte besser seinen pelzigen Hintern aus dem Menschenbett rausbewegen", schrie ich zurück.

„Nee, jetzt sag doch mal." Levi klopfte mir aufs Knie. „Weil wir so queer und so lebenspraktisch und so rollenmodellig sind, oder wie?"

„Na ..." Ich guckte hilfesuchend in den Garten. Die Amsel tippelte unruhig auf der Mauer hin und her und machte den Schnabel abwechselnd auf und wieder zu. Vermutlich überlegte sie, ob sie schon wieder singen durfte, aber es sah aus, als litte sie unter böser Verstopfung. Ich musste grinsen.

„Ich sag dir, warum. Wir haben nicht immer alle Antworten, aber wir geben uns Mühe, uns auf die Suche zu machen. Wir wollen gemeinsam mit einem Pflegekind herausfinden, wie man gut zusammenleben kann. Das Pflegekind ist dabei genau so wichtig wie wir. Wir haben Übung im Aushandeln von schwierigen Sachen. Wir akzeptieren sehr unterschiedliche Leute und behandeln sie fair, so lange sie auch uns fair behandeln. Und wir können uns auch gut streiten."

„Ha!", schnaubte Sojus aus unserem Bett. „Hauen, das könnt ihr! Hunde verhungern lassen!"

„Und vor allem verlieren wir auch in schwierigen Situationen nicht den Humor", seufzte ich.

„Soll ich das echt so schreiben?" Levi guckte irritiert zu der plärrenden Amsel draußen auf der Mauer. „Boah, kann die nicht mal aufhören, hier alle vollzutexten?"

„Aber wenn es doch die Wahrheit ist?", fragte ich und lehnte mich an seine Schulter.

Frage 3: Warum haben Sie sich gerade für ein Pflegekind entschieden und keine andere Möglichkeit der Elternschaft gewählt?

„Entschieden!“ Levi schnaubte. „Die sind gut.“

„Ich finde das inzwischen gar nicht so schlecht“, sagte ich. „Du doch auch, oder? Sonst müssen wir das hier nämlich nicht weiter ausfüllen.“

„Doch. Ich finde das gut. Aber die tun ja hier so, als könnten Schwule sich das einfach so aussuchen.“

„Oder als würden sich alle Leute alles immer so aussuchen beim Kinderkriegen. Oder, na ja, aussuchen schon. Aber sie können es nicht immer erklären.“

Ich musste daran denken, wie ich mit meiner Kollegin Rahel auf dem Flughafen gesessen hatte. Wir waren auf einer Übersetzertagung in London gewesen, und wegen irgendwelcher Terrorwarnungen hatte sich der Flug um Stunden verzögert. Wir tranken bitteren Kaffee aus Styroporbechern und hockten, weil wir das Stimmgewirr und die Plastikluft nicht mehr ertrugen, in irgendeiner Betonwüste zwischen zwei Schiebetüren, die ins Nichts zu führen schienen. Um uns war es schon dunkel, aber oben am Himmel tränkte noch violettes und pinkes Licht die Abgaskuppel über der Stadt, als hätten sehr tuntige Außerirdische eine Liebesbombe gezündet. Um uns piepsten und surrten Gabelstapler mit Scheinwerferaugen.

„Ich komme mit vor wie in einem Roman von William Gibson“, ächzte ich. „In der Transitzone festhängen, künstliche Plörre trinken und auf traurige Roboter starren.“

„Ist das wieder so einer von deinen Weltraumschreibern?“ Rahel übersetzte ausschließlich Gegenwartsliteratur sehr ernsthafter britischer Schwerkünstlerinnen.

„William Gibson ist kein Weltraumschreiber, der ist ein Die-Gegenwart-ist-fast-die-Zukunft-Schreiber. Da geht’s um Netzwerke, virtuelle Realität, Mode, Kunst, Essen und so.“

„Ich wünschte, ich hätte auch mal Zeit, so was zu lesen." Rahel kippte den restlichen Kaffee einem vorbeisurrenden Raupenfahrzeug vors Maul. Selbst eine Maschine, die sonst nur Diesel fraß, verschmähte die braune Pfütze. „Seit Cosima da ist, les ich nur noch für die Arbeit."

„Ja, weißt du, da wollte ich dich mal was fragen …"

„Sag das jetzt bitte keinem weiter, aber wenn wir hier schon so in einer Star-Wars-Kulisse hocken, kann ich ja auch mal was Irreales sagen …" Rahel starrte abwesend in den Neonhimmel wie in einen vor sich hin blubbernden Verkaufskanal, der die perfekte Kulisse für Gedanken über etwas ganz anderes bietet.

„Also William Gibson verhält sich zu Star Wars wie Thomas Mann zu …"

„Ich frage mich immer wieder, warum ich das überhaupt gemacht habe. Mit Cosima. Ich meine, mit Dirk war gerade Schluss, und dann, zwei Wochen später, treffe ich irgendeinen Typen, der in einer Band spielt, bin drei Monate mit ihm zusammen, und eines Morgens sage ich: Hey, lassen wir doch die Verhütung einfach weg und gucken, was passiert. Ich meine, was habe ich denn bitte gedacht, was da passiert? Dass ich nicht schwanger werde? Dass wir ein Kind in einer Nussschale finden? Dass *er* schwanger wird?"

„Alles ganz charmante Möglichkeiten und nicht *völlig unmöglich*, wenn du mich fragst." Ich verzog das Gesicht und kippte den Kaffee ebenfalls auf den Asphalt. „Das schmeckt echt widerlich." Spatzen flatterten herbei, hüpften schnabelrümpfend um den Kaffee herum und flogen dann weiter zu einer Öllache.

Rahel zündete sich eine Gauloise an, stieß heftig Rauch aus und wedelte mit der Zigarette durch die Luft. „Versteh mich nicht falsch, ich *liebe* Cosima …"

„Hier ist Rauchen verboten, glaube ich. Ist ja auch alles voll mit Öl und so.“ Ich deutete auf das Schild.

Hinter der Windschutzscheibe des nächsten Gabelstaplers hockten zwei fröhlich paffende Arbeiter, die uns grinsend zuwinkten. Einer schnippte eine Kippe in die nächstbeste Öllache, wo sie aufflackerte und ertrank. Rahel winkte zurück.

„Ach, fick drauf. Weißt du, wie lange ich nicht rauchen durfte? Keinen Alkohol trinken? Während mein Liebster mit den Bandkollegen unterwegs war und *sorry, das gehört zum Job.* Weißt du, was das Schlimmste am Muttersein ist?“ Sie funkelte mich an, als hätte ich sie persönlich geschwängert und wäre jetzt irgendwie an allem schuld. Die Frage, die ich ihr eigentlich hatte stellen wollen, war inzwischen in so weite Ferne gerückt, dass ich sie förmlich mit den öltrinkenden Mutantenspatzen im Cyberpunk-Himmel verschwinden sah.

„Nachts nicht mehr schlafen können?“, riet ich.

„Dass jeder seinen Senf dazu geben muss! Das geht schon im Krankenhaus los. Und im Bus, beim Einkaufen, einfach überall. *Jeder* weiß, wie *ich* mit meinem Kind umzugehen habe. Und sagt es mir auch noch andauernd. Und weißt du, was das ewige Dauerthema ist?“

„Streit um Süßigkeiten an der Kasse?“ Meine ursprüngliche Frage verschwand zwischen den blassen Sternen, die jetzt über London sichtbar wurden.

„Stillen! Ob ich meinem Kind die Brust geben soll oder nicht oder wann und wie lange, weil Allergien und Rückenmarksverkrümmung wenn zu wenig, und Psychoknacks und verschärftes Christentum, wenn zu lange gestillt. Ich könnte ausrasten. Dabei hasse ich es eh, dass aus meinem Körper getrunken wird. Meine Brüste sind Sexualorgane für mich. Ich will damit keinen ernähren. Ich habe *Spitzen-*

brüste. Und jetzt nuckelt da nur noch ein Hosenscheißer dran."

„Niemand bestreitet deine Spitzenbrüste", sagte ich.

„Du bist schwul, du hast da keine Ahnung!" Rahel gestikulierte, als wollte sie ihre Zigarette meiner Frage hinterherschießen. Als ob sie sie nicht schon effektiv genug abgeschossen hätte.

„Eigentlich …", setzte ich an. Wenn ich schon meine Frage nicht anbringen konnte, konnte ich den angesammelten Mut ja vielleicht noch für was anderes gebrauchen. Aber Rahel war voll in Fahrt.

„Mein Typ redet schon von einem zweiten Kind, und meine Eltern liegen mir auch damit in den Ohren. Aber das können die vergessen. Nie wieder Schwangerschaft! Und die Geburt! O Gott, die Geburt. Die haben mir die Muschi aufgeschnitten und mit der Zange nachgerissen. Wenn Männer schwanger werden könnten, gäbe es nur noch Kaiserschnitte, das sage ich dir. Nie wieder! Auf keinen Fall." Sie schüttelte den Kopf, dass ihre schönen Locken flogen. „Was wolltest du mich fragen?"

Eine Lautsprecherstimme hallte durch unsere Transitzone. *„Ladies and gentlemen, the unidentified piece of luggage in Terminal C has been subjected to controlled demolition. The threat is annihilated. We apologise for any inconvenience. Have a safe and pleasant journey."*

„Ach nichts", sagte ich.

Kapitel 4

Levi lachte so heftig, dass er mit den Beinen strampelte. „Das hast du mir ja nie erzählt!“ Er trocknete sich die Tränen und sah mich mit zusammengekniffenen Augen an. „Ein Kind von dir und Rahel, das hätte sicher sehr hübsch ausgesehen. Aber gut, dass es nicht dazu gekommen ist.“

„Warum?“ Ich war ein bisschen beleidigt.

„Er wäre eifersüchtig gewesen“, rief Sojus entnervt aus dem Schlafzimmer. Den Schleckgeräuschen nach zu urteilen, nahm er gerade auf unserem Bett seine Intimpflege vor.

„Ich wäre, glaube ich, eifersüchtig gewesen“, bestätigte Levi, ohne dass er Sojus verstanden hätte.

„Hättest du denn … also, würdest du denn wollen? Ich dachte, du wolltest das alles loswerden mit der OP.“ Jetzt war ich ernsthaft baff. Davon hörte ich zum ersten Mal.

Levi zuckte mit den Achseln. „Weiß nicht. Nee. Ja. Wenn ich heute noch mal könnte? Gibt ja immer mehr Männer, die Kinder kriegen. Irgendwie ist es mir jedenfalls recht, wenn du nicht mit irgendeiner Frau ein Kind machst.“

Ich war mir da nicht so sicher. Die Vorstellung gefiel mir eigentlich, wenn auch in meiner Fantasie der Teil mit Schwangerschaft und Geburt dann immer irgendwie ausgeblendet blieb.

Schnell sagte ich: „Bleibt ja nur Pflege dann.“

„Wenn wir nicht zehntausend Euro dafür bezahlen wollen, ein Kind aus einem Land aufzukaufen, das von unserem ausgebeutet wird, das dann erst mal nur einer von uns adoptieren kann, weil in diesem Kackland zwei Männer nicht zusammen ein Kind haben dürfen, dann ja“, nickte Levi.

Das war, kurz gesagt, das Fazit unseres Besuchs bei einer Beratungsstelle für gleichgeschlechtliche Paare mit Kinderwunsch gewesen. Unsere Vorbehalte hatte man dort überhaupt nicht nachvollziehen können – anscheinend hatten alle anderen Schwulen das Geld für eine Auslandsadoption einfach so sitzen. Etwas genervt hatte man uns vorgeschlagen, wir sollten doch einfach unsere Freundinnen in Anspruch nehmen. Meinen Einwand, die hätten alle mit ihren Spitzenbrüsten Besseres vor, als Kinder dranzuhängen, wurde von dem entrüsteten Berater mit einem Blick beantwortet, der tief aus der Nachkriegszeit zu uns drang.

„Apropos Kackland: Hier dürfen zwei Männer anscheinend auch nie mit dem Hund Gassi gehen!" Sojus ließ sich vom Bett plumpsen und kam ins Wohnzimmer getappert. „Ich muss mal."

Seufzend stand ich auf. „Ich glaub, ich geh mal kurz."

Levi sah nicht auf. „Okay. Bleib nicht so lange."

Mir schwirrte der Kopf, als ich mich von Sojus die kleine Straße zum Landwehrkanal hinunterziehen ließ. Der Gehweg lag voller Laub. Die Leute saßen noch in den Cafés. Kinder rannten schreiend vor Klamottenläden herum, in denen ihre Eltern Monatsgehälter für Vintage-Blumenröcke ausgaben. Trotzdem gefiel es mir hier. Wir waren hergezogen, als es noch billig war, und jetzt, wo das Leben kam, würden wir umziehen müssen. Wir brauchten mindestens ein Zimmer mehr. Ich ertappte mich dabei, wie ich ausrechnete, wie viele Bücher ich dafür mehr übersetzen musste. Levi meckerte eh schon andauernd, dass bei mir so unregelmäßig Geld reinkam. Das würde es nicht leichter machen.

„Von wegen Leben, das hier einzieht!" Sojus hockte sich auf eine Baumscheibe. „Gentrifizierung ist das. Wenn ihr euch jetzt auch noch ein Kind anschafft, passt ihr voll hier rein. Bald kommt der Biomarkt."

„Kannst du eigentlich meine Gedanken lesen?" Ich nestelte in der Tasche nach den Kackebeuteln.

Sojus hob die Augenbrauen. Es klingt vielleicht merkwürdig, dass ein Hund in seinem bepelzten Gesicht Augenbrauen haben soll, aber Sojus hatte definitiv welche. „Nein, mein Großer. Du redest immer halblaut vor dich hin, wenn dir was durch den Kopf geht. Was meinst du, warum die Leute so komisch gucken?"

„Haha." Ich hielt den Atem an und hob den Haufen auf. Sojus guckte mir mit schief gelegtem Kopf zu.

„Kann ich dich mal was fragen?"

„Machst du ja eh", sagte ich achselzuckend.

„Stimmt." Sojus zog die Lefzen hoch und zeigte die Zähne. „Warum willst du jetzt bitte auf einmal ein Kind?"

„Ich glaube, ich will ein Pflegekind", sagte ich langsam, „weil ich es ganz gut finde, wenn da schon ein fertiger Mensch kommt. Jemand mit eigener Lebensgeschichte, der von mir unabhängig ist."

„Quatsch." Sojus schüttelte sich. „Ein Kind ist doch nicht unabhängig. Schon gar nicht bei euch Menschen."

„Aber ein Pflegekind hat eigene Eltern. Es hat schon was erlebt, bevor es zu uns kommt. Es bringt vielleicht schon eine eigene Sprache mit."

„Ah." Sojus blieb stehen, um einen verdächtigen Fleck zu beschnüffeln. „Da kommt der Übersetzer durch."

„Irgendwie ja", nickte ich. „Ich fühl mich den Leuten näher, wenn ich erst mal ein bisschen Distanz überbrücken muss. Ich fühl mich von zu engen Umarmungen schnell erdrückt. Wenn ich mich bewegen darf, ist alles besser."

„Nee. Verstehe ich nicht. Aber ich bin ja auch ein Hund. Eng ist gut. Ich will immer mit dabei sein. Aber, hör mal,

Großer …“ Sojus weigerte sich beharrlich, sich am Bordstein hinzusetzen, egal, wie sehr ich an der Leine ruckte. „… du hast meine Frage nicht beantwortet. Warum willst du denn überhaupt irgendein Kind? Ich hatte immer das Gefühl, der Kurze will unbedingt Nachwuchs, seit er selber keinen mehr kriegen kann. Und der steht eh so auf Rudelzusammenhalt. Aber du? Du bist doch eher so ein Katzentyp.“

„Ich habe dich sehr lieb, Sojus“, sagte ich ernst.

„Danke. Trotzdem hab ich das Gefühl, diese Kindersache, das erinnert mich irgendwie … na ja, das erinnert mich daran, wie ich zu euch gekommen bin.“

„Ein Kind ist doch etwas ganz anderes als ein Hund!“

„Hm.“ Sojus schien nicht überzeugt. Ich bückte mich zu ihm runter und kraulte ihm den Kopf.

„Hey, kein Grund, die Ohren hängen zu lassen. Niemand will dich ersetzen.“

„Hm.“

„Sag nicht immer nur ‚hm‘. Sprich doch mal über das, was in dir vorgeht.“

„Hab ich von dir gelernt, das für mich zu behalten, Papa.“ Sojus grinste wieder sein zahniges Grinsen. „Aber du weichst mir auch schon wieder aus. Woher der Kinderwunsch?“

„Ich weiß nicht so genau. Ehrlich.“ Ich seufzte. „Aber ich hab das dumme Gefühl, das kriege ich im Lauf dieses blöden Fragebogens auch noch raus. Komm, wir sollten zurück. Ich muss da wieder ran, und du musst dich weiter abschlecken oder was du sonst so machst.“

Sojus tappelte neben mir her. Bei jedem dritten oder vierten Schritt knickte er ein bisschen ein. „Rücken“, knurrte er, als er meinen Blick bemerkte. „Bin kein Welpe mehr, weißt du?“ Er schüttelte den Kopf. „*Was auch immer du so machst*. Willst du mit einem Kind auch so reden?“

„Glaube schon“, sagte ich.

Frage 6: Die Aufnahme eines Pflegekindes bedeutet, dass Sie Ihr Kind nicht vollkommen selbstbestimmt erziehen. Neben der Herkunftsfamilie werden Sie mit Ämtern, Pflege- und Therapieeinrichtungen in engem Kontakt stehen. Wie werden Sie mit dieser Situation umgehen?

Ein paar Monate später saßen Levi und ich auf dem Flur des Jugendamts. Es lag mitten in einem Industriegebiet auf einer weiten Wiese, über die der Wind pfiff. Das Heulen setzte sich bis in die langen, leeren Flure fort. Die an die Wand geschraubten Wartebänke wirkten wie Dinosaurierknochen.

„Ich bin aufgeregt", flüsterte Levi.

„Ich nicht", sagte ich laut.

„Typisch." Levi stöhnte und guckte an die Decke.

„Auf solche wie uns haben die nur gewartet. Wir sind jung, gebildet und haben feste Jobs. Außerdem sind wir wahnsinnig reflektiert und verantwortungsbewusst."

„Und schwul."

Die Frau mit dem Haarknoten stand plötzlich und lautlos neben uns wie eine Eule, die erst durch die Drehung des Kopfes sichtbar wird.

„Herr Winter und …" Sie guckte durch die angekettete Brille auf ein Klemmbrett. „… Herr Winter? Die Winters?"

„Das sind wir." Levi stand auf und reichte ihr die Hand.

„Ich bin Frau Rammske." Die Brille rutschte die Nase hinunter und wollte wohl fliehen. Frau Rammske fing sie ein und steckte sie in die Wollweste. Dann schüttelte sie mir ebenfalls die Hand. Sie war hart, kalt und sehr klein. „Folgen Sie mir. Frau Biber kommt gleich zu uns."

Durch eine Tür mit Milchglasscheibe betraten wir ein enges Zimmer, dessen hauptsächlicher Zweck darin zu bestehen schien, Tische zu beherbergen. Es gab Schreibtische, einen Tisch, an dem wohl Gespräche geführt werden sollten, einen Beistelltisch mit Pflanzen und verschiedene kleinere Tische, auf denen sich Mappen und Papierstöße stapelten. An den Wänden hatten ein paar massive Schränke Aufnahme gefunden, vermutlich entfernte Verwandte der Tische. Wo weder Tisch noch Schrank war, standen Pflanzen, Figürchen und Fotorahmen. Das Zimmer war offensichtlich von jemandem eingerichtet worden, der mit Atemluft nicht viel anfangen konnte. Vor einem riesigen Fenster tobte der Wind zwischen den Zweckgebäuden, sichtlich froh um seine Freiheit.

„Nett“, sagte Levi.

Ich war mir nicht sicher, ob es das Geschickteste war, das Gespräch gleich mit einer Lüge zu beginnen. Allerdings musste ich Levi zugestehen, dass die Luftknappheit im Zimmer offenbar recht schnell aufs Gehirn schlug. Ob das Poster an der Schranktür mit der Katze, die auf einen Punchingball eindrosch und in einer Sprechblase verkündete: „Miau rein“ eigentlich echt war, vermochte ich bereits nicht mehr zu sagen.

„Eine Katze“, hörte ich mich sagen, während ich versuchte, mich gleichzeitig in den Stuhl zu zwängen und meine Jacke loszuwerden. „Wir haben einen Hund.“

Levis Gesichtsausdruck verriet mir, dass er die gleichen Zweifel an meiner Zurechnungsfähigkeit hegte wie ich an seiner.

„Ich auch“, freute sich Frau Rammske, die irgendwie, vermutlich durch jahrelanges Bürostubenyoga, problemlos in ihren Stuhl geglitten war, ohne ihn zu verrücken oder über die Lehne zu steigen. „Was denn für einen?“

„Einen kleinen Münsterländer.“

„Meiner ist ein Schäferhund", sagte Frau Rammske. Levi tastete unter dem Tisch nach meiner Hand.

Die Tür ging auf, und herein kam eine breitere und irgendwie ausgelatschte Version von Frau Rammske.

„Das ist Frau Biber", sagte Frau Rammske.

„Ach, Herr Winter und …" Hilfesuchend sah Frau Biber zu Frau Rammske.

„Der andere Herr Winter", sagte Frau Rammske.

„Die Winters!", strahlte Frau Biber. „Sie sind die mit der *tollen* Bewerbung!"

„Ach so", sagte Levi. Ich sah ihn bewundernd an. Meine Kehle war inzwischen so trocken, dass ich das Gefühl hatte, überhaupt nichts mehr sagen zu können, geschweige denn etwas so vergleichsweise Schlagfertiges.

Als ich den Kopf wieder nach vorn drehte, saß Frau Biber auch schon. Wie sie das in dem mit Möbeln ausgekleideten Zimmer so schnell und lautlos geschafft hatte, blieb ihr Geheimnis. Wie aus dem Nichts waren inzwischen auch Akten zwischen uns und den Sachbearbeiterinnen gelandet. Ich hatte das ungute Gefühl, in einen Dschungel geraten zu sein, dessen Raubtiere alle zu viel Kafka gelesen hatten. Moment, solche Gedanken waren doch endgültig nicht mehr normal.

„Können wir vielleicht ein Fenster aufmachen?", krächzte ich. Ob zwischen die Menschen und Möbel in dieser bürokratischen Paralleldimension wirklich Sauerstoff passte, blieb abzuwarten, aber ich wollte um unseres zukünftigen Kindes willen nichts unversucht lassen.

Frau Biber schüttelte bedauernd den Kopf. „Bei uns wird renoviert. Deshalb sind hier auch gerade so viele Möbel untergestellt."

„Ach so", sagte Levi, als wäre an der Erklärung der Sachbearbeiterin irgendetwas Erhellendes oder auch nur Nachvollziehbares. Mir wurde flau im Magen. Das war keine Schlagfertigkeit, das war Resignation. Er konnte einfach nur noch diese beiden Wörter sagen.

Frau Rammske zog von irgendwoher eine Flasche Mineralwasser und ein Glas. Sie goss sich einen Schluck ein, und genau so schnell war die Flasche auch wieder verschwunden.

„Gut, dass du mich daran erinnerst", sagte Frau Biber. Sie hievte eine Ledertasche auf den Tisch und zog eine Plastikflasche hervor. Ich musste geblinzelt haben, denn sofort war die Tasche wieder weg. Die Sachbearbeiterinnen tranken geräuschvoll.

Dann sahen sie uns irgendwie erwartungsvoll an.

War das jetzt ein Test? Wer dumm genug ist, ein Jugendamt ohne ausreichende Wasservorräte zu betreten, ist nicht in der Lage, die Verantwortung für ein Kind zu übernehmen? Wer sich nicht traut, um einen Schluck Wasser zu bitten, kann ein Kind niemals lehren, für sich selbst einzustehen?

„Zuerst einmal wollen wir Ihnen sagen …" Frau Rammske beugte sich vor. Frau Biber lehnte sich zurück. Mir wurde schwindelig.

„… dass wir nichts gegen Sie haben." Frau Rammske lächelte, als hätte sie uns gerade persönlich die frohe Botschaft überbracht, dass der Heiland nicht mehr im Felsgrab lag und außerdem schwul war.

„Ach so", sagte Levi.

„Das freut uns", sagte ich.

„Wir haben nämlich hier im Amt …" Jetzt beugte sich Frau Biber vor und Frau Rammske lehnte sich zurück. Ob das Absicht war? Eine enervierende Verhörtaktik, die die beiden in einer Fortbildung bei der Stasi gelernt hatten?

„… auch einen homosexuellen Kollegen.“ Biber zurück, Rammske vor. Mir war nicht mehr ganz klar, wer von den beiden eigentlich gerade sprach. Waren sie ein einziges monströses Wesen, das uns nach diesem hypnotischen Gespräch einfach fressen würde?

„Richard.“ Rammske zurück. Biber vor. „Er heißt Richard. Kennen Sie ihn vielleicht?“

Ja natürlich! Richard! Der schwule Richard! Ricardo Schwuchtelbert! Wer kannte ihn nicht? Selbstverständlich kannten wir alle Schwulen dieser Welt, vor allem die mit so einprägsamen Namen wie *Richard*.

„Leider nein“, sagte ich.

„Ach so“, sagte Levi.

„Wir haben auch ganz tolle lesbische Pflegemuttis“, sagte entweder Rammske oder Biber.

„Ach so“, sagte Levi.

„Wir geben uns Mühe“, sagte ich. Wobei genau wollte ich mir jetzt Mühe geben? Lesbisch zu werden? War es das, was man hier im Jugendamt unter *queer* verstand? Wenn ja, war man uns um Einiges voraus. Aber wer sämtliche Möbel eines ganzes Amtsgebäudes in einem Acht-Quadratmeter-Zimmer unterbringen konnte, der kannte wohl auch im Kopf keine Beschränkungen mehr.

„Was uns besonders …“, sagte Rammske.

„… gut gefällt ist, dass …“, sagte Biber.

„… Sie Diskriminierungserfahrung haben“, sagte irgendjemand sonst. Ich blinzelte, um zu erkennen, ob sie mittlerweile selbdritt anwesend waren, wie Vater, Sohn und heiliger Geist. Oder Tick, Trick und Track.

„Diskriminierungserfahrung“, sagte ich lahm. „Ich weiß nicht.“

„Als Homosexuelle“, sagten Biber und Rammske aus einem Mund.

„Ach so“, sagte ich.

Levi sah mich böse an, weil ich ihm seinen Satz geklaut hatte. Ich schnitt eine Grimasse zurück. Was konnte ich dafür? In dieser Lage war sich jeder selbst der Nächste.

„Das wird ja sicher auch auf Ihr Kind zukommen. Als Pflegekind. Mit zwei Papas. Und dem ganzen Rucksack, den ein Pflegekind noch so mitbringt.“

„Rucksack?“, fragte Levi und richtete sich sogar im Stuhl auf. „Was für ein Rucksack?“

Streber!, wollte ich ihm zuzischen, aber ich hatte keine Kraft mehr.

Frau Biber nahm einen großen Schluck Wasser. Frau Rammske sah ihr etwas verliebt zu. Meine Zunge klebte am Gaumen.

„Bindungsstörungen.“ Frau Biber zählte an den altersfleckigen Fingern ab. „Einnässen.“

„Einkoten“, ergänzte Frau Rammske.

„Leichte und schwerere Behinderungen, wegen Schädigungen im Mutterleib und Depravation im Babyalter.“

„Aber vor allem Verhaltensauffälligkeiten.“

„*Vor allem* Verhaltensauffälligkeiten“, bestätigte Frau Biber. „Sehen Sie, wir hatten gerade einen ganz lieben Jungen zu vermitteln. Wir haben sofort an Sie gedacht. Vor allem, weil Sie ja …“ Sie zwang die Brille auf ihre Nase und guckte in die Akte. „… weil Sie ja Kampfsportler sind.“

„Boxer“, sagte Levi, der in seiner Ehre getroffen war und darum noch einmal alle Kräfte mobilisierte. „Boxtrainer.“

„Ich nur Boxer“, sagte ich dumm. Oder Münsterländer? Ich wusste es selbst nicht mehr.

„Boxer, ja. Die Mutter des Jungen war Kraftsportlerin. Gewichtheberin. Bloß keine Männer mehr im Leben, hat sie uns gesagt. Die wäre sehr einverstanden gewesen mit Ihrer … mit Ihrem … mit Ihnen eben.“

„Ich weiß nicht genau, ob Sie da …“, hob ich an. War ich nicht eigentlich ein Mann? Aber wer wollte denn kleinlich sein?

„Das hat sie *nicht* gesagt.“ Frau Rammske legte Frau Biber die Hand auf die Schulter. „Die Frau Djekovich, das ist die Mutter, müssen Sie wissen, die hat gesagt, ihr Kind soll keine andere *Mutter* haben. Und deswegen wären die Winters ihr recht. Das ist oft so bei den jungen Müttern, wissen Sie? Dass Homosexuelle da sehr beliebt sind. Da dürfen die jungen Frauen die Mutti bleiben.“

„Die Mutti“, sagte ich.

„Na, bei Ihnen ist ja keiner die Mutti“, sagte Frau Rammske.

„Da bin ich mir nicht so sicher.“ Levi brachte sogar ein Grinsen zustande. Wenn es darum ging, sich über mich lustig zu machen, war meinem Mann also keine Situation zu schwierig.

„Nur leider …“ Frau Biber nahm einen langen Zug aus ihrer Flasche und wischte sich wahrhaftig den Mund mit dem Handrücken ab. „Nur leider hatte das Kind Krampfanfälle. Wissen Sie?“

„Nein“, sagte ich. Es tat gut, einmal geradeheraus die Wahrheit zu sagen.

„Wenn er sich aufregt, wenn er Stress kriegt. Der Junge. Er wird blau und fällt dann um, ja?“

Frau Biber verdeutlichte mit dem Zeigefinger das Umfallen und machte einen kleinen Pfeiflaut dazu. „Ist nicht schlimm, er steht dann gleich wieder auf. Nach ein paar Minuten. Wir dachten dann doch, das ist ein bisschen viel für ein erstes Kind. Wir wollen Sie ja nicht gleich verschrecken.“

„Sie verschrecken uns nicht“, sagte Levi. Ich war allerdings erschrocken, nämlich darüber, wie aalglatt mein

Gatte zu lügen verstand. „Aber verstehe ich das richtig, dass Sie uns in Ihre Kartei aufnehmen wollen?“

Warum konnte der auf einmal ganze Sätze sprechen? Hatte er heimlich eine Flasche Wasser unter dem Tisch versteckt, von der ich nichts ahnte? Waren denn alle hier miteinander im Bunde?

„Das verstehen Sie richtig!“ Frau Rammske strahlte jetzt auch. Die Strasssteine auf ihrer Brille funkelten. „Herzlichen Glückwunsch. Wir freuen uns auf Sie. Sie haben den Fragebogen aber auch derart ausführlich und reflektiert beantwortet. So was kriegen wir hier nicht oft.“

„Super!“ Levi strahlte auch.

„Erstes Kind?“ Ich wollte auch zum Gespräch beitragen. „Wollen wir denn mehrere Kinder?“

„Mit dem zweiten Kind wird alles leichter“, sagte Frau Rammske.

„Ich kann Ihnen sagen, nach spätestens zwei Jahren wollen Sie mehr“, sagte Frau Biber.

„Erst mal müssen wir ja umziehen“, sagte Levi.

„Umziehen?“, fragte ich.

„Komm, lass uns gehen.“ Levi zerrte an meinem Arm. „Vielen Dank! Bis bald!“

„Wir rufen Sie dann an, wenn was Passendes für Sie dabei ist!“, riefen uns Biber und Rammske hinterher.

„Umziehen?“, fragte ich, als ich mich auf dem Flur wiederfand. Die Magie der bürolichen Raumfaltung wirkte offenbar auch bei mir. Jedenfalls wusste ich nicht, wie ich da rausgekommen war.

„Danke, dass du das Reden übernommen hast“, sagte Levi. „Warum haben die uns bitte nichts zu trinken angeboten?“

„Wir ziehen um?“, fragte ich.

„Das war doch klar.“

„Ja, aber nicht so schnell.“

„Was heißt denn hier schnell? Die können doch jetzt jeden Tag bei uns anrufen.“

„Ach, komm. Das dauert bestimmt noch Monate.“

Wir stießen die Tür zum Industriegebiet auf und stemmten uns gegen den Wind. Die S-Bahn-Gleise waren im heranrollenden Schwarz eines Sommergewitters verschwunden.

„Als die da mit dem Rucksack anfingen, da ist mir schon mulmig geworden.“ Prüfend sah ich zu Levi rüber, der mit hochgezogenen Schultern geradeaus stapfte. „Meinst du echt, wir schaffen das? Behinderung ist ja eine Sache, aber so Verhaltensauffälligkeiten. Das kann ja alles Mögliche sein.“

Levi blieb stehen und seufzte tief. „Wir hatten das doch besprochen. Das kam doch alles im Fragebogen dran. Und wenn die anrufen und uns passt was nicht …“

„… dann sagen wir Nein?“ Ich verzog das Gesicht.

„Dann gucken wir uns das ganz in Ruhe an.“ Levi drehte sich um und marschierte in Richtung S-Bahn davon. Ich warf einen Blick zurück. Biber und Rammske standen hoch über mir am Fenster. Hinter ihnen dräuten Möbel. Die Sachbearbeiterinnen zeigten beide gleichzeitig die Zähne, winkten und sanken dann in die Tiefe ihrer Behausung zurück.

Fröstelnd stampfte ich Levi hinterher. Vor Weihnachten würde das also eh nichts werden. Der Anruf war so gesehen noch Monate hin.

Zehn Tage später klingelte bei uns das Telefon.

Kapitel 5

Als wir zusammensaßen und den Fragebogen ausfüllten, lag das alles noch in weiter Ferne.

„Mit Humor." Levi legte den Kuli auf den Fragebogen. „Mit Humor und, äh, jederzeit im Interesse unseres Kindes … konstruktiv … klar in der Sache … vermittelnd … unsere berufliche Erfahrung im sozialen Bereich … zwischen vielen verschiedenen Interessen zu vermitteln. Also so wollen wir das dann machen mit den Ämtern, Therapeuten und Pflegeeinrichtungen. Sind wir Supermänner oder so was?"

„In so Fragebögen muss man ja nicht *unbedingt* immer die Wahrheit sagen", legte ich mich ins Zeug.

„Lügen sollte man aber auch nicht."

„Wir lügen ja nicht. Also, ich kann das alles wirklich."

„Selbst- und Fremdwahrnehmung! Selbst- und Fremdwahrnehmung!", bellte Sojus aus dem Schlafzimmer.

„Klappe!", riefen Levi und ich gleichzeitig.

„Das Wichtigste ist, dass wir immer an einem Strang ziehen", sagte Levi.

„Na klar", sagte ich und lehnte mich wieder an ihn.

Frage 9: Ein afrikanisches Sprichwort sagt: Um ein Kind aufzuziehen, braucht es ein ganzes Dorf! Welche Hilfe und Unterstützung erfahren Sie in Ihrer näheren Umgebung? Wie stehen Familie, FreundInnen und KollegInnen zu Ihren Plänen, ein Pflegekind aufzunehmen?

Natürlich schafften wir es nicht, den Fragebogen an einem Abend auszufüllen. Wir hatten es mit ungefähr fünfzig Abschnitten zu tun. Unter jedem befanden sich lächerliche drei gepunktete Linien, auch bei so Leichtgewichten wie „Was verstehen Sie unter ‚Erziehung'?"

„Soll ich meine alten Uni-Ordner wieder rauskramen?" Ich konnte mich nur zu gut an endlose Diskussionen zu dieser Frage in erziehungswissenschaftlichen Seminaren erinnern.

„Vielleicht machen wir uns auch einfach ein bisschen zu viel Gedanken." Levi beäugte den Papierstapel, der sich mittlerweile neben uns angesammelt hatte. Wir waren längst dazu übergegangen, die Fragen auf separaten Blättern zu beantworten.

„Na ja, das haben die jetzt davon, dass sie mit Plakatkampagnen und Kinospots dafür werben, dass man Pflegekinder aufnehmen soll. Jetzt kommen die Intellektuellen."

„Und die Bauern." Levi machte ein Pupsgeräusch mit den Lippen. „Okay, wir brauchen einen festen Termin in der Woche, an dem wir diese Fragen abarbeiten. Und auf die Gefahr hin, mich zu wiederholen: kein Heteropaar, das leibliche Kinder bekommt, muss vorher wochenlang Reflektionsbögen ausfüllen. Die poppen und ploppen, wie es ihnen gefällt."

„Weißt du, wie dieses Geräusch auf Englisch heißt, das du da gerade mit deinen Lippen gemacht hast?"

„Schatz, was soll das jetzt?"

„Es heißt: *to blow a raspberry*. Eine Himbeere blasen."

„Willst du mir damit vielleicht irgendwas sagen? Dass ich es bereuen sollte, mit einem Intellektuellen verheiratet zu sein?"

„Nein, etwas ganz anderes."

Levi legte den Fragebogen zu den restlichen Papieren und klickte demonstrativ den Stift zu.

„Deine Anmachen sind immer etwas schräg, aber ich lasse mich nicht zweimal bitten."

„Das Bett ist besetzt!", kläffte Sojus.

Kapitel 6

„Vögelt bloß noch so viel, wie ihr könnt."

Rahel blies sich eine Locke aus der Stirn und beäugte kritisch den Esstisch. „Salat, Nudeln, Kerzen, Alkohol, mehr Alkohol und kein Aschenbecher, weil ich seit heute mal wieder nicht mehr rauche. Okay, guten Appetit."

Wir fingen an zu essen. Cosima war endlich im Bett und Rahels „Typ", dessen Namen ich immer noch nicht erfahren hatte, war irgendwo mit seiner Band unterwegs. Zu diesem Zeitpunkt kannte ich das Jugendamt noch nicht, aber Rahels Hinterhofwohnung war fast so vollgestellt, nur wesentlich gemütlicher. Außerdem herrschte hier kein Mangel an Getränken.

„Ehrlich. Mir hat vorher keiner gesagt, wie wenig man vögelt, wenn man ein Kind hat. Du bist einfach zu fertig. Es ist gar nicht so, dass ich keine Zeit habe. Sex ist mir schlicht und ergreifend zu anstrengend. Ich denke nicht mal mehr an Sex. Wenn Cosima im Bett ist, lege ich mich aufs Sofa und gucke im Fernsehen nach, wie das Leben von Erwachsenen eigentlich noch mal funktioniert."

„Ich bin mir nicht sicher, ob das eine gute Quelle ist", sagte ich. „Überhaupt, wo ist denn dein Typ? Ist er eigentlich jemals zu Hause? Ich hab das Gefühl, du bist alleinerziehend."

„Nee, der ist schon da. Wir wechseln uns halt mit dem Arbeiten ab. Wenn ich am Schreibtisch sitze, hat er Cosima, und wenn ich fertig bin, geht er arbeiten. Total praktisch, dass ich tagsüber arbeite und er nachts. So ist das Kind immer versorgt. Und wir kommen nicht in die

Verlegenheit, uns darüber zu streiten, dass wir keinen Sex mehr haben."

„Und was ist mit Oma und Opa? Ich dachte, die Alten sind dann ganz aus dem Häuschen, wenn sie Enkel kriegen, und machen plötzlich alles richtig."

Rahel goss sich Wein nach. Ich hatte gerade erst kurz genippt.

„Weißt du, was? Ich glaube, ich rauche doch noch." Sie holte sich einen Aschenbecher und zündete sich über dem Nudelteller eine an.

„Oma und Opa", sagte sie, während sie Rauch aus den Nasenlöchern quellen ließ. „Oma und Opa gibt es nur von mir. Die von meinem Typen hocken in Amerika und möchten eigentlich bloß, dass ich das Kind vor die Skype-Kamera halte. Oma, also meine Mutter, hat Hüfte und kann nicht reisen aus ihrem Westdeutschland da. Opa, mein Papa, würde zwar kommen, aber der ist Künstler und irre. Und bevor ich dem ein Kind anvertraue, setz ich es lieber den ganzen Tag vor irgendwelche Gewaltfernsehserien. Im Ernst, dass deine Eltern helfen, glaubst du ja wohl selbst nicht."

Jetzt hatte ich das Bedürfnis, weinmäßig aufzuholen, und nahm schnell ein paar große Schlucke.

„Tja, das ist leider so. Hab neulich mit den beiden telefoniert. Nicht schön."

Rahel, die meine Familie kannte, nickte. „Trink mehr", sagte sie. „Überhaupt, trink mehr, bevor das Kind da ist."

„Dir scheint das ja auch jetzt nicht schwerzufallen." Wir tranken beide mehr.

„Was ist mit deinem Bruder?" Sie hievte sich einen Batzen Nudeln auf den Teller und schlug mir auch was nach, obwohl ich nicht annähernd fertig war.

„Hast du's eigentlich irgendwie eilig?" Ich hatte an einen gemütlichen Abend gedacht, an dem ich mein Herz ausschütten konnte, und weniger an einen Wettlauf zum Überfressen- und Besoffensein.

„Ich erteile dir eine praktische Lektion", sagte Rahel. „So viel wie möglich mitnehmen, bevor das Kind aufwacht und irgendwas will."

Ich ließ mich auf der Sitzbank zurückfallen. „Also irgendwie machst du mir nicht besonders viel Mut, was diese Kindersache angeht. Echt, ich würde mir wünschen, dass sich mal irgendjemand einfach nur für uns freut."

„Ich freu mich ja. Aber ..."

„Genau das meine ich. Jeder hat immer irgendein Aber. Wie vielen Heterofrauen passiert das eigentlich, dass sie freudestrahlend kreischen: ‚Ich bin schwanger', und alle so: ‚Ja, aber hast du nicht Angst, dass das Kind behindert auf die Welt kommt? Mit drei vom Auto überfahren wird? Überleg mal, was du da alles aufgibst! Denk an deine Beziehung!'"

„Vielleicht wär es nicht schlecht, wenn das auch mal jemand sagen würde."

„Ich will aber nicht immer die realistische, erwachsene Kindererwartung. Ich will auch mal die Disneyversion."

„Soll ich *singen*, dass du ganz viel vögeln sollst, bevor das Kind da ist?"

„Ach, ich möchte einfach nur ein bisschen Freude und Glückwünsche und dass mir jemand süße Strampler und Postkarten mit Störchen schickt. Diese ganze Nummer."

Rahel drückte ihre Zigarette aus. An der Art, wie sie den Stummel sorgfältig hin und her wendete und angestrengt in den Aschenbecher starrte, erkannte ich, dass ihr irgendwas auf der Zunge lag.

„Was ist? Spuck's aus."

„An so einem Pflegekind hängen ja auch immer noch Eltern dran, oder?“

„Meistens nur Mütter, aber ja.“

„Und die haben Sorgerecht?“

Ich nickte.

„Habt ihr nicht Angst, dass die euch das Kind wieder wegnehmen?“

Ich ließ das Besteck auf den Teller fallen.

„Ach komm, jetzt bitte nicht du auch noch!“

Rahel zündete sich die nächste Zigarette an. „Das ist eine berechtigte Frage. Das denkt jeder.“

„Ja, das hab ich auch schon gemerkt. Meine Eltern, meine Oma, Levis Eltern, und so ungefähr alle unsere Freunde und jetzt auch noch du. Es ist Langzeitpflege. Die Mutter wird Besuchsrecht haben. Das Kind bleibt bei uns, bis es volljährig ist.“

„Sicher?“

„So sicher, wie dein Kind da drüben in seinem Bett nicht in dieser Sekunde einen Hirnschlag kriegt.“

Rahel ließ die Zigarette sinken. „Okay, das war fies.“

„Auch nicht fieser als diese Mistfrage, ob man uns das Kind, das wir noch gar nicht haben, irgendwann vielleicht wieder wegnimmt.“

„Weißt du, was?“ Rahel trank ihr Glas in einem Zug aus und stellte es dann mit einem Knall wieder ab. „Die Leute freuen sich vielleicht nicht so ganz doll, weil sie ein bisschen neidisch auf euch sind und euch zugleich ein bisschen seltsam finden. Und wenn ich ‚ein bisschen‘ sage, dann meine ich ‚sehr‘, und wenn ich ‚die Leute sage‘, dann meine ich ‚ich‘.“

„Ich habe, glaube ich, noch nicht genug getrunken, um das zu verstehen, aber red weiter.“

„Ihr seid ewig und drei Tage zusammen und habt so ungefähr alles zusammen durch, was man als Paar durch haben kann, und irgendwie lasst ihr euch trotzdem nicht scheiden. Und dabei seid ihr kein so blödes Gluckenpaar, das immer aufeinander rumhängt. Manchmal hat man das Gefühl, ihr wohnt nur zufällig zusammen. Du hast doch Freunde, die Levi überhaupt nicht kennen. *Ich* habe Levi nur dreimal gesehen, und ich bin deine beste Freundin. Und dann macht ihr andauernd so krasse Sachen zusammen, und jetzt auch noch ein Kind, und ich glaube, viele Leute denken einfach nur: Ach, war ja klar, das jetzt auch noch. Was fällt denen als Nächstes ein."

„Wow. Ich glaube, ich möchte auch rauchen."

Im Hinterhof zankten sich Nachbarn. Irgendwo trötete eine Amsel. Ich fragte mich, ob sie mir von unserer Gartenmauer gefolgt war. Durch das geöffnete Fenster wehte der Geruch von Mülltonnen und der Dönerbude im Vorderhaus.

Rahel streckte die Hand über den Tisch und tippte mich an.

„Tut mir leid. Vielleicht bin ich wirklich bloß neidisch. Wenn ich morgen ein Mann sein wollen würde, ich wüsste nicht, ob mein Typ bei mir bleibt. Und bei Cosima. Dann wäre ich alleinerziehender Vater!"

Gegen meinen Willen musste ich grinsen. „Du würdest auch das hervorragend machen. Aber dass mich jetzt nach x Jahren diese Transsache noch mal einholt, das hätte ich auch nicht gedacht."

„Du bist halt ein verdammter Held."

„Ich bin jemand, der in jemanden verliebt ist. Du weißt, wie mich das nervt, wenn die Leute mir unterstellen, ich wäre so ein duldsames Opfer, das dem verrückten Geschlechtsumgewandelten hinterherrennt, obwohl er gar keinen Bock darauf hat. Ich finde Levi gut, so wie er ist."

„Ich sag ja, du bist ein verdammter Held. Und jetzt auch noch ein Kind."

„Und jetzt auch noch ein Kind, ja."

Wir schwiegen eine Weile und kratzten auf unseren Tellern rum. Ich hatte mich in Rage geredet und dabei ziemlich schnell ziemlich viel getrunken. Mir schwirrte der Kopf.

„Ihr habt sicher noch tollen Sex", sagte Rahel unvermittelt. „Mit Blasen und allem. Gott, ich würde gerne mal wieder blasen."

Sie stopfte sich eine große Gabel voll Nudeln in den Mund und kaute geräuschvoll.

„Ich erkundige mich jetzt nicht nach deinem Typen", sagte ich. „Aber ja, wir haben noch ganz tollen Sex. Mit Blasen."

„Hm", machte Rahel und schluckte. Dann sah sie mich mit zusammengekniffenen Augen über das Weinglas hinweg an.

„Habt ihr nicht so eine offene Beziehung oder so?"

„Mehr so oder so." Ich drehte und drehte, aber die Nudeln wollten plötzlich nicht mehr an der Gabel haften. „Levi ist da aktiver als ich."

„War irgendwie klar." Sie trank, ohne mich aus den Augen zu lassen.

„Wenn du mir als Nächstes sagen willst, dass das mit dem Kind auch nur Levis Idee ist und ich da wieder nur mitmache, weil er eh immer alles entscheidet, dann kannst du dich gleich mit meinem Vater zusammentun."

Rahel hob die Augenbrauen. „Das wollte ich eigentlich nicht sagen. Aber interessant, wie du das so siehst."

„Mein Vater sieht das so. Ich nicht."

„Und warum hast du jetzt keine Affären?"

Ich bugsierte die Nudeln irgendwie in den Mund, aufgerollt oder nicht. Leider musste ich dabei genau so laut kauen wie Rahel bei ihren Träumen vom Blasen.

„Weil …" Ich wedelte mit der Hand, während ich versuchte zu schlucken. „Es hat sich nicht ergeben."

„So was ergibt sich nicht." Rahel stand auf, gestikulierte mir *warte mal kurz* und ging nach nebenan. Ich hörte den Plattenspieler klacken und gleich darauf das Knistern aus den Boxen.

Suede schunkelten aufgekratzt los: *Because we're young.*

„Also." Rahel setzte sich wieder und stützte den Kopf auf die Hand.

„Wen stellst du dir vor? Ich kenne dich nur mit Levi. Was ist dein Typ?"

Die Nachbarn, die Amsel und der Müllgestank waren ausgeblendet. Wir saßen in einem Kokon aus gelbem Licht, Weindusel und Dandymusik. Ich holte tief Luft.

„Ich stelle mir jemand Kleines vor, den ich gut umarmen kann. Jemanden, der gut riecht. Nicht zu dünn. Jung genug, um noch an was interessiert zu sein, und nicht so abgefrühstückt wie ich. Jemand, der Cowboymusik mag und vielleicht eine Comicsammlung hat. Jemand, der knutschen und zugleich Videospiele spielen will."

„Einen Nerd willst du."

„Einen süßen Nerd, genau."

„Hm."

… from our home high in the city where the skyline stained the snow, I fell for a servant who kept me on the boil, sangen Suede.

„Was meinst du mit ‚hm'?"

„Das klingt nicht nach Affäre, das klingt mehr nach verliebt."

„Und?"

„Bist du denn in Levi nicht mehr verliebt?"

„Doch. Sehr."

„Ich weiß nicht. Ich glaube, mein Herz wäre nicht groß genug für zweimal Liebe. Natürlich, andere Teile von mir wären definitiv groß genug für zweimal …"

„Ach, du wieder. Komm, ich rede hier nur vor mich hin." Jetzt goss ich uns nach. Wir tranken beide sofort viel, weil es auch schon egal war. Die Platte knisterte.

„Ich hab viel Platz für Liebe. Mindestens für zwei. Ich hab ja schließlich bald neben Levi auch noch ein Kind."

„Ich weiß nicht, ob das eine wahnsinnig süße oder eine wahnsinnig scary Antwort ist", sagte Rahel. „Aber, mein Lieber, egal, was du wirklich möchtest, du holst es dir besser bald. Denn wenn das Kind da ist, ist es zu spät."

Wie auf Kommando fing im Schlafzimmer Cosima an zu brüllen. Rahel wuchtete sich stöhnend hoch, rollte mit den Augen ein *siehst du?* und verschwand im Flur. Kurz darauf kam sie mit einer verschlafenen und tränennassen Cosima auf dem Arm zurück.

„Hey, was ist denn?", fragte ich. Cosima und ich kannten uns bereits. Sie sah immer ein bisschen verrückt und ein bisschen außerirdisch aus, wie eine Trollpuppe.

„Schlecht geträumt", sagte sie missmutig und schielte auf unsere Teller. „Mama rauchen?"

„Das war ich", sagte ich schnell.

„Auch Nudeln!", befahl Cosima, die sich die Augen inzwischen blitzblank gerieben hatte und anscheinend nicht daran dachte, bald wieder schlafen zu gehen.

„Du kannst meine aufessen", sagte ich. Rahel schob mir ihre Tochter rüber, und so saßen wir zu dritt da, ich mit Cosima auf dem Schoß, Rahel, die uns ein bisschen weinselig anlächelte, wie die heilige Familie unter den Engelschören von Suede.

„Und, was schreibst du jetzt zu dieser Frage, welche Unterstützung ihr erwarten könnt?"

Ich seufzte. „Dass wir einen vielfältigen und diversen Freundeskreis haben, der uns kritisch, aber solidarisch begleitet."

„Ich wette, Levi ist froh, dass er mit einem Übersetzer verheiratet ist, der immer die richtigen Worte findet."

„Ja." Ich bugsierte mein Weinglas an der mampfenden Cosima vorbei. „Aber langsam nervt mich diese Rolle auch ziemlich. Hoffentlich ist der Fragebogen bald rum."

Kapitel 7

Das Telefonat mit meinem Vater am Tag zuvor war folgendermaßen gelaufen: Zuerst war ich eine gute Stunde in der Wohnung auf und ab getigert, hatte mir Tee gekocht, ihn kalt werden lassen, hatte versucht zu arbeiten, mich beim ziellosen Internetsurfen ertappt und dann in unserem handtuchgroßen Garten gesessen und den Hummeln zugeguckt.

Natürlich versuchte ich, mich zu drücken. Zwischen mir und meinen Eltern war es schwer gewesen, seit ich zu Hause ausgezogen war. Dass sie sich vor Kurzem hatten scheiden lassen, machte die Sache nicht leichter. Irgendwie brachte die Scheidung das Schlechteste in beiden zum Vorschein. Meine Mutter war neben ihrem neuen Freund noch wortkarger und eigenbrötlerischer geworden als sonst, während man bei meinem Vater vor lauter Lamentieren über seine diversen Krankheiten und die katastrophale Weltlage im Allgemeinen überhaupt nicht mehr zu Wort kam. Beide ließen mit schöner Regelmäßigkeit fallen, dass *ich sie ja nie besuchte*, woraufhin ich mit schöner Regelmäßigkeit antwortete, sie dürften gerne bei mir vorbeikommen. Und so drehte sich das Karussell munter im Kreis, und wir sahen uns zu Weihnachten und an runden Geburtstagen.

Das letzte Mal, dass ich meinen Eltern etwas vergleichbar Wichtiges mitgeteilt hatte, war die Nachricht gewesen, dass Levi, den sie als ihre Schwiegertochter kennengelernt hatten, eigentlich schon immer ein Mann gewesen war. Ich hatte mich damals tagelang mit dem Anruf gequält und schließlich einen Brief geschrieben. Ich hatte mit allem gerechnet, nur nicht mit der Reaktion, die dann tatsächlich kam. Mein Vater rief mich an und sprach erst mal über alles andere, was bei ihm immer auf eine seltsame Wortwolke mit Vermischtem aus Politik, Familie und Wetterbericht hinauslief, in der ich mich regelmäßig verlief. Irgendwann hielt ich es nicht mehr aus und fragte, ob sie eigentlich meinen Brief bekommen hätten.

Das hätten sie, sagte mein Vater.

Dann herrschte Stille.

In meinem Bauch wälzte sich eine Bowlingkugel aus Feuer und Säure. Was sie denn dazu meinten, brachte ich hervor.

Mein Vater räusperte sich. Das sei kein Problem, meinte er. Wenn ich glücklich sei.

Schlagartig hatte ich das Gefühl, in meinem Körper zu sitzen wie in einem Taucheranzug, der mir einige Nummern zu groß war. Die Hand, die den Telefonhörer hielt, den Mund, der sprechen sollte, alles musste ich mühsam wie mit Hebeln bedienen. Ich fühlte mich leicht und sehr weit weg.

Ich sei glücklich, sagte ich.

Dann, so mein Vater, sei ja alles gut, und er wünsche … er zögerte … er wünsche *Levi* alles Gute.

Dann spie er eine neue Wolke der Verwirrung aus wie ein Endboss in irgendeinem Computerspiel. Meine Lebensleiste sank auf Null, und ich war die restliche halbe Stunde, die das Telefongespräch noch dauerte, Game Over.

Meine Mutter ließ ausrichten, sie lasse herzlich grüßen und wisse beizeiten gern meine Meinung zu einem gewissen englischsprachigen Fachausdruck für die Seglerprüfung. Meine Mutter war eine große Seglerin.

So anstrengend das große Transouting im Vergleich dazu bei Levis Familie auch über die Bühne ging, so hatte das ganze Heulen, Schreien und Türenknallen doch auch etwas Kathartisches. Als sich die Wogen geglättet hatten, war das Thema wirklich durchgefochten und alle konnten halbwegs normal miteinander weiterleben. Bei meinen Eltern wusste ich bis heute nicht, was sie eigentlich von mir und meiner Partnerschaft hielten.

Und jetzt hatte ich Angst, dass es wieder so laufen würde. Ich würde die Arbeit machen, reden, reden, reden, und nichts würde passieren.

Die Hummeln brummten von einer Blüte zur anderen und wussten auch keine Antwort. Ich sah zu, wie sie in den Erdbau unter der Rose krochen, die mir mein Opa zum Einzug geschenkt hatte. Plötzlich kam mir der rettende Einfall. Oma. Oma sagte immer, was sie dachte, und meistens war es etwas Gutes oder zumindest etwas Lustiges. Opa war zwar letztes Jahr gestorben, aber ich würde erst meinen Vater anrufen, dann meiner Mutter eine E-Mail schreiben, was seit der Scheidung der einzige Weg war, sie zu erreichen. Und dann würde ich zur Belohnung meine Oma anrufen. Bei der Gelegenheit konnte ich auch gleich ein paar Worte mit meinem Bruder wechseln, der bei Oma wohnte. Das war doch mal ein Schlachtplan.

Ich ging rein und wählte die Nummer, bevor ich es mir anders überlegen konnte.

„Winter?"

„Hier auch Winter, hallo."

„Ach, schön, dich zu hören."

Aus dem Telefonhörer schlängelten sich die ersten Nebelfäden und tasteten nach mir. Die klamme, betäubende Wortwolke kroch mir in Ohren, Augen und Nase, und als ich wieder zu mir kam, waren bereits zehn Minuten vergangen.

„… von dieser Rente wird keiner leben können … habe ich auch zu deiner Tante gesagt … zu Ostern die Wohnung renovieren … meine Pflanzenbank neu ausrichten … warum nicht Homöopathie, mir hilft das doch auch …“

Ich klemmte den Hörer in die Halsbeuge und kniff mir so fest ich konnte in den Arm.

„Papa, warte mal, ich muss dir was sagen. Wir bewerben uns auf ein Pflegekind.“

„… ein ganz süßes Kind, kenne ich von den Nachbarn … ihr wart ja auch … wenn ich so ins Fernsehen gucke, ich weiß nicht, ob das so gut … machst du eigentlich noch dieses Boxen da? Und der Hund? Die Hunde hat ja deine Mutter mit …“

„Papa.“ *Bist du irgendwo da drin? In dieser Wortwolke?* Es waren schon wieder zwei Minuten rum.

„Ja?“

„Wir kriegen ein Kind. Levi und ich. Ein Kind. Wir haben uns auf ein Pflegekind beworben und füllen da gerade den Bogen aus.“

„Aha.“

Aha war gut. Nach Aha durfte ich in der Regel etwa eine Minute lang weiterreden. Ich sprach, so schnell ich konnte, um die Zeit möglichst gut zu nutzen. Der Sekundenzeiger der Uhr rückte immer weiter vor. Nach fünfzig Sekunden war ich fertig.

„Und?“

Stille.

„Hm.“

„Was meinst du mit ‚hm‘?“

„Pflegekind. Habt ihr nicht Angst, dass man euch das Kind irgendwann wieder wegnimmt?“

„Nein, das ist ja Dauerpflege. Es ist sehr unwahrscheinlich, dass …“

Ich spürte, wie bereits wieder kalte Fäden aus dem Hörer krochen. „Kinder … Krankheiten … die Eltern ja oft

Drogen … Alkohol … hatten mal eine Nachbarin, der … Randale im Treppenhaus … deine Mutter in den letzten Jahren … ich habe ihr immer gesagt, sie trinkt zu viel … und dann dieser Gangster, dieser Italiener …“

Er fing an zu weinen. Ich sah auf die Uhr. Weinen bedeutete, dass das Gespräch noch etwa zwanzig Minuten länger gehen würde.

„Papa. Der Freund von Mama ist kein Gangster. Er ist nicht mal Italiener, er …“

Schluchzen, Weinen.

Zweiundzwanzig Minuten später verkündete mein Vater, er wolle mich nicht länger aufhalten. Zum Abschied sagte er: „Das ist ja toll mit dem Kind. Ich hoffe, das klappt. Und wenn was nicht stimmt mit dem Kleinen, ihr schafft das schon.“ Dann legte er auf.

Ich ließ mich aufs Sofa fallen und starrte an die Decke. Das brennende Gefühl hinter meinen Augen war diesmal nicht ganz so stark wie sonst. Eigentlich hatte ich mehr erreicht, als ich geglaubt hatte. Irgendwo in diesem wabernden, nebligen System aus Wörtern, Tränen und gespenstischen Erinnerungen, das mein Vater war, war jetzt der Gedanke an mein Kind eingespeist und würde sicher in künftigen Gesprächen grausam mutiert und albtraumhaft verdreht wieder ausgespuckt werden. Na, das war doch immerhin ein Anfang.

Die Hummeln hummelten durch den Garten.

„Oma, du musst mich nachher retten“, sagte ich laut zu mir selbst. Dann schrieb ich, so schnell ich konnte, eine Mail an meine Mutter, in der ich sie in knapper Form über das Nötigste informierte.

Kaum hatte ich Kaffee aufgesetzt, gab der Rechner einen Glockenton von sich, und die Antwort war da. Seit meine Mutter rund um die Scheidung mit ihrer Firma pleitegegangen war, lebte sie ebenso wie mein Vater von Hartz und hatte ohnehin ihr gesamtes Leben ins Internet verlagert, wo sie Geschäftsideen ausspann und Bilder von Segelbooten postete.

Mein lieber Sohn, las ich.
Das sind ja mal spannende Neuigkeiten! Finde ich gut. Komme dann zu Besuch und spiele den Weihnachtsmann, haha. Hier immer noch Wohnung einräumen mit Giovanni. Hab schöne Seekarten in der Bibliothek gefunden. Foto im Anhang. Kennst du eigentlich John Brunner? Gute Science-Fiction.
Hasta la vista,

Queen Mum

Im Anhang befand sich das Bild einer Zwei-Zimmer-Wohnung, die irgendjemand in die Messie-Version einer Schiffskajüte verwandelt hatte, komplett mit Messingleuchten, Seekarten, Bildern von Schiffen, Bildern aus Schiffen und Bildern von Schiffern, die vor Schiffen posierten. Im Vordergrund standen meine Mutter und ihr neuer Freund Giovanni, der immer irgendwie für all diese Reisen aufzukommen schien. Sie sahen glücklich und leicht beschwipst aus, was vermutlich der Wahrheit entsprach.

„Du bist auch so 'ne gute Science-Fiction", murmelte ich.

Dann rief ich meine Oma an.

Es klingelte etwa zehn Mal. Dann hob irgendjemand ab. Eine Stimme sagte sehr leise, offenbar weit entfernt vom Hörer: „Ach, jetzt lass doch mal!"

„Oma?", fragte ich.

Eine weitere Stimme keifte, offenbar noch viel weiter weg vom Hörer. Ah, Oma hatte Besuch von meiner Tante.

„Oma!“, rief ich in den Hörer. „Ich bin’s, Jannis!“

„Frau Böhnki?“ Endlich redete Oma in den Hörer.

„Nein. Ich bin’s, Jannis.“

„Na, du bist ja ein Filou. Warum sagst du denn, dass du Frau Böhnki bist?“

„Hab ich doch gar nicht.“

„Doch, doch! Ich freue mich sehr, dass du anrufst.“

„Danke, Oma. Ich freue mich auch. Du, ich muss dir was erzählen. Levi und ich kriegen ein Kind.“

„Was? Ich dachte, das kann der gar nicht mehr. Oder hat der sich da jetzt umentschieden? Geht denn das so leicht?“

„Nein, ein Pflegekind. Wir bewerben uns gerade beim Jugendamt.“

„Das finde ich gut. Das finde ich richtig gut. Kinder sind eine schöne Sache. Obwohl ich dir ganz ehrlich sagen muss, ich möchte heute keine mehr haben. Warte mal, deine Tante ist auch hier.“

Ich hörte, wie Oma meiner Tante schreiend erklärte, dass sie Urgroßmutter würde. Meine Tante schrie zurück, sie gratuliere uns herzlich.

„Hallo?“, meldete sich meine Oma zurück. „Jannis? Deine Tante sagt, sie beglückwünscht euch ganz, ganz herzlich. Toi, toi, toi.“

„Danke.“

„Ja, wenn man noch jung ist, dann sind Kinder etwas Schönes. Dein Opa hat ja damals nicht viel beigetragen, außer zur Zeugung, nicht? Aber das ist ja heute anders. Hat das Kind denn auch eine Mutter?“

„Wahrscheinlich. Die wird Besuchsrecht haben.“

„Ach, das finde ich aber sehr vernünftig. Nee, das freut mich. Gib mir doch bitte noch mal deine Kontonummer. Ihr werdet ja Geld brauchen.“

„Oma …“

„Eine junge Familie braucht Geld. Ich würde ja selber kommen, aber ich bin leider nicht mehr so. Du weißt ja. Ich schreibe mir das jetzt mal auf. Wann hat denn das Kind Geburtstag?"

„Das wissen wir noch nicht. Es ist ja noch nicht da."

„Natürlich. Ich bin aber auch bekloppt."

„Ach, Oma. Das stimmt doch nicht."

„Doch, doch. Jannis, ich habe mich gefreut, dass du angerufen hast. Deine Tante ist hier. Ich muss dann, ja?"

„Ja, Oma. Mach's gut. Hab dich lieb."

„Nee, ich finde das sehr schön und vernünftig. Dein Anruf hat mich sehr gefreut."

Meine Tante schrie irgendwas.

„Was? Ach so." Meine Oma kruschelte am Telefonhörer herum. „Jannis? Bist du noch dran?"

„Ja."

„Deine Tante sagt, du möchtest ja vielleicht auch noch mit deinem Bruder sprechen."

„Ist er denn wach?"

Mein Bruder lebte bei Oma wie Harry Potter unter der Treppe, besaß nichts außer einem Bett, einem Schreibtisch und einem Computer und schlief tagsüber. Vor einigen Jahren war herausgekommen, dass er nachts für Unsummen von Geld irgendwo in Skandinavien etwas programmierte, was mal „ein Spiel der nächsten Generation", mal „ein virtuelles Betriebssystem" war. Jedenfalls bezahlte er, ohne mit der Wimper zu zucken, sämtliche anfallenden Reparaturen am Haus meiner Oma, schien sonst aber jeden Cent seiner schattenhaften Tätigkeit zu sparen. Möbel, Klamotten oder Reisen standen jedenfalls nicht auf dem Programm. Er war offenbar ein sehr glücklicher Programmierautomat, der den größten Teil seiner Zeit in einem Paralleluniversum aus Einsen und durchgestrichenen skandinavischen Nullen verbrachte. Eines Tages würde er, so vermuteten Levi und ich, entweder Amok laufen oder seine geheime Identität als Superheld aufdecken und alle Probleme der Welt mit einem Schlag lösen.

„Nein."

„Dann weck ihn nicht. Grüß mal von mir. Und erzähl ihm das mit dem Kind, ja?"

„Kind? Ach so. Mensch, das ist ja peinlich. Ich kann mir bald gar nichts mehr merken. Wir sagen büe-büe!"

Das war Oma für „bye-bye".

„Büe-büe."

Der Kaffee war durch. Die Hummeln gingen weiterhin ihrem Tagewerk nach. Ich stellte mich mit einer Tasse an die Gartentür und guckte auf die Mauer. Von der nervtötenden Amsel war weit und breit nichts zu sehen.

„Mensch, du Kind", sagte ich halblaut vor mich hin, „deine zukünftige Familie ist nicht einfach. Aber keine Angst, ich hab da schon Erfahrung."

Später am Abend schrieb mein Bruder, er sei gerade aufgestanden, das mit dem Kind sei „kjølg", und Oma habe gebeten, ich solle doch meine Kontonummer „mit dem Computer schicken".

Frage 13: Pflegekinder haben bereits eine Herkunftsfamilie, die in der Regel auch ein Umgangsrecht und/oder Teile des Sorgerechtes haben kann. Was ist Ihnen im Umgang mit den leiblichen Angehörigen wichtig? Welche Probleme erwarten Sie, und wie wollen Sie mit ihnen umgehen?

Der Anruf des Jugendamtes ging nicht an mich, sondern an Levi. Ich saß zu Hause am Schreibtisch und übersetzte gerade aus einer weiteren Vampirschmonzette einen Kleinlaster voll „lodernder Blicke“ , „teuflischer Küsse“ und „atemlos keuchender Erregung“, als das Telefon klingelte.

„Puff Dracula?“, meldete ich mich.

„Ist es sehr schlimm?“, fragte Levi.

„Sehr schlimm“, bestätigte ich.

„Dimensionstore, durch die assyrische Dämonen kommen?“

„Das war im letzten Kapitel. Jetzt ist Sex mit dem Vampirjäger dran.“

„Armer Hase. Dann wird es dich ja vielleicht aufheitern, dass Frau Biber mich angerufen hat. Sie haben einen Kindervorschlag für uns. Es ist natürlich ein Junge.“

„Natürlich“ deshalb, weil Mädchen so gut wie nie zur Pflege freigegeben wurden. Warum das so war, wusste wohl niemand so genau; vielleicht steckte da ein Geschlechterklischee dahinter, das Mütter dazu brachte, mit vorgeblich schwachen Mädchen einfach mehr Mitleid zu haben, vielleicht erinnerten die Jungen an den meist ja abwesenden Vater.

Levi raschelte mit irgendwelchen Notizzetteln. „Er heißt Valentin und ist anderthalb. Er ist … Moment, was hat die aus der Akte vorgelesen … ‚für sein Alter sehr klein und von niedlichem Äußeren‘. Klingt doch süß.“

Mein Herz klopfte schneller. Valentin. Ich würde möglicherweise einen Sohn haben, der Valentin hieß. Bisher hatte meine Vorurteilsmaschinerie im Kopf mir eingegeben, das Kind müsste Kevin, Odin oder Legolas heißen. Immerhin wurden Pflegekinder aus Gründen abgegeben, sprich: Sie wanderten fast immer vom Subproletariat ins Kleinbürgertum. Zum ersten Mal dachte ich in dieser Sekunde am Telefon daran, ob das eigentlich so viel besser war als die Adoption aus einem Land, wo Deutschland seine Kriege führte.

„Freust du dich?“ Levi riss mich aus meinen Gedanken.

„Äh. Ja. Ja!“ Ich wusste nicht, ob ich mich freute. Eigentlich ging mir alles ein bisschen schnell. Irgendwie war doch von „nicht vor Weihnachten“ die Rede gewesen. Jetzt wurde es plötzlich ernst.

„Und sehen wir den jetzt bald?“, fragte ich hastig.

„Das ist das Verrückte. Da ist morgen ein Termin mit der Mutter im Amt. Die lernen wir als Erstes kennen. Und dann können wir danach zur Übergangspflege fahren. Der wohnt nämlich bei so einer Kurzzeitpflegemutter. Seit …“ Erneutes Rascheln. „Seit acht Monaten. Das ist natürlich ziemlich lange. Ach ja, und die Betreuerin der Mutter kommt morgen auch.“

„Okay.“ Ich starrte auf den Bildschirm mit der Übersetzung. Ich wusste mit einem Mal nicht mehr, was ich absurder finden sollte: die Vampirheldin, die unter prallen Stößen in höllischer Ekstase verging, oder die Tatsache, dass ich meinen künftigen Sohn auf einer Art Betreuungsbasar kennenlernen sollte.

„Ja, super. Wir besprechen dann heute Abend alles, ja?“

„Okay.“

Wir legten auf. Ich saß einen Augenblick schweigend vor dem ächzenden Computer. Vor dem Fenster im Garten machten die Hummeln ihr Ding.

Sojus tauchte im Türrahmen auf. „Was gibt’s?“

„Das war Levi“, sagte ich. Ich guckte den Hund an und musste zum ersten Mal grinsen. „Wir kriegen vielleicht ein Kind.“

„Toll.“ Sojus drehte sich um und tappelte zum Sofa. Ich bemerkte plötzlich, dass er hinkte. Beim Sprung aufs Sofa japste er.

„Sojus“, rief ich ihm hinterher, „das wird gut. Niemand will dich ersetzen.“

Sojus schnaufte laut und tat so, als würde er einschlafen.

Kapitel 8

In der Nacht lag ich wach und guckte über die Gartenmauer in den sternenklaren Himmel. Das Fenster stand offen, und von draußen wehte kühle Luft herein. In den schwachen Grasgeruch mischte sich schon ein Hauch von Holzfeuer und Teer. Der Sommer war vorbei. Ich stand auf und machte das Fenster zu. Levi drehte sich murmelnd um und schlief dann weiter. Im Licht der Straßenlaterne hinter der Mauer erkannte ich eine geduckte, kleine Gestalt unter dem Rosenbusch. Einen Moment später huschte sie unter den dichten Efeu an der Mauer. Ich war mir sicher, dass es die Amsel war.

Wie würde Valentins Mutter aussehen? Was würde sie sagen? Was würde sie von uns verlangen?

Ich bekam ein ungutes Gefühl in der Magengegend. Der morgige Tag fühlte sich plötzlich wie eine Prüfung an. Und was noch schlimmer war: wie eine Prüfung vor mehreren unterschiedlichen Prüfungskommissionen, die alle unterschiedliche Erwartungen hatten. Und wir mussten mit dem gleichen Auftritt vor allen bestehen. Frau Biber, Frau Rammske, Valentins Mutter, ihre Betreuerin. Und dann war da ja irgendwo noch die Kurzzeitpflegemutter. Ich wusste, dass am Ende de facto das Amt entschied. Und die beiden seltsamen Sachbearbeiterinnen in ihrer Büro-Paralleldimension waren ja schwer begeistert von uns gewesen. Aber trotzdem. Ich konnte den Gedanken nicht abschütteln, dass ich Valentins Mutter etwas wegnahm. Musste ich deshalb ganz besonders nett zu ihr sein?

In der schauerlichen Tiefe dieser Nacht verlor ich mich in existenzialistischen Gedankenspielen, die mir sonst gar nicht ähnlich sahen. Bald schon war mir nichts mehr zu dramatisch.

Vor meinem geistigen Auge tauchte der leere, lange Flur des Jugendamtes auf. Auf der Dinosaurierskelettbank saß eine blasse, schmale Gestalt mit hängenden Schultern. Als ich näherkam, kehrte sie mir ein müdes Gesicht zu. Ich spulte den Gedankenfilm zurück und verpasste dem Gesicht ein paar Schrammen, offene Stellen und einen etwas gelblichen Hautton. Die Skelettarme bekamen ein paar vereiterte Einstichlöcher ab. Drogen, Alkohol, Verwahrlosung, geschlagen von ständig wechselnden Typen, alles klar. Mit hohler Stimme flehte mich das Muttergespenst an, ich möge ihr ihren kleinen Sohn nicht wegnehmen, er sei das Einzige, was ihrem Leben noch Sinn verleihe …

Ich schüttelte das Bild ab. Was für ein Blödsinn. Hatten Biber und Rammske nicht etwas von einer Kraftsportmutter erzählt?

Sofort verwandelte sich das Bild vor meinem inneren Auge. Ich war es, der nun auf der Bank hockte. Statt der jammernden lebenden Leiche marschierte eine durchtrainierte Frau in Springerstiefeln auf mich zu. Bürstenhaarschnitt, hartes Gesicht, eckige Kleidung. Sie sagte kein Wort, musterte mich nur von oben bis untern. Ob ich gut genug für ihren Sohn war? Nur, weil ihre Arbeit auf einer Ölbohrplattform es nicht zuließ, genügend Zeit mit ihrem geliebten Kind zu verbringen, hatte sie sich zu dieser verzweifelten Maßnahme entschlossen. Der Vater an Krebs gestorben, die restliche Familie Kriegsflüchtlinge, auf der Flucht erschossen, den Rückzug der Mutter mit Valentin deckend …

„Wir sind schwul“, sagte ich in ihrem Schatten. „Ich übersetze so vampiristische Softpornos. Wir können niemals eine so gute Mutter sein wie Sie, das sehe ich jetzt.

Keiner von uns hat durchgemacht, was Sie durchmachen mussten, und ist dabei so stark geblieben. Bitte lassen Sie mich gehen und tun Sie mir nichts!"

Wie ich so am Fenster stand und in die erste Herbstnacht hinausblickte, sah ich zwischen Rosenbusch, Gartenmauer und der irgendwo herumraschelnden Amsel eine ganze Reihe von Muttergeistern aufmarschieren.

Die Irrsinnige, die ihr Baby mit dem Messer bedroht hatte und uns mit Anrufen terrorisierte.

Die herzerweichende geistig Behinderte, direkt aus einem besonders unsäglichen Fernsehdrama entsprungen, die immer lächelte.

Die Prostituierte mit der zerbrechlichen Schönheit, die die Frucht einer Vergewaltigung nicht mehr in ihrer Nähe ertrug.

Die Geflüchtete aus einem Land, dessen Namen ich nicht mal kannte und die sofort an meinen Ärmel zerrte und in einem Bergdialekt auf mich einredete.

Alles, was ich über Menschen zu wissen glaubte, die weniger Geld, weniger Bildung und weniger Chancen gehabt hatten als ich, ließ ich vor mir aufmarschieren. Borniert, ängstlich, dumm – klar. Aber irgendwas musste da doch sein.

Schließlich hielt ich mich in meiner Rolle als Vorabend-Drama-Queen selbst nicht mehr aus, und ging ins Wohnzimmer. Als ich das Licht anschaltete, stand Sojus vor der Terrassentür und starrte durch die Scheibe.

„Kannst du auch nicht schlafen?" Ich ging zum Kühlschrank und nahm mir ein Bier.

„Ich sehe Kinder", sagte Sojus.

„Ich sehe Mütter", sagte ich und öffnete die Flasche. „Hundekuchen?"

„Immer."

Ich trat neben ihn an die Tür und hielt ihm den braunen Knochensnack hin.

„Komisch, dass das Kind nicht okay sein könnte, daran hab ich gar nicht gedacht." Ich nahm einen Schluck. Sojus kaute lautstark. „Ich hab tausend Ideen, was für eine schlimme Hexe oder barmherzige Heilige diese Mutter ist. Aber egal, was ich ihr andichte, das Kind hat in meinem Kopf alles immer unbeschadet überstanden. Ziemlich unwahrscheinlich, wenn die Mama eine Komparsenrolle in *The Walking Dead* übernehmen könnte, oder?"

„Wen kümmert die Mutter? Das Kind nervt. Jetzt schon." Sojus fiepte beim Kauen. „Aua. Zahn. Aua. Und das bei meinem Lieblingssnack." Er guckte mich mit hängenden Ohren an, wie nur Hunde es können. „Was bleibt mir denn dann noch, wenn ihr ein Kind habt? Essen kann ich bald auch nicht mehr."

Ich hockte mich hin und kraulte ihn. „Du wirst immer unser Sojus bleiben. Komm, ab aufs Sofa."

Ich schaltete den Fernseher ein und stellte den Ton leise, um Levi nicht zu wecken. Sojus hüpfte neben mich und fiepte erneut. „Hüfte."

„Komm, ich massier dich."

Sojus ließ es sich gefallen, und so schauten wir eine Weile Wiederholungen von *Golden Girls*.

„Findest du es nicht ein bisschen komisch, dass du deine Angstfantasien lieber mit deinem Hund teilst als mit deinem Mann?"

Ich hörte auf zu massieren. „Hey, Kritik an unserer Beziehung kann ich nicht gebrauchen. Ich fühl mich wegen morgen schon genug unter Druck, dass bei uns alles stimmen muss."

„Ihr habt einen tollen Hund. Das kannst du immer sagen."

Vielleicht war ich doch aufgeregter, als ich mir eingestehen wollte. Jedenfalls schossen mir sofort die Tränen in die Augen.

„Das werde ich. Wenn irgendwas nicht läuft, erzähl ich von dir.“

Kapitel 9

Valentins Mutter war natürlich ganz anders.

Im Gegensatz zu unserem letzten Besuch war der Flur des Jugendamtes der reinste Taubenschlag. Eltern und Kinder hockten auf den Dinosaurierskelettbänken, Mitarbeiter mit Akten unter dem Arm eilten geschäftig hin und her. Als wir uns dem Büro von Rammske und Biber näherten, flatterten alle wie aufgescheucht beiseite und gaben den Blick frei auf Valentins Mutter und ihre Betreuerin.

„Warum sind die so pünktlich?“, flüsterte Levi. „Wir sind doch schon überpünktlich!“

Ich stupste ihn aufmunternd in die Seite. „Hyperaktivität. Ganz und gar nicht vertrauenswürdig.“

Die Betreuerin hatte einen patenten Pferdeschwanz und Ohrgehänge in Kirschenform. Sie sah aus, als würde sie gerne Hochzeiten organisieren.

„Ach, Herr Winter!“, begrüßte sie mich und griff nach meiner Hand. „Und …“ Sie sah Levi an.

„Der andere Herr Winter“, sagte ich.

„Natürlich.“ Die Betreuerin wandte sich Valentins Mutter zu. „Frau Schnuck, das sind die Winters.“

Valentin Schnuck. Das Kind hieß Valentin Schnuck. Ich musste sofort grinsen. Popstar, Krankenhausclown oder Dschungelcamp – da war alles möglich. Aber sicher keine Langeweile.

Valentins Mutter lächelte auch. „Sie müssen sich aber auch noch vorstellen“, sagte sie zu ihrer Betreuerin.

„Was? Ach so, natürlich.“ Der Pferdeschwanz wackelte nervös. „Dreyer mein Name.“

„Frau Dreyer vergisst oft was“, sagte Frau Schnuck. „Hallo. Ihr könnt Vanessa zu mir sagen.“ Sie reichte mir die Hand. Nach Frau Dreyers forschem Händedruck hatte ich jetzt das Gefühl, überhaupt nichts in der Hand zu haben. Valentins Mutter – *Vanessa* – gehörte zu den Leuten, die einem die Hand zwischen die Finger stecken und sie da einfach liegen lassen, als wollten sie sie einem schenken.

„Hi. Jannis“, sagte ich.

Vanessa war klein, dick und hübsch. Sie hatte Knopfaugen und eine runde Nase. Ihre Kleidung wirkte, als wollte sie auf einen Mittelalter-Campingtrip gehen, mit vielen Schnüren, Raffungen, Grün- und Brauntönen. In einem Fantasyfilm hätte sie die mutige Hobbitkundschafterin geben können. Jetzt konnte ich mir besser vorstellen, was im Bericht mit Valentins „niedlichem Äußeren“ gemeint gewesen war. Dass sie vorübergehend vergessen zu haben schien, dass ihre Hand noch ihr gehörte, passte so gar nicht zum Rest ihrer Erscheinung.

Ich gab ihr ihre Hand zurück und drehte mich zu Levi. „Das ist mein Mann, Levi.“

„Hey, super. Schwule.“ Sie wirkte ehrlich begeistert, als sie Levi ebenfalls ihre Hand überließ. „Das kann nur gut werden.“

„Ja, das finden wir auch“, sagte ich.

Vanessa lachte, und ich auch. Levi sah uns irritiert an.

„Da sind Sie ja.“ Frau Biber winkte hinter ihrer Milchglastür hervor. „Kommen Sie, wir können anfangen.“

Ich bemühte mich, noch einmal so viel und so tief zu atmen wie möglich, bevor ich in die Möbellagerdimension eintauchte.

„Wir haben die Wasserflasche zu Hause vergessen“, raunte mir Levi zu. Mir wurde kalt. Über Frau Bibers Schulter konnte ich schon die Zahnreihen von Frau Rammske erkennen. Ich stupste Levi wieder mit dem Ellbogen an. Da mussten wir jetzt durch. Für unser Kind. Vanessas Kind.

Wir quetschten uns so gut es ging aneinander vorbei und renkten uns in die engen Stühle. Seit unserem letzten Besuch waren noch ein paar Pulte dazugekommen, die vor den Fenstern aufgestapelt waren. Vielleicht war es das dadurch entstehende Dämmerlicht, vielleicht das Baumartige der Pultstapel, jedenfalls schien sich Hobbitspäher-Vanessa sofort zu Hause zu fühlen. Sie trat ans Fenster, drückte mit Bauch und Hüften ein paar Rolltische beiseite und griff durch Aktenstapel und Pultbeine an den Fensterhebel.

„Bisschen stickig hier", sagte sie. „Kann ich den Tisch mit den Rädern hier wegziehen? Ich passe sonst nicht in den Stuhl. Bin ja dick." Ohne auf Erlaubnis der sichtlich konsternierten Sachbearbeiterinnen zu warten, verschaffte sie sich Raum und ließ sich dann an unseren Tisch plumpsen. „Besser." Sie blickte in die Runde. „Sie sehen sich ähnlich, wissen Sie das?" Frau Rammske und Frau Biber hielten unisono ihre Brillen fest, die an den Ketten zerrten. Frau Dreyer schaute demonstrativ beschäftigt in eine Akte. Sie kannte ihren Schützling wohl schon eine Weile.

„Schön, dass Sie alle gekommen sind. Es geht heute um Valentin", sagte Frau Biber, als sie sich wieder gefasst hatte. Frau Rammske übernahm. „Und um die Winters. Und natürlich um Sie, Frau Schnuck."

„Ich kriege Kopfschmerzen, wenn ich denen zugucke", sagte Vanessa halblaut zu Frau Dreyer. Der Pferdeschwanz der Betreuerin wippte inzwischen, als liefe sie einen illegalen Sprungparcours, bei dem ihr jemand an den Hindernissen mit einer Eisenstange gegen die Beine schlug. Ich sah ihr an, dass sie sich das Wiehern verbeißen musste. „Frau Schnuck", sagte sie flehentlich.

„Ich stelle uns zunächst einmal vor …“, sagte Frau Rammske. Frau Biber hatte vor Verblüffung ihren Einsatz verpasst.

Während Frau Rammske ihren Werdegang schilderte und erneut referierte, dass das Jugendamt zurzeit renoviert würde, zog Vanessa von irgendwoher eine Flasche Club Mate hervor, schraubte sie auf und begann zu trinken. Frau Rammske unterbrach ihren Vortrag und sah sie streng an.

„Was ist?“ Vanessa setzte die Flasche ab und legte ebenfalls die Stirn in Falten. „Wollen Sie auch was? Dann müssen Sie sich aber ein Glas holen. Da klebt Spucke dran. Von mir.“

„Frau Schnuck“, sagte Frau Dreyer und machte ein Geräusch mit ihren Lippen. Ich sah zu Levi hinüber. Sein Mund stand offen, und die Augen wanderten von einem zum anderen. Ich vermutete, dass ich nicht intelligenter aussah. Was ging hier vor sich? Warum hatte diese Höllendimension so überhaupt keine Wirkung auf Valentins Mutter?

„Nein, danke“, sagte Frau Rammske. „Wir haben hier auch gar keine Gläser.“

„Sollten Sie aber! Man muss immer viel trinken“, sagte Vanessa. „Sonst kann man nicht richtig arbeiten.“

Frau Rammske schaltete sich wieder in die laufende Partie ein. „Wir sollten das Fenster wieder zumachen. Es wird ein bisschen *frisch* hier drin.“

Frau Dreyer sprang auf und machte Anstalten, sich zum Fenster durchzuschlagen.

„Auf keinen Fall“, sagte Vanessa. „Ich werd sonst ohnmächtig. Hier gibt's ja nicht mal Licht. Ohne Luft geh ich sofort ein. Wie machen *Sie* das, dass Sie hier drin noch einen klaren Gedanken fassen können?“

„Ich muss mal kurz weg“, sagte Frau Dreyer und nutze, da sie schon einmal aufgestanden war, die Gelegenheit, aus dem Büro zu galoppieren. Beim Hinterhersehen konnte ich mich davon überzeugen, dass in dieser Gangart tatsächlich beide Hufe zugleich den Boden verließen.

In die Stille nach dem Zuschlagen der Tür hinein seufzte Frau Biber. „Vielleicht sagen die Winters dann mal etwas über sich. Das ist ja für Sie, Frau Schnuck, auch nicht *ganz* unwichtig.“

Ich und Levi sahen uns an.

„Na gut“, räusperte ich mich. „Ich bin Übersetzer, also, aus dem Englischen. Vampirgeschichten, Fantasy, Science-Fiction, so was.“

„Ach, cool. Ich mag Fantasy“, freute sich Vanessa.

„Ja, und Levi ist …“ Ich guckte ihn an und überlegte einen Moment. „Bauer. Oder Viehwirt? Wie sagt man denn?“

„Ich habe mit ein paar anderen Leuten Ziegen und Schafe auf einem Hof in Brandenburg“, sagte Levi. „Aber ich kümmere mich eigentlich mehr um den Vertrieb. Wir liefern Milchprodukte an Spitzenrestaurants in ganz Deutschland. Und wir wollen auch selber ein Restaurant aufmachen.“

„Tiere sind gut“, sagte Vanessa. „Dann kann Valentin immer mit kleinen Schafen spielen und so. Habt ihr Tiere?“

„Wir haben einen Hund“, sagte ich.

„Groß?“, fragte Vanessa misstrauisch. „Ich hab ein bisschen Angst vor großen Hunden. Katzen sind mir eigentlich lieber.“

„Er hat zumindest ein großes Selbstbewusstsein“, sagte ich. „Wenn man ihn fragt, ist er sowieso der Wichtigste bei uns. Aber ehrlich gesagt ist er eben nur ein *kleiner* Münsterländer."

„Klingt witzig." Vanessa und ich lachten schon wieder gleichzeitig. Levi trat mir unter dem Tisch auf den Fuß. Er guckte mich finster an. Ich zuckte mit den Achseln. *Was ist?* Ich fand, es lief prima.

„Also, ich will jetzt auch mal was sagen", meldete sich Vanessa zu Wort.

„Bitte", sagte Frau Biber säuerlich.

„Schön, wenn wir *endlich* auch mal etwas von Ihnen hören", sagte Rammske und verschränkte die Arme vor der Brillenkette.

Vanessa ließ sich in den Stuhl zurücksinken und schaute in die Runde. Mit einem Mal sah sie genau so schlaff aus wie die Hand, die sie vorhin in meine gelegt hatte. „Mir ist das alles gar nicht so wichtig." Sie sah zu mir rüber. „Was ihr arbeitet und so. Ich will bloß, dass der Kleine gut behandelt wird. Dass er bei Leuten ist, die keinen Scheiß mit ihm anstellen. Die noch ein bisschen jünger sind und nicht so verknöchert. Und nicht so …" Sie warf den Sachbearbeiterinnen einen prüfenden Blick zu. „So Frauen. Leute, die nur an ihm rumerziehen. Also, schon erziehen. Ich will ja nicht, dass er euch egal ist. Nur nicht … blöd?"

Ich nickte, da es sonst keiner am Tisch tat. Erleichtert redete Vanessa weiter.

„Meine Mutter wird zwar sagen, wenn ihr schwul seid, wird er auch schwul, aber das ist mir egal." Sie schob die Unterlippe vor und war wieder Hobbitkriegerin. „Das entscheidet er ja selber, wenn er groß ist, oder?"

Ich begriff erst nach ein paar Sekunden, dass sie ernsthaft eine Antwort erwartete. „Ja", sagte ich, „ich denke schon. Dass er das entscheidet."

„Außerdem ist es ja auch nicht schlimm, wenn man schwul ist“, strahlte Vanessa.

„Danke“, sagte Levi halblaut.

„Ich will das machen. Ich habe gleich ein gutes Gefühl bei euch gehabt, und ich will das jetzt machen.“ Vanessa griff nach der Mate und nahm schnell ein paar Schlucke.

„Gut.“ Frau Rammske schien etwas überrascht, griff aber gleich nach dem Telefonhörer. „Dann rufen wir jetzt mal in der Übergangspflegestelle an und schauen, wann die Winters Valentin kennenlernen können.“

Kapitel 10

„Was sollte dieses blöde Lachen immer?" Levi stapfte schneller zur S-Bahn.

Wie schon beim letzten Mal fanden wir uns plötzlich auf der Straße wieder. Aber diesmal lag der Blackout nicht an Sauerstoffmangel und Dehydrierung. Wir würden ein Kind kennenlernen. Ein Kind, für das wir zwar noch Rückgaberecht hatten, nachdem wir es bei der Kurzzeitpflegestelle kennengelernt hatten, wie uns erklärt wurde, aber ein Kind, das, wenn wir es wollten, unser Kind sein könnte.

„Warum? Ich fand die nett."

Levi bliebt stehen. „Ich fand die auch nett. Aber das ist nicht unsere Freundin. Das ist die leibliche Mutter."

„Na und? Ich will ja auch nicht mit der befreundet sein. Deswegen darf ich ja wohl mal lachen."

„Irgendwas stimmt da nicht." Levi schüttelte den Kopf und setzte sich wieder in Bewegung.

„Was meinst du, da stimmt was nicht? Ist doch alles prima gelaufen. Wir lernen Valentin jetzt kennen, und wenn er zu uns passt, dann ist das unser Kind."

„Mit der Mutter stimmt was nicht. Die ist so zielstrebig und selbstbewusst. Die wollte auch nichts von uns wissen. Und geredet hat sie total klar und flüssig. Was ist da los? Warum gibt die ihr Kind weg? Wir hätten echt mal fragen müssen."

In der Ferne sah ich Vanessas Betreuerin gegen den Wind gestemmt durch das Industriegebiet traben. Bestimmt war ihr jetzt nach einem gemütlichen Café und einem schönen Sack Hafer.

„Willst du denn unbedingt, dass es der leiblichen Mutter unseres Sohnes so schlecht wie möglich geht? Ist doch gut, wenn die kein Wrack ist. Spricht dafür, dass Valentin auch okay ist."

„Ich will kein Arschloch sein, Jannis. Mir hat die auch leidgetan, wie die da plötzlich so kraftlos gesessen hat. Aber wir müssen halt auch ein bisschen strategisch denken. Was die Sachbearbeiterinnen da gesagt haben, bis zur Volljährigkeit, das ist nicht so klar. Je weniger Probleme die hat, desto eher kann sie ihn sehr wohl zurückholen. Ein paar Dachschäden wären also ganz gut für uns. Nächstes Mal müssen wir da nachhaken."

„Weiß nicht. So will ich nicht denken."

„So *will* ich auch nicht denken. Aber einer muss es ja machen. Wenn du nicht kämpfen willst, sondern nur der Nette sein, der immer mitlacht ..."

Jetzt blieb ich stehen.

„Ich kann echt nicht glauben, dass du dich *jetzt* mit mir streiten willst."

„Ich will mich nicht streiten. Aber ich habe keine Lust, dass ich bei dieser Sache schon wieder der böse Bulle sein muss und du wieder der, der nur redet."

„Apropos." Mir wurde heiß vor Wut. „Du hättest gerne auch mal was sagen können."

„Wollte ich ja. Hast mich nicht gelassen."

„Entschuldige, du warst ja zu sehr damit beschäftigt, mich unter dem Tisch zu treten. Wer ist der böse Bulle?"

Levi ließ die Schultern fallen. „Sorry. Ich will echt nicht streiten. Ich mache mir nur Sorgen. Die ist überhaupt nicht so, wie ich erwartet habe."

Ich nahm ihn in den Arm. „Geht mir auch so. Aber bis jetzt finde ich das eher gut. Hey, und Freitag fahren wir bei dieser Kurzzeitpflege vorbei. Und dann lernen wir unseren Sohn kennen."

Arm in Arm gingen wir weiter.

„Irgendwie erinnert die mich an jemanden", sagte ich. „Die Vanessa. Aber ich komme nicht drauf, an wen. Diese knappen Ansagen immer. Dieses Unverschämte. Dass die so tut, als könnte ihr nichts was anhaben."

Levi lachte. „Das weißt du echt nicht? Ich hab's auch sofort gedacht." Er knuffte mich. „Die ist genau wie deine Mutter."

*

„Okay, lass mich das noch mal zusammenfassen", sagte Rahel später am Telefon. „Die leibliche Mutter deines zukünftigen Sohnes ist eine Kopie deiner *eigenen* Mutter? Hallo, queere Familie." Sie sog hörbar an ihrer Zigarette. „Besorg dir schon mal ein schönes Kleid, Papa."

„Haha", machte ich. „Du weißt genau, dass mir das nicht steht. Und ich hab eh schon Angst, dass ich hier die Mutti werde. Also bitte."

„Und du weißt genau, dass ich dir immer schon gesagt habe, wie *hot* du als Frau wärst. Nur blond müsstest du sein, für meinen Geschmack."

Ich konnte Rahel durchs Telefon grinsen hören. „Hey, deine Chance jetzt. Und auf irgendeine schräge Weise hast du doch noch den Ödipus befriedigt, von der Mami ein Kind gekriegt, und das Kind bist dann wahrscheinlich auch noch du!"

„Mach keinen Scheiß", sagte ich. „Er ist sehr klein und von niedlichem Äußeren. Das ist alles, was ich weiß."

„Siehst du. Genau wie du. Du bist auch von niedlichem Äußeren."

Ich seufzte. „Kannst du mir nicht einfach mal nur gratulieren?"

„Ich gratuliere dir, Mutti. Wenn wir uns das nächste Mal sehen, gehen wir heiße Fetzen shoppen. Hey, ich mach nur Spaß. Wann lernt ihr den Knaben jetzt kennen?“

„Freitag“, sagte ich. „Schon Freitag.“

Frage 22: Pflegekinder können aufgrund der Erfahrungen in der frühen Kindheit vielfältige Belastungen und Einschränkungen mitbringen. Welche Beeinträchtigungen können Sie bewältigen (Behinderungen, Krankheiten, Verhaltensauffälligkeiten, Missbrauchserfahrungen, Schädigungen durch Alkohol und andere Drogen im Mutterleib etc.)? Können Sie sich vorstellen, ein Kind nichtdeutscher Herkunft aufzunehmen?

Am Tag, bevor wir Valentin kennenlernten, starb Sojus.

Er sprang an der Haltestelle aus dem Bus, schlug unglücklich auf und konnte nicht mehr laufen. Die Tierärztin sagte, es sei das Rückgrat. Sojus sei einfach alt, da könne man nichts mehr machen. Sie ließ uns allein, damit wir Abschied nehmen konnten.

„Hört auf zu heulen“, ächzte Sojus. „Ihr habt mich fünfzehn Jahre lang gequält. Irgendwann ist auch mal gut.“

„Hör auf so zu reden, du dummer, alter Hund“, sagte ich. Levi konnte vor lauter Heulen gar nichts mehr sagen.

„Ist doch wahr.“ Sojus lag auf der Seite und hechelte. „Und jetzt, wo das Kind kommt, habt ihr eh keine Zeit mehr für mich. Die neue Wohnung ist im vierten Stock. Und einen Garten haben wir auch nicht mehr. Ich bin diesem Scheißbusfahrer fast dankbar, dass er nicht dichter an den Bordstein gefahren ist.“

Wir streichelten ihm den haarlosen rosa Bauch, Er leckte uns die Hand.

„Du schreibst das alles auf. Wie das läuft, mit dem Kind. Denk ja nicht dran, das nicht aufzuschreiben. Die Geschichte ist zu gut." Sojus hustete.

Ich konnte nur nicken.

„Schreib nicht, wie die Leute wirklich waren. Das interessiert keinen. Die Wahrheit ist immer langweilig. Nicht mal du darfst sein wie in Wirklichkeit. Denk dir andere Leute aus. Aber das Wichtige von der Geschichte muss erhalten bleiben. Der Kern. Nur mich …" Er hustete wieder. „… nur mich machst du genau so, wie ich wirklich war, ja? Dann ist es endlich mal zu was gut, dass mein Herrchen eine Büchereule ist. Ein bisschen Unsterblichkeit."

„Okay", würgte ich hervor. „An dir wird als einzigem nichts geändert."

„Pass auf, das wird ein echter …" Er zuckte mit den Hinterläufen und jaulte vor Schmerz. „… ein echter *Roman à Kläff.*"

Dann verstummte er. Die Ärztin kam rein und gab ihm eine Spritze. Levi umklammerte meine Hand so fest, dass es wehtat. Sojus' Augenlider flatterten. Die Ärztin horchte ihm die Brust ab und nickte. Wir durften nur die Leine und das Halsband mitnehmen.

Zu Hause versuchten wir, normal weiterzumachen.

Aber mit Sojus war ein wichtiger Teil der letzten fünfzehn Jahre gestorben, und wir hatten keine Ahnung, wie es weitergehen würde.

Kapitel 11

Valentin stand hinter den Beinen seiner Kurzzeitpflegemutter, und da war mir alles andere egal.

Die unruhige Nacht: abgeschüttelt.

Der fahrige Morgen mit den Streitereien über verlegte Fahrradschlüssel: weg.

Die Reihen identischer Einfamilienhäuser in dieser Siedlung: fielen beiseite.

Nur Sojus' Tod war immer noch da. Er machte mich weicher und aufmerksamer.

Valentin lugte um die Beine wie ein kleines Tier. Er war tatsächlich sehr klein und reichte Frau Brenner, seiner Kurzzeitpflegemutter, nur bis knapp übers Knie. Feine Haare kräuselten sich um ein spitzes Gesicht. Arme und Beine sahen aus wie die Läufe eines Rehkitzes, was durch den viel zu kleinen Schlafanzug, den sicher schon ein Dutzend Kinder in dieser Pflegestelle getragen hatten, verstärkt wurde. Nur einmal hatte ich so strahlend blaue Augen gesehen, und zwar im Gesicht von Levi.

Wir gingen ins Haus. Wir bekamen Kaffee. Levi und Frau Brenner sprachen miteinander. Valentin stakste zu ein paar Spielzeugautos und schob sie hin und her. Ich konnte ihm ansehen, dass er sich kein Wort entgehen ließ, das bei uns Erwachsenen gesprochen wurde.

„Lassen Sie ihn erst mal", sagte Frau Brenner. „Er braucht seine Zeit."

„Okay", sagte ich. Ich gab mir Mühe, dem Gespräch zu folgen. Frau Brenner war klein, resolut, vermutlich jünger als wir und beängstigend kompetent. Sie berichtete von ihrem Werdegang als Kurzzeitpflegemutter, zählte eine lange Reihe hoch problematischer Kinder und Eltern auf und ließ keinen Zweifel daran, dass sie mit ihnen allen höchst professionell und doch liebevoll einen Weg gefunden hatte.

Levi nickte und stellte Fragen zu Valentin. Frau Brenner sagte irgendwas. Ich schaltete ab. Ich guckte über die Schulter zu Valentin, der immer noch am Boden hockte. Gern wäre ich zu ihm gegangen, aber ich traute mich nicht. Die kompetente Frau Brenner hatte gesagt, er brauche noch Zeit.

„Und Sie?“ Frau Brenner sah mich erwartungsvoll an.

„Was?“

„Was Sie beruflich machen.“ Levi guckte böse. Ich sollte mir mehr Mühe geben.

„Ich bin Übersetzer“, sagte ich. „Für so Fantasygeschichten.“

„Ach, Sie kennen sich mit Sprache aus.“ Frau Brenner nickte erfreut. „Das ist gut für Valentin. Er ist …“

Ich hörte schon nicht mehr zu. Valentin stand auf, drückte sich an der Wohnzimmerwand entlang und guckte zu uns rüber. Dabei spielte er mit den Rändern des Feuerwehrautos in seiner Hand.

Ich winkte vorsichtig. „Hallo.“

Valentin grinste. Ich grinste auch.

Levi stupste mich an. „Jetzt lass den doch erst mal.“

„Er braucht noch ein bisschen“, sagte Frau Brenner.

„Ist gut“, sagte ich.

Als die beiden anderen wieder in ihr Gespräch vertieft waren, zwinkerte ich Valentin zu. Er versuchte zurückzuzwinkern und presste dabei beide Augen so fest zu, als bekäme er gerade die Haare gewaschen.

Wir mussten beide lachen, aber Valentin biss sich auf die Lippe und deutete mit den Augen zu Levi und Frau Brenner. Ich nickte.

„Das sehen Sie auch so?“, fragte Frau Brenner.

„Ja, natürlich.“ Ich hatte das dringende Gefühl, Frau Brenner bedenkenlos in allem zustimmen zu dürfen.

Valentin hob die Augenbrauen, was bei einem Anderthalbjährigen sehr ulkig aussah, und nickte mir bestätigend zu. Offenbar sah er das genau so.

„Vielleicht gleich jetzt am Wochenende? Sonntag?“, fragte Levi.

„Prima. Dann kann er Ihren Besuch etwas sacken lassen.“ Frau Brenner war einverstanden, und das hieß, dass ich auch einverstanden sein konnte.

„Das finde ich gut“, sagte ich sehr laut.

Levi und Frau Brenner sahen mich irritiert an.

„Wollen Sie lieber nicht so schnell wiederkommen?“, lachte Frau Brenner.

„Doch, doch“, beeilte ich mich, „am Wochenende wiederkommen ist gut.“

„Und vor allem, dass wir dann gleich mit ihm rausgehen. Alleine“, sagte Levi. Ich sah ihm an, dass er sauer war, weil er dachte, ich würde nicht richtig zuhören. Dabei hatte ich alle Antennen auf Empfang.

„Er geht sehr gerne raus“, sagte Frau Brenner. „Ich beschreibe Ihnen am Sonntag dann den Weg in die Kleingartenkolonie.“

„Macht er Mittagsschlaf?“, erkundigte sich Levi.

„Er schläft *sehr* gerne“, sagte Frau Brenner.

Aus irgendeinem Grund lachten die beiden im Chor. Sie schienen sich blendend zu verstehen.

„Wissen Sie eigentlich, was mit Valentins Mama …“ Levi machte eine unbestimmte Handbewegung. „Also, warum die ihn … ?“

„Ach.“ Frau Brenner winkte ab. „Das ist eine längere Geschichte. In den Akten steht nichts, aber wenn Sie da mal beim Jugendamt nachfragen, die wissen schon ein bisschen was."

Ich lugte zu Valentin und hob die Hände. *Was soll das?*

Er zuckte mit den Schultern. *Frau Brenner ist total nett, aber die redet immer über mich, als wenn ich nicht da wäre.*

Er stakste mit der Feuerwehr am Tisch vorbei und steuerte auf die Treppe ins Obergeschoss zu. Die Ärmchen hielt er abgespreizt, und der Mund stand ein bisschen offen. Er sah aus wie ein stark verwirrter Tyrannosaurus.

„Da gehen wir jetzt aber nicht hoch", sagte Frau Brenner. „Komm doch mal her, mein Räffchen." Sie stand auf und holte Valentin zu uns an den Tisch. Er ließ sich auf ihren Schoß ziehen, ohne die Feuerwehr loszulassen.

„Ich nenne ihn Räffchen", erklärte sie. „Weil er so lange Beine und Arme hat wie eine Giraffe und so süß ist wie ein Äffchen."

Valentin schaute überaus interessiert auf die Räder seiner Feuerwehr, aber ich konnte genau sehen, dass er unter dem zauseligen Pony erneut die Augenbrauen wölbte. Ich musste wieder grinsen. Er hob den Kopf, guckte zu mir rüber und kniff schnell beide Augen zu. Wieder ein Zuzwinkern.

„Er ist ein bisschen schüchtern", sagte Frau Brenner.

„Das ist ja nur zu verständlich", sagte Levi.

Unmut stieg in mir auf. Schüchtern kam mir Valentin keinesfalls vor. War ich der Einzige, der dieses Kind verstand?

Levi und Frau Brenner sprachen noch eine Weile miteinander. Dann verabschiedeten wir uns. Auf dem Kiesweg vor Frau Brenners Haus blickte ich mich um. Sie war schon wieder auf dem Weg ins Haus. Valentin steckte den Kopf aus der Tür. Die eine Dinosaurierkralle umklammerte nach wie vor die Feuerwehr. Die andere winkte uns unbeholfen hinterher. Dann sah ich die Hand von Frau

Brenner, das Aufblitzen eines Rehhufes, und Valentin war verschwunden.

Ein Kind, das eine Mischung aus Tyrannosaurus, Giraffe, Äffchen und Reh war. Ein Waldwesen, scheu, verspielt, mit dem Kopf in den Wolken und sehr gefährlich. Ich fühlte mich leicht.

„Ich weiß nicht“, sagte Levi. „Ich hatte irgendwie keinen Draht zu dem. Was meinst du?“

„Was? Ich dachte, wir nehmen ihn sofort.“ Ich bleib stehen.

„Warum das denn? Du hast kein Wort gesagt. Ich dachte, für dich ist eh klar, dass der nicht zu uns passt.“ Levi schüttelte unwirsch den Kopf.

„Nee, ich war … ich hab mich gut mit dem verstanden. Ich glaub, das wird was.“

Wir setzten uns wieder in Bewegung. Levi schob mir den Arm um den Rücken.

„Manchmal verstehe ich dich nicht. Du sitzt da wie versteinert, und dann ist es das tollste Kind der Welt? Na, okay. Ich muss da erst mal Sonntag abwarten.“ Er guckte mich an. „Ich hoffe, du bist jetzt nicht enttäuscht.“

„Nein, bin ich nicht.“ Das war ein bisschen gelogen. Für mich war die Sache klar.

„Vielleicht muss ich mal an ihm riechen“, überlegte Levi. „In allen Ratgebern steht immer, man soll an den Kindern riechen. Wegen der Pheromone.“

Ich musste lachen, als ich mir vorstellte, wie Valentin die Augenbrauen hochzog, während Levi ihn abschnupperte.

„Ich weiß, dass du diese Ratgeber und Internetforen albern findest, aber mir gibt das nun mal Sicherheit.“ Levi ließ mich los und steckte die Hände in die Tasche. Es war spürbar Herbst geworden.

„Entschuldige", sagte ich. „Mach das, wie es für dich am besten ist."

„Jetzt muss ich das wieder entscheiden." Levi verdrehte die Augen. „Und das mit der Sprechbehinderung ist natürlich so ein Ding. Nicht das Schlimmste, was ein Pflegekind haben kann. Also, wenn das alles ist …"

„Sprechbehinderung? Welche Sprechbehinderung?"

Jetzt kam Levi richtig in Fahrt. „Hast du überhaupt irgendwas mitgekriegt? Oder nur in deiner tollen Intuitionswolke da rumgesessen? Er spricht ja nicht."

„Er ist anderthalb", sagte ich.

„Ja, aber Frau Brunner meinte, er hat am Anfang, als er zu ihr kam, gar keine Geräusche gemacht. Und jetzt kann er nur ‚da' sagen und zeigt irgendwas. Und die Ärzte im SBZ glauben …"

„Was ist denn ein SBZ?"

„O Mann. Sozialpädiatrisches Zentrum!" Levi warf die Hände in die Luft.

„Tut mir leid."

„Es wäre nur schön, wenn du auch mal mithelfen würdest", sagte Levi. „Diese Unterhaltungen mit diesen ganzen Leuten, das schlaucht."

„Ich weiß, was du meinst", nickte ich. „Irgendwie habe ich auch das Gefühl, ein Pflegekind haben heißt vor allem, dass man tausend andere Leute kennenlernt, die da drum rumturnen, und mit denen quatscht. Und jeder von denen hat irgendeine Meinung zu uns und dem Kind. Dabei wär's gut, wenn mal einer das Kind angucken würde."

Levi sah mich an und hob die Augenbrauen fast so hoch wie Valentin.

„Und das bist du? Du alleine? Na, vielen Dank auch."

„Nicht alleine." Ich fühlte mich ertappt. „Ich weiß nicht. Ich hatte halt das Gefühl, ich habe mich mit dem Räffchen gut unterhalten. Weißt du übrigens, an wen der mich verdammt erinnert?"

Levi verengte die Augen. Beide Augen zugleich. „Keine Ahnung."

Ich küsste ihn. „An dich, du Dummie."

Kapitel 12

Frage 29: Ein Pflegekind stellt besondere Ansprüche an Sie und Ihre Familie. Wie ist Ihre derzeitige Wohnsituation? Was können, was müssen Sie ändern, um einem Kind gerecht zu werden?

Levis Entscheidung für Valentin fiel am Sonntag beim Spazierengehen. Nachdem er ungefähr eine halbe Stunde durch den Matsch gerannt war, Valentin mit seinem offenen Mund und den Dinosaurierklauen hintendrein, ließ er sich neben mich ins Gras fallen und keuchte: „Das ist, wie wenn man ein Zicklein einfangen muss. Rickchen sollte der heißen." Valentin ließ sich daneben fallen. Ich zeigte ihm, wie man mit einem Stock im Schlamm malt, bis Levi wieder genug Puste hatte. So verbrachten wir zwei Stunden draußen, ich mit Malen und Musik-am-Zaun-Trommeln, Levi mit Toben. Valentin schien beides außerordentlich zu genießen.

Auf dem Rückweg schlief er in der Karre ein. Der Mund stand ihm immer noch offen. An der Schnellstraße hielten wir uns gegenseitig zurück.

„Vorsicht, da kommt noch ein Auto!"

„Ist doch noch ganz weit weg."

„Jetzt aber."

„Mit der Karre? Bist du verrückt?"

Wir lächelten uns an und freuten uns über unsere Sorge.

„Ich sehe, Sie haben sich gut verstanden", sagte Frau Brenner. „Kommen Sie doch übermorgen wieder. Und dann alle zwei oder drei Tage. Und nehmen Sie ihn ruhig mal mit zu sich nach Hause."

„Wir ziehen erst nächste Woche um“, sagte ich.

„Wenn Sie eben so weit sind.“ Frau Brenner bleib vernünftig und unerschütterlich wie immer. „Und dann, wenn er ein paar Mal den Nachmittag bei Ihnen verbracht hat, dann liefern Sie ihn nur noch zum Schlafen bei mir ab. Und dann, tja, ich würde sagen, dann übernachtet er das erste Mal bei Ihnen und … na ja, bleibt dann eben bei Ihnen. Wenn er das gut packt.“

Sie guckte auf Valentin hinunter. „Entschuldigung. Das Räffchen war jetzt schon eine ganze Weile bei mir, wissen Sie?“

Valentin umarmte ihr Bein. Ich war froh, dass er Frau Brenner liebhatte.

Wir machten alles genau so, wie es die vernünftige Frau Brenner vorgeschlagen hatte. Nach ein paar weiteren Besuchen bei Valentin voller Toben und wortloser Unterhaltungen stand bei uns der Umzug an. Die Lesben vom Boxverein packten kräftig mit an, während die Fantasyheinis sich in meine Comicsammlung vertieften und leider nicht mehr mithelfen konnten. So oder so waren am Ende alle schweißgebadet; die Lesben, weil sie unseren ganzen Hausstand in den vierten Stock getragen hatten, die Nerds, weil sie mehrere Stunden außerhalb ihrer eigenen vier Wände verbracht hatten. Danach tranken alle zusammen Bier und unterhielten sich über Wonder Woman. Einen Garten hatten wir nicht mehr, dafür aber einen Balkon.

„Cool, dass wir jetzt eine größere Wohnung haben. Ich kann mir richtig gut vorstellen, wie gemütlich das wird“, sagte ich, während wir auf den Hinterhof mit der herbstlichen Kastanie schauten. „Wenn Valentin im Bett ist, machen wir uns eine Flasche Wein auf und setzen uns hier mit Schaukelstühlen auf den Balkon und …“

„Und was?“, fragte Levi und lehnte sich an mich.

„Und sind erwachsen. Und machen erwachsene Sachen. Erwachsenensachen. Wie Erwachsene."

Levi lachte. „Das müssten dann aber schon ziemlich kleine Schaukelstühle sein. Und sie dürften nicht knarren. Damit das Kind nicht aufwacht."

„Damit … oh." Levi hatte recht, wie immer. Das hintere Zimmer war zu dunkel, und das große Zimmer war nur durch einen kurzen Flur von der Wohnungstür getrennt. Wenn wir Gäste hätten, würde Valentin jedes Mal geweckt werden. Und wenn schon knarrende Stühle zu laut waren, dann waren es die Schrittgeräusche aus dem Treppenhaus erst recht.

„Schade." Ich nahm noch einen Schluck Bier und hielt das Gesicht in die letzten Strahlen der Herbstsonne. „Ich hatte gedacht, das wird ein Arbeitszimmer. Ein großer Schreibtisch, meine Comicsammlung an der Wand, Sonic-Youth-Tourposter …"

Levi klopfte mir auf den Bauch. „Ich fürchte, daraus wird nichts. Wenn du mal in Zukunft überhaupt noch zu Hause arbeiten kannst. Wahrscheinlich mietest du dir besser einen Büroraum."

Ich ging in die Küche, um mir ein Bier zu holen. Auf dem Rückweg durch das Gewimmel der Umzugshelfer fragte ich mich, ob wir in Zukunft noch solche Partys feiern würden. Durften wir als verantwortungsbewusste Eltern überhaupt noch mit den Lesben das Porn-Film-Festival durchhecheln, wenn nebenan ein beeinflussbares Kind schlief? Oder schlimmer noch: nicht schlief, sondern beide Ohren weit aufsperrte und am nächsten Tag in der Schule über die Verwendung von Funk-Musik im Werk von Shine Louise Houston referierte? Durften die Nerds überhaupt noch nach 20 Uhr laut die Würfel über den Spieltisch werfen und Zwergenflüche brüllen, wenn die Zombiemumie einfach nicht sterben wollte?

„Ich weiß nicht, ob ich schon bereit dafür bin", sagte ich, als ich wieder bei Levi auf dem Balkon stand.

„Langsam ist es ein bisschen spät, sich alles anders zu überlegen", sagte er und prostete mir zu.

„Für mich", sagte einer der Nerds laut, „wird Lynda Carter immer Wonder Woman bleiben."

„Gal Gadot", hielt eine der Lesben dagegen, „war nicht nur in der israelischen Armee, sie war auch schon in *The Fast and the Furious* super."

„Hey, Jannis", rief jemand anders, „entscheide du. Wer ist die bessere Wonder Woman: Lynda Carter oder Gal Gadot?"

Eine eisige Hand griff nach meinem Herzen. Ich hatte das ungute Gefühl, dass die Zeiten, in denen ich mich ständig für etwas anderes entscheiden durfte, dem Ende zugingen.

Kapitel 13

Auf dem Jugendamt ging dann alles ganz schnell.

„Schön. Frau Schnuck, Sie wissen, es gibt dann jetzt einen Pflegevertrag mit den Pflegevätern, also mit den Winters." Frau Rammske zog ein paar zusammengetackerte Blätter hervor und fing an, Paragrafen vorzulesen. Frau Biber fiel ein, und die nächsten paar Minuten sangen sie uns den Text alternierend zweistimmig vor. Ich hörte nicht hin. Ich war so aufgeregt, dass ich das Gefühl hatte, nicht wirklich da zu sein. Vanessa spielte mit der Mateflasche, die sie auch diesmal wieder als stumme Protestgeste vor sich auf den Tisch gepflanzt hatte.

„... kommen wir zum Schluss", sagte Frau Biber. „Frau Schnuck, wenn Sie jetzt hier einwilligen, bedeutet das, dass Valentin nach einer Kennenlernphase aus seiner jetzigen Übergangspflegestelle zu den Winters zieht. Damit er dort gut ankommen kann, werden die Besuchskontakte mit Ihnen für das nächste Vierteljahr ausgesetzt. Sie werden Ihren Sohn dann also eine Weile nicht sehen können. Er muss sich an seine neue Familie gewöhnen."

Plötzlich war ich wieder in meinem Körper. Das war der Moment, vor dem ich mich gefürchtet hatte. Der Moment, in dem diese Frau mir ihren Sohn geben würde wie eine Hand oder etwas anderes, das zu ihr gehörte.

Vanessa saß noch genau so hübsch und kämpferisch da wie vorher, aber jetzt fing sie an zu weinen. Die Tränen liefen ihr dick und schwer und schnell über die Wangen und verschwanden, ohne dass ich sehen konnte, wohin. Es war, als hätten die Tränen nichts mit ihr zu tun, als wären es die Tränen von jemand anders oder Regen, der fiel, ohne dass jemand etwas dafür konnte.

„Ist okay“, sagte sie.

„Danach werden Sie Valentin einmal im Monat für ein bis zwei Stunden treffen können. Wir besprechen das noch genauer, wenn es so weit ist.“

„Ist okay.“

„Frau Schnuck, im letzten Absatz des Vertrags ist von einem unbefristeten, auf Dauer angelegten Pflegeverhältnis die Rede. Ich will Ihnen erklären, was das bedeutet, damit das für Sie ganz klar ist und es später keine Irritationen gibt. Es bedeutet, dass Valentin bis zur Verselbstständigung, also in der Regel bis zur Volljährigkeit, bei den Winters leben wird und dort auch seinen Lebensmittelpunkt hat. Die Winters werden seine Familie sein. Nach bisheriger Aktenlage stand noch im Raum, dass Valentin möglicherweise wieder zu Ihnen zurückkehrt. Das wäre damit aller Wahrscheinlichkeit nach nicht mehr so. Verstehen Sie, was ich meine?“

Vanessa biss sich auf die Lippe und machte ein kleines Geräusch. Zwischen den Pulten sah ich draußen vor dem Fenster wieder den Wind, der ging, wohin er wollte.

„Ja“, sagte sie. „Ich verstehe.“

Ich hörte neben mir ein Schluchzen und bemerkte, dass Levi ebenfalls weinte.

„Gut. Dann unterschreiben wir jetzt.“

Ich wusste nicht, wer das alles sagte, Frau Biber oder Frau Rammske. Es war auch egal.

Der Vertrag landete vor mir. Ich guckte Vanessa an, die sich eine Träne abwischte und den Handrücken stirnrunzelnd musterte, als fragte sie sich, wo das Wasser herkam. Levi sah mich mit schwimmenden Augen an. Eigentlich hatten wir noch fragen wollen, warum Valentin in eine

Pflegefamilie sollte. Aber das brachte jetzt wohl keiner von uns beiden mehr über sich.

Auf dem Papier vor mir war noch eine gestrichelte Linie frei. Ich knetete den Kuli mit einer Hand.

„Wie war das, als ich zu euch gekommen bin?", würde Valentin eines Tages fragen.

„Wir haben über dich gesprochen, ohne dass du dabei warst, und deine Mutter und wir haben alle in einem vollgestopften Büro ein Stück Papier unterschrieben. Und dann warst du an uns verkauft."

Ich schwor, mir eine bessere Geschichte einfallen zu lassen.

Dann fiel mir Rahel ein. „Egal, was du wirklich möchtest, du holst es dir besser bald", hatte sie gesagt. Oder?

„Hab ich was verpasst?" Vanessas Betreuerin, die auch diesmal wieder schnell gescheut hatte, steckte das lange Gesicht zur Tür hinein.

„Herr Winter?" Frau Rammske und Frau Biber sahen mich durch die angeketteten Brillen an.

Ich unterschrieb.

Kapitel 14

Wir bekamen von Levis Eltern ein Kinderbett geschenkt, nahmen Rahel die alten Klamotten von Cosima ab und kauften handgemachtes Kinderspielzeug.

„Nicht zu viel, oder?“, fragte ich und drehte einen Kasten mit pädagogisch wertvollen Löchern in den Händen.

„Aber auch nicht zu wenig“, sagte Levi und schob begeistert eine Holzente herum.

Levi besorgte von den Leuten auf seinem Biohof ein Schaffell.

Ich kaufte Valentin ein Buch, in dem alle Dinge auf der Welt mit ihren Geräuschen vorgestellt wurden.

Etwa zwei Wochen später schoben wir Valentin das erste Mal zu uns nach Hause. Frau Brenner winkte uns hinterher. Valentin saß in der Karre und mümmelte zufrieden Kekse. Scheinbar machte es ihm nichts aus, dass wir heute nicht den gewohnten Weg nahmen. An der Bushaltestelle inspizierte er die Vogelsilhouetten auf der Glasscheibe. Plötzlich packte mich wilde Angst, dass er sich weigern würde, mit uns in den Bus zu steigen. Warum sollte er auch? Er kannte uns doch gar nicht.

Zischend hielt der Bus. Die Türen schwangen auf.

„Wie zeigt man denn jetzt die Fahrkarte vor?“ Levi guckte panisch zwischen Fahrertür und Kinderkarrenbucht hin und her.

„Erst mal rein, dann geht einer nach vorne“, vermutete ich.

Valentin legte den Kopf in den Nacken und sah uns stirnrunzelnd an, so als wollte er sagen: „Ihr habt jetzt schon keine Ahnung mehr?“

Levi schüttelte den Kopf. „Das gibt nur Stress. Da werden wir gleich wieder rausgeschmissen. Ich lauf nach vorne, ihr steigt hier hinten ein."

Weg war er.

Vor mir gähnte die Tür. In der Kinderwagenbucht saß eine Frau mit Rollstuhl. Sie musterte mich abschätzig. Klar, Rollstuhl war mehr wert. Wie sollte ich da vorbeikommen? Oder überhaupt erst mal reinkommen? Der Fußboden des Busses war ganz schön weit über der Straße. Konnte man den nicht irgendwie absenken? Die Augen der Frau mit dem Rollstuhl sagten: *Da musst du jetzt alleine durch.*

Die Türen zischten erneut. Ich drückte die Handgriffe der Karre nach unten. Vorne schossen die Räder hoch. Valentin hielt sich an seinem Keks fest und riss die Augen auf. Ich wuchtete ihn rein, zog den Hintern ein, bevor die Bustüren zubissen, und parkte die Karre schräg vor der Frau mit dem Rollstuhl. Der Bus fuhr an. Ich hielt mich mit einer Hand fest, während ich mit der anderen versuchte, Valentin aus den Sicherheitsgurten zu ziehen. Ich zerrte, bis er zu weinen anfing. Ich hatte das Gefühl, der ganze Bus würde mich anstarren. Gleich würde sich ein verantwortungsbewusster Mitbürger erheben, den Finger auf mich richten und laut fragen, wie ein Schwuler wie ich denn bitte dazu kam, dieses Kind zu malträtieren, und ob er bitte mal die Geburtsurkunde sehen dürfe? Dann wäre ich gelackmeiert, klar. Als Entführer gebrandmarkt, als Pädophiler bloßgestellt. Das Kind wollte sich partout nicht aus seiner Verankerung lösen. Was würde die vernünftige Frau Brenner jetzt tun?

Um den Anschein von Ruhe und Besonnenheit bemüht, reichte ich Valentin einen weiteren Keks. Er nahm ihn und hörte auf zu schreien. Endlich gab das Gurtgestrüpp nach, und er strampelte befreit mit den Giraffenbeinen. Schweißgebadet ließ ich mich neben Levi auf den Sitz fallen.

„Was sollte das denn bitte?", fauchte er mich an.

„Wer dieses Kind in einem fahrenden Bus aus der Karre zieht, der soll König von England sein", seufzte ich und schob ihm den kauenden Valentin auf den Schoß.

„Man kann übrigens einfach die Fahrkarte hochhalten, sodass der Fahrer das im Rückspiegel sieht", sagte er. „Und die Gurte kann man aufklicken. Wie im Auto."

„Okay", sagte ich.

„Gah", sagte Valentin.

Zu Hause angekommen, trugen wir ihn die Treppe hoch. Alle vier Stockwerke. Im Flur reckte er den Hals und spähte in die Wohnung, wechselte aber trotzdem sorgsam den Keks von einer Hand in die andere, als wir ihm die Jackenärmel abstreiften. Bevor er das große Zimmer betrat, blieb er vor dem Flurspiegel stehen, schrieb mit dem Keks Muster durch die Luft und folgte der Bewegung im Glas mit den Augen. Er grinste und musste lachen, weil das Kind im Spiegel grinste. Wir schauten aus respektvoller Entfernung zu. Abrupt machte er kehrt und ging zielstrebig ins große Zimmer. Den Keks mit beiden Dinosaurierarmen umklammernd, rauschte er durch das halb eingerichtete Wohnzimmer. Nur einmal deutete er mit wegwerfender Geste auf den Fernseher, murmelte halbherzig „Gah!" und steuerte dann weiter auf das Balkonzimmer zu.

Wir blieben auf der Schwelle stehen. Irgendwie hatten wir beide das Gefühl, dass er sein zukünftiges Zimmer alleine in Besitz nehmen sollte.

Behutsam legte er den Keks auf den Boden. Vornüber gebeugt, die Arme angewinkelt, auf O-Beinchen, so wackelte er durch den Raum. Er streckte die Hand nach den Stäben des Gitterbettes aus, verharrte aber, ohne sie zu berühren. Er hob den Stab der Laufente, wog ihn in der Hand und ließ das Holz dann vorsichtig wieder sinken. Er kniete sich hin, vergrub sein Gesicht in einem Kuschelhund und machte ein Geräusch. Lächelnd tauchte er wieder auf. Er stieß das Buch, das ich gekauft hatte, mit dem Fuß an. Als es sich nicht rührte, schien er beruhigt, und stakste auf die Balkontür zu. Vor der Scheibe blieb er stehen. Stirnrunzelnd starrte er auf das gelbrote Laub der Kastanie im Hof. Ein Windstoß wirbelte Flämmchen und trunkene Vögel auf.

„Gah!", rief Valentin und zeigte uns mit der gleichen wegwerfenden Handbewegung wie beim Fernseher, was das Laub da draußen machte. Er drehte sich mit weit offenem Gesicht zu uns um: Habt ihr *das* gesehen?

„Ich glaube, es gefällt ihm", sagte Levi.

Kurz bevor wir wieder gingen, fand Valentin die Hundeleine im Flur.

„Der Sojus wohnt nicht mehr bei uns", sagte Levi. „Aber leg das lieber wieder hin. Die ist voll mit Haaren, und die Schlinge vorne kann man zuziehen. Gefährlich."

Valentin wog die rote Kordel in der Hand. Dann hängte er sie ordentlich wieder an die Heizung.

„Ich möchte gerne wiederkommen", sagte er.

„Na, jetzt quatscht du aber los", lachte Levi, während er ihm die Jacke überstreifte.

„Hast du das auch gehört?", fragte ich.

„Ja!" Levi strahlte mich an. „Er brabbelt endlich mal irgendwas vor sich hin. Das heißt bestimmt, dass es ihm bei uns gefällt."

„Gah!", bestätigte Valentin. Er öffnete und schloss die Hand ein paar Mal. „Gah, gah!"

„Klar kriegst du noch einen Keks. In der Karre." Levi strich ihm über den Kopf.

Valentin lachte und zwinkerte mir zu.

*

Die Nachricht, dass Valentin endgültig bei uns einziehen würde, kommentierte unsere Umwelt so:

„Auf jeden Fall vorher noch mal vögeln!“ (Rahel)

„Wenn er abends schlafen geht, machen Sie ihm seine Spieluhr an und dann einfach die Tür zu.“ (Frau Brenner)

„Kommen Sie dann nächste Woche vorbei. Dann sehen wir weiter.“ (Entweder Frau Rammske *oder* Frau Biber)

„Ihr werdet bei Schwierigkeiten reagieren wie alle Lebewesen: Jedes nach seinen Fähigkeiten! -- Spock, *Der Zorn des Khan*“ (Die Nerds in einer Glückwunschkarte)

„Niemand hat euch geschickt. Ihr seid eure eigenen Auftraggeber! -- *Leon, der Profi*“ (Die Lesben in einer Glückwunschkarte)

„Ich gratuliere euch ganz herzlich. Das gefällt mir außerordentlich gut!“ (Meine Oma)

„Na, wenn ihr meint ... wie lange bleibt der denn jetzt bei euch?“ (Mein Vater)

„Ein Kind! Ein großer Schritt für euch, ein kleiner Schritt für die Menschheit!“ (Meine Mutter)

„Nächste Woche habe ich frei! Kann ich da schon vorbeikommen?“ (Levis Mutter).

*

Von Valentins Mutter hörten wir nichts.

Kapitel 15

„Das ging jetzt irgendwie so schnell", flüsterte Levi.

„Ja", flüsterte ich zurück.

Wir saßen vor dem Fernseher und guckten den stummen Bildern zu. Aus Angst, Valentin zu wecken, hatten wir den Ton abgestellt. Die Spieluhr aus seinem Zimmer war längst verstummt. Um uns arbeitete das Haus. Draußen machte die Welt irgendwas.

„Was jetzt?", fragte ich leise.

Levi zuckte mit den Achseln.

Die verschlossene Tür zu Valentins Zimmer starrte uns an. Der Koffer, den ihm Frau Brenner mitgegeben hatte, stand in der Ecke.

„Ob's ihm gutgeht? Ich guck mal vorsichtig rein." Levi war schon halb aufgestanden, als ich ihn am Ärmel packte. „Bist du verrückt? Lass ihn schlafen."

„Hast recht." Levi nahm meine Hand. „Bist du glücklich?"

Ich lauschte auf das Haus und auf die Welt. „Ich glaube ja."

„Glaube auch."

Wir schwiegen weiter. Wir verfluchten jede Sirene und jedes Wort der Nachbarn mit scharfem Einatmen.

Endlich beugte sich Levi zu mir und sagte: „Wir müssen irgendwas machen. Ich halte das nicht aus. Aber schlafen kann ich auch nicht."

„Weißt du, was?" Ich stand ganz langsam auf. Das Sofa ächzte. Ich erstarrte. Aus Valentins Zimmer kam kein Laut.

„Was hast du vor?“ Levi flüsterte, so laut er konnte. Ich bedeutete ihm, er solle warten, und holte die Steckdosensicherungen aus der Küche.

„Das müssen wir noch machen“, sagte ich, als ich eine gefühlte halbe Stunde später wieder auf dem Sofa saß.

„Stimmt.“ Levi sah mich erschrocken an. „Wenn der heute Nacht aufsteht und in die Steckdose fasst!“

„Okay, er liegt im Gitterbett“, wandte ich halbherzig ein.

„Wenn Kinder Angst kriegen, entwickeln sie ungeahnte Kräfte!“

Valentins ersten Abend in unserer Wohnung verbrachten wir damit, wie die leisesten Schnecken der Welt auf den Knien herumzurutschen und Sicherungen in alle Steckdosen zu drücken. Das Fernsehprogramm lief ohne uns, während wir immer noch einmal prüften, ob die Plastikscheibe auch wirklich festsaß.

*

In der Nacht wachte ich auf und lauschte, ob das Kind weinte.

Draußen wuschelte der Wind durch die Kastanie. Es war vermutlich derselbe wie vor dem Jugendamt. Er schien sich unbändig zu freuen.

Irgendwo sang eine Amsel, laut und falsch wie unter der Dusche.

Ich konnte spüren, wie Valentin zwei Zimmer weiter glomm wie ein kleiner Glutkern.

Aufgeregt schlief ich ein.

Frage 34: Wie stellen Sie sich den Alltag mit Ihrem Pflegekind vor? Welche Fähigkeiten und Kompetenzen bringen Sie ein? Über welche Ressourcen verfügen Sie, um den nicht immer einfachen Umgang zu bewältigen?

Es ging auch weiterhin alles sehr schnell.

Levi ging in Elternzeit. Ich hatte bis zum nächsten Buch einen Monat Pause. Wir lernten Valentin gemeinsam kennen.

Die größte Veränderung, die der neue Mitbewohner in mein Leben brachte, war, dass ich ab dem Moment, in dem ich aufwachte, präsent sein musste. Valentin war, was das Schlafen anging, ein sehr unproblematisches Kind. Wie Frau Brenner gesagt hatte, legte er sich abends ins Bett, wir stellten die Spieluhr an, machten die Tür zu, und er regte sich nicht mehr. Er ging gegen halb acht ins Bett und stand gegen sieben wieder auf. Durchwachte Horrornächte, wie sie andere junge Eltern kennen, blieben uns erspart.

Sehr bald wurde uns auch klar, dass er durch nichts mehr zu wecken war, wenn er einmal schlief. Wir konnten fernsehen, uns unterhalten und sogar Gäste haben. Valentin lag hinter seiner verschlossenen Tür, als gäbe es ihn gar nicht. Wir vermuteten, dass er von dem vielen Neuen in seinem Leben einfach Ruhe brauchte. Manchmal erinnerte ich mich an meine Ängste bei der Einzugsparty und fragte mich, ob Valentin davon etwas spürte und abends einfach nicht stören wollte.

Wenn er wach war, hatte er sofort Bedürfnisse. Er wollte aus dem Bett, essen, trinken, angezogen werden, aber hauptsächlich etwas erleben. Bisher hatte ich den Vormittag gerne mit dem Durchgeistern von Textwelten zugebracht, bevor ich gegen Mittag anfing zu arbeiten. Jetzt gingen wir nach dem Frühstück raus.

Wir hatten schnell herausgefunden, dass Valentin draußen am glücklichsten war. Da es langsam ernsthaft Winter wurde, lief er eingepackt wie ein Michelinmännchen herum. Er vermied es, wo es ging, sich schmutzig zu machen, und weinte, wenn er stürzte und im Schneematsch landete.

Ohnehin lief er fast immer mit seinen angewinkelten Dinosaurierarmen durch die Gegend, sodass er, wenn er fiel, direkt aufs Gesicht plumpste und noch mehr heulte.

Er ließ sich von uns trösten.

Auf dem Schoß sitzen oder im Arm gehalten werden gefiel ihm nicht. Er stand lieber. Eine Hand lag auf dem Tisch, dem Sofa oder unseren Schultern, die andere hielt er wie immer abgeknickt. Und dann schaute er sich an, was wir ihm zeigten.

Bei uns durfte er selbstständig essen. Den Zuckerbrei, den Frau Brenner ihm in vernünftigen Abständen eingeschaufelt hatte, setzten wir ab. Er lachte bei der Entdeckung, dass er ein eigenes kleines Geschirr hatte. Und aß geschickt und mit Appetit. Er schien alles zu mögen, was wir ihm vorsetzten, auch rote Bete und Kichererbsen mit Rucola.

Er mochte teure Sachen. Billige aß er mit Leidensmiene. Schokocreme war sein Leibgericht, wenn ihm auch das Brot darunter irgendwie überflüssig vorkam.

Alles, was Räder hatte, faszinierte ihn. Er konnte ganze Stunden damit zubringen, ein Auto oder eine Lok über eine Türschwelle zu schieben und zuzusehen, wie sich die Räder bewegten. Vor und zurück, vor und zurück. Er legte das Gefährt auf den Rücken und schob die Räder mit dem Finger an. Er vergewisserte sich mit Blicken, ob wir diese unglaubliche Sache auch gesehen hätten.

Wir hatten. Aber noch nie so.

Die Badewanne stimmte ihn zunächst misstrauisch. Frau Brenner hatte ihn in einer Plastikschüssel gewaschen. Das endlos stürzende und polternde Wasser und der blasig anwachsende Schaum machten ihm Angst. Zudem war er sehr hitzeempfindlich. Erst, als das Wasser fast kalt war, tauchte er die Zehen hinein und stakste schließlich, eine Hand am Wannenrand, eine abgeknickt, wie ein buckliger

Pinguin durchs weiße Email. Dem Vorschlag, sich hinzusetzen, begegnete er mit empörten Blicken. Ein Boot stupste er zaghaft übers Wasser und suchte mit den Augen, als es im Schaum verschwand. Wir waren mutig und zogen es heraus.

Wir wuschen ihn scheu und berührten ihn flüchtig. Er war sehr dünn und zeigte außer Knochen noch nicht viel. Die Haut war marmoriert, als wäre das Blut noch unschlüssig über die richtigen Wege.

In seinem kleinen Bademantel klammerte er sich an uns und legte uns den Kopf auf die Schulter. Er roch nach Keksen, nach warmer Asche und seltenen Erden.

Er liebte Vögel, vielleicht, weil er mit seinen Dinosaurierklauen eine gewisse stammesgeschichtliche Verwandtschaft erkannte. Wenn sie hüpften und aufflogen, krümmte er sich vor Lachen. Sein Lachen war überhaupt ein Luftschnappen und Keuchen, etwas, das über ihn kam. Manchmal musste er dann Halt suchen, sich an die Wand lehnen oder nach unseren Beinen greifen.

Unsere Ausflüge wurden größer. Er mochte alles, was schön war und groß: Flüsse, Kirchen, Blumenläden und Bahnhöfe. Lautstärke machte ihm nichts aus, aber Kälte, Hitze, Gestank und Enge. Er liebte Weiten, in die er hineinrennen konnte, ohne sich umzusehen.

Er schlief und schlief und schlief. Auf dem Weg zum Tierpark schon schlief er ein. Er schlief vor den Büffeln, er schlief vor den Tigern, er schlief vor den Affen und wachte erst vor den Flamingos wieder auf. Im Streichelzoo ließ er ehrfürchtig eine Absperrungskette im Wind schwingen, während wir die Ziegen fütterten.

Zu aller Welt sagte er „Gah", „Mjam" und „Ante", denn Frau Brenner war für ihn die Tante gewesen.

Zu mir sagte er: „So groß!“ Und: „Im Dunkeln, wenn es still ist, hält mich nichts fest“ Und: „Kein Schmutz an den Händen! Was drängt die Welt sich auf!“

Ich dachte an Sojus und an die Vampire in meinen Büchern. Ich dachte an meinen Vater und meine Mutter, an Wolken aus Wörtern und die Fachbegriffe der Seglersprache. Ich dachte an Liebe und Sorge, an den Wunsch, ich möge da sein und sie nicht allein lassen, der meine Eltern in ihre eigene Sprache verkleideten.

Ich hatte warmes Glück im Bauch und in den Fingerspitzen, dass ich Valentin verstand.

Er suchte mich, als ich auf dem Klo war, tappte auf leisen Klauen durch den Flur und sagte: „Papa? Papa?“

Levis Mutter kam zu Besuch. Sie ging mit ausgestreckten Armen auf Valentin zu und stolperte über die Türschwelle. Den Witz musste sie sofort noch mal machen und noch mal und noch mal und war von da an die Stolperoma.

„Ma!“, sagte Valentin begeistert. „Ma!“

Die Stolperoma brachte neue Wörter mit: *Oma* und *noch mal.*

„Da ist eine, die sich mit Kindersachen auskennt“, hörte ich. „Die denkt gar nicht dran, dass man mit mir vorsichtig sein muss, da muss ich auch nicht vorsichtig sein. Bei euch bleib ich, die geht wieder. Die darf nahe ran.“

„Warum ist er denn eigentlich zur Pflege freigegeben worden?“, fragte die Stolperoma abends. „Er ist ja total süß, aber ich mache mir doch Gedanken, dass er …“ Sie druckste herum. „Dass er irgendwas hat. Von der Mama her. Oder vom Vater. Was wisst ihr denn über den?“

Levi und ich sahen uns an.

„Ja“, sagte Levi, „wir haben da so eine Ahnung. Das besprechen wir noch mal, wenn wir die Mama wiedertreffen.

Wir wollten da nicht gleich mit der Tür ins Haus fallen. Es war ja alles schwer genug."

„Sagen die einem das nicht gleich auf dem Amt?" Die Stolperoma guckte besorgt und etwas wütend.

„Schon." Ich räusperte mich. „Es war aber … also, es war irgendwie nicht so klar."

„Da müsst ihr noch mal nachhaken", sagte die Stolperoma. „Valentin wird ja irgendwann fragen."

Kapitel 16

Als ich wieder zu arbeiten anfing, waren wir so oft zusammen Bus gefahren, dass ich die Karre reinbekam, den Fahrschein reckte, zu allen im Weg Stehenden „Entschuldigung“ sagte, das Kind ohne Weinen aus den Gurten bekam und es wie selbstverständlich auf den Schoß nahm.

Valentin knabberte zufrieden Kekse.

Besorgte Mitbürger schöpften keinen Verdacht.

Ich fand, wir waren Familie.

*

Dann ging ich morgens weg, an meinen gemieteten Schreibtisch. Ich küsste Mann und Kind und radelte mit eingefrorenen Wangen durchs Grau. Ich dachte an meinen Vater, der so oft zum Arbeiten weggegangen war. Jahrelang war ich deswegen sauer gewesen. Jetzt kam mir zum ersten Mal der Gedanke, dass er vielleicht auch lieber zu Hause geblieben wäre. Und dass er sich für die Freude, nach dem morgendlichen Kuss in die Welt entkommen zu dürfen, vielleicht auch genau so geschämt hatte wie ich.

Ich saß mit drei anderen Freischaffenden in einer Ladenwohnung und tippte mein Pensum an Vampirsex, Dämonentoren und Zombiearmeen. Die anderen hatten ähnliche Probleme. Wir bestellten gemeinsam Essen und quatschten über Umsatzsteuervorauszahlungen. Wenn mir die Untotophilen-Schwarten zu öde wurden, recherchierte ich Comic-Historie oder schrieb Unbezahltes für Fanzines von Freunden. Dann trank ich gegenüber noch einen Kaffee, flirtete mit der Bedienung und fuhr nach Hause.

Zu Hause war ich beliebt. Ich nahm Levi das Kind ab. Und für Valentin war ich der, den er noch nicht den ganzen Tag gesehen hatte. Ich sollte ihn ins Bett bringen. Ich bekam Tagesfreizeit und Liebe.

Bisher hatten Levi und ich ziemlich gleich und ziemlich verschieden nebeneinanderher gelebt und uns getroffen und liebgehabt, wenn uns danach war.

Jetzt waren wir nur noch verschieden, und das wurde schnell zu einem Problem.

Ich hatte Arbeit und war wichtig. Levi war notwendig.

Ich sah tagsüber erwachsene Menschen. Levi nicht.

Wir hatten immer getrennte Konten gehabt. Jetzt verdiente einer. Der andere war mitversichert.

Ich hatte ein Kind, das mich wegen meines Seltenheitswerts nicht wieder loslassen wollte. Levi hatte ein Kind, das ihn jeden Tag nachmittags nicht mehr sehen konnte.

Ich brachte Kraft mit nach Hause. An Levis Kraft pickten von dem Moment an, in dem ich das Haus verließ, hundert dumm singende Amseln mit Namen wie Saftverschüttet, Windelgeplatzt, Sauwetter und Lassmichnichtallein.

Mich wollte Valentin erobern. An Levi wollte er sich abarbeiten.

Das erste Mal, als er mich verzweifelt anrief, ich sollte bitte nach Hause kommen, hatte Valentin sich überlegt, die Besteckschublade auf- und zuzuknallen, wenn er nicht bekäme, was er wollte.

Ich kam und brachte Ruhe und Übersicht mit.

Beim zweiten Mal waren die Sprechstundenhilfen beim Kinderarzt unfreundlich gewesen und hatten Levi angeschnauzt, warum das Kind nicht sprechen könne.

Ich kam und erklärte mich bereit, künftig die Arztbesuche zu übernehmen.

Beim dritten Mal war Valentin gestürzt und hatte sich die Stirn aufgeschlagen. Als ich beim Kinderchirurgen ankam, war alles schon vernäht. Ich tröstete alle Beteiligten außer dem Chirurgen, der das schon kannte. Warum hatten die das nicht ohne mich hingekriegt? Ich bekam mehr und mehr das Gefühl, zwei Kinder zu haben.

„Warum kriege ich das nicht hin?“ Levi war selbst auf sich am meisten sauer.

„Du machst das super.“ Was hätte ich auch sonst sagen sollen? Es stimmte. Valentin war das best angezogene, kreativst bespielte, liebevollst begleitete Kind, das man sich vorstellen konnte. Und Levi reichte das nicht.

„Andere Leute haben viel mehr Vorbereitungszeit. Schwangerschaft, Babyalter. Bei uns steht ein fertiger Mensch.“ Wann immer Levi ausrastete, fühlte er sich an seinen Vater erinnert.

„Ihr seid euch halt sehr ähnlich.“ Valentin entpuppte sich zunehmend als ebenso störrisch, stark, gefühlsbetont und herausfordernd wie Levi. Dass mein Mann gern mit Ziegen arbeitete, hatte mich nie überrascht: Er konnte sich hervorragend in sie einfühlen. Mir erschien Valentin immer noch so zurückhaltend, still und fein wie bei seinem Einzug. Mit Levi, das erlebte ich an den Wochenenden, konnte er buchstäblich explodieren. Er warf alles von sich, schmiss sich schließlich selbst hin, wollte noch die Gliedmaßen loswerden. Erst, wenn er Levi dazu gebracht hatte, jede Maske fallen zu lassen, schien er zufrieden. Ich gab mir die größte Mühe zu übersetzen. Aber wie zwei Menschen, die doch die gleiche Sprache hatten, so aneinander vorbeireden konnten, wollte mir nicht in den Kopf.

„Der will dich so sehen, wie du bist“, sagte ich. „Vorher gibt der keine Ruhe.“

„Warum immer ich?“ Levi war müde. Immer. Mir fiel ein, dass ich Rahel seit Wochen nicht mehr gesehen hatte. Die Nerdtreffen hatte ich immer öfter abgesagt.

„Ich muss heute Abend mal raus. Ich kann sonst bald nicht mehr“, hatte Levi gesagt. Und das hieß, dass ich zu Hause bleiben musste. Valentin war längst in einem Alter, in dem andere Kinder Babysitter hatten. Aber in unserer Zeitrechnung war er erst ein paar Monate alt.

Ich saß zu Hause, wenn Levi weg war, fühlte mich unfrei und sehnte mich an meinen Schreibtisch.

„Wie geht es dem Kleinen?“, fragte mein Vater am Telefon. „Wenn er euch zu anstrengend wird, setzt ihn doch in den Zug, dann kann er mal zwei Wochen bei mir Urlaub machen! Ich fühle mich sehr allein.“ Ich stellte mir vor, wie Valentin in einer klammen, klebrigen Wolke verschwand, und lehnte das irre Ansinnen ab.

„Sehr anstrengend, solche Kinder!“, schrieb meine Mutter, die gerade vor der Bretagne kreuzte.

Levis Mutter kam, wenn sie frei hatte. Meine Oma schickte Geld. Mein Bruder verdiente Geld. An Kita war noch mindestens ein Vierteljahr nicht zu denken.

*

Nach drei Monaten trafen wir uns zum ersten Mal mit Valentins Mutter. Auf dem Bahnhof leuchteten schon Neonsterne. Vanessa stand im Schneematsch. Sie hatte die Arme um sich geschlungen und breitete sie erst dann zögerlich aus, als Valentin ihr am Bein zupfte.

„Hallo, mein Großer. Du bist ja gewachsen“, sagte sie. Wir gingen in ein Kindercafé. Sie trug ein anderes Hobbitoutfit, sah aber ansonsten noch genau so klein, beherrscht und zielstrebig aus wie bei unserer letzten Begegnung. Sie ließ sich geduldig alles über Valentins Entwicklung berichten, sah uns dabei aber keine Sekunde an. Sie hatte nur Augen für ihn, wie er Kuchen löffelte, wie er das Spielzeug im Café inspizierte, wie er hinfiel und von uns getröstet wurde.

„Ihr macht das super“, sagte sie. „Echt. Ich freue mich.“

Wir bekamen eine Tüte mit Süßigkeiten und Paketen für Valentin mit. Es würde an Weihnachten keinen Besuchskontakt außer der Reihe geben. Am Bahnhof machte sie ein paar Handyfotos. „Für die Oma“, sagte sie.

„Ma!“, sagte Valentin. „Ma! Ma!“

„Ich glaube, er hat ‚Oma‘ gesagt.“ Vanessa lächelte. Valentin sprang ihr auf den Arm und drückte und drückte sie. „Viel Spaß mit deinen Papas“, sagte Vanessa.

„Vanessa …“, setzte ich an.

„Ja?“ Valentin und seine Mama guckten mich an. Sie hatten den gleichen Blick.

„Wir wollten wissen …“ Ich sah hilfesuchend zu Levi. Er leckte sich die Lippen.

„Also, wir wollten wissen, ob du noch Kontakt zu Valentins Vater hast“, sagte er hastig.

Ich legte die Stirn in Falten. Das wollten wir wissen?

Vanessas Blick ging durch die großen Scheiben auf die ewige Baustelle. Auf den Kränen blinkten Lichter, die wohl Flugzeuge anlocken sollten.

„Der braucht sich nie wieder melden“, sagte sie fest. „Einmal bin ich schwach geworden, da war der Valentin gerade geboren. Hab ihn gewhatsappt. Keine Antwort. Dem ist das alles egal. Und jetzt hat Valentin ja gleich zwei Papas.“ Sie strahlte uns an.

„Und warum …“ Ich schluckte. In der Bahnhofshalle herrschte Lärm wie am Meer, wenn man ganz alleine mit den heranrollenden weißen Wellen ist. „Warum hast du Valentin zu uns …“

„Hab ich doch schon gesagt.“ Sie strahlte weiter aus ihrem Hobbitgesicht. „Schwule! Ich wusste, das wird gut.

Und ihr kümmert euch. Und ihr seid nicht blöd. Da kannste in meiner Familie nicht drauf wetten."

Sie drückte mir Valentin in den Arm. Er hielt das Gesicht weiter abgekehrt und schaute seine Mutter an. Etwas weiter den Bahnsteig hinunter schimpfte eine Frau mit einem Mädchen, das aus schokoladenverschmiertem Gesicht unglücklich auf die Kräne starrte, während ein Mann, der möglicherweise der Vater war, daneben stand und telefonierte.

Vanessa stupste Valentin gegen die Nase. „Hast du gehört, mein Großer. Sei nicht blöd. Du darfst nichts mit dir machen lassen, ja? Deine Papas wissen, wie man sich wehrt. Da kannst du dir was abgucken. Machst du dann besser als ich."

Als die S-Bahn abfuhr, winkte Valentin mit einer Dinosaurierhand. Ich konnte sehen, dass Vanessa wieder weinte, wie damals im Amt, mit unbewegtem Gesicht und von den eigenen Tränen ungerührt.

Levi wischte sich ebenfalls Tränen weg. Valentin sah ihn besorgt an. „Ihr seid euch wirklich ähnlich, deine Mama und du", sagte er schniefend. „Große Dickschädel." Valentin drückte und drückte ihn.

Ich sah mein Gesicht in der Scheibe und überlegte, was ich sagen würde, wenn Levi das nächste Mal das Gefühl hatte, mit Valentin alles nicht richtig hinzukriegen. Jetzt würde ich auch noch wegtrösten müssen, dass die Mama dem Kind so glich und keine Fehler machte.

In dieser Nacht wachte Valentin schreiend auf und brüllte und brüllte und ließ sich nicht beruhigen.

„Was hat er denn?", fragte Levi irgendwann, als es schon wieder hell wurde. Valentin schluchzte und nuckelte inzwischen nur noch.

„Ich weiß nicht, ich weiß nicht. Es ist alles zu groß und zu viel", hörte ich.

„Das weiß er auch nicht", sagte ich. „Das ist ja das Schlimme."

Weihnachten fuhren wir zu Levis Eltern. Sein Vater war der Weihnachtsmann. Valentin freute sich über alle Geschenke. Sie hatten samt und sonders Räder. Mit einem halben Keks in der Klaue kippte er irgendwann unter dem Weihnachtsbaum um und schlief ein. Die Geschenke von der Mama unterschieden sich von unseren dadurch, dass sie aus Plastik waren und nicht wie unsere aus Holz. Valentin liebte die knalligen Farben.

Ich schenkte Valentin ein Buch mit einer Schnecke. Er legte es beiseite und sagte, er würde es später lesen.

Ich telefonierte mit meiner Oma und meinem Bruder.

Meine Mutter war bei einem Freund.

Mein Vater war verreist.

„Alles Gute, du Arsch", sagte Rahel am Telefon. „Komm gefälligst mal wieder vorbei. Ich verkaufe auch Cosima so lange. Ohne Kinder tut dir auch mal wieder gut. Was willst du essen?"

„Nudeln", sagte ich.

„Und trinken?"

„Wein."

„Musik?"

„Suede."

„Und zieh dein schönes Kleid an, Papa."

„Mach ich."

Ich hätte fast geheult. Es war der schönste Moment am ganzen Weihnachten.

Valentin entschied bei der ersten zischenden Rakete am 29. Dezember, dass er Silvester nicht mochte. Selbst Knallerbsen stanken ihm zu sehr. Er aß Pfannkuchen und Kartoffelsalat und guckte mit großen Augen in den Fernseher, wo alle sich von hinten an die Schultern fassten und die Stimmung stieg. Dann schlüpfte er in seinen kleinen Schlafanzug, zeigte auf die Vorhänge, sagte „Zu! Zu!", deutete mit einem „Klack! Klack!" auf die Nachtleuchte und kehrte mir den Rücken zu. „Ah schün!", seufzte er. „Lied noch."

Valentin, Valentin,

sang ich.

Du musst jetzt schlafen gehen.
Am Hafen kannst du Tiere
und Autos stehen sehen.
Sie rollen mit den Rädern
und winken mit den Pfoten
Sie rufen „Schlaf gut, Valentin!"
Dass Monster in die Träume gehn
ist hiermit streng verboten.

„Lustig", sagte Valentin und war weg. Ich schloss die Tür und setzte mich zu Levi.

„Auf dich", sagte ich. „Es war ein irres Jahr."

„Mein Jahr", sagte Levi und nahm einen großen Schluck, „mein Jahr ist erst Ende Januar vorbei. Dann bist du dran."

„Hast du Sehnsucht nach deinen Ziegen?", fragte ich.

Da steht ein Pferd auf dem Flur
Ja, ja, ein Pferd auf dem Flur

sang es im Fernsehen.

„Sehr", sagte Levi. „Die sind einfacher."

Ich lachte und küsste ihn. Ende Januar. Ich freute mich. Wir hatten ein Kind, wir hatten den ersten Besuchskontakt überstanden, wir hatten Weihnachten und Silvester gefeiert. Und im Frühling käme schon die Kita. Ich hätte noch Elternzeit, aber trotzdem den halben Tag für mich.

„Danke, dass du das durchgekämpft hast, Levi", sagte ich ernst. „Das war scheiße schwer, ich weiß. Aber ich glaube wirklich, dass Valentin bei uns einen Superstart gekriegt hat. Dank dir."

„Danke." Levi war ehrlich gerührt.

Wir stießen an und küssten uns noch einmal, leidenschaftlicher. Das neue Jahr würde gut werden. Das Schlimmste war überstanden. So anstrengend wie für Levi konnte es für mich nicht mehr werden. Immerhin wusste ich ja schon, wie es zwischen mir und Valentin lief.

Da steht ein Pferd auf dem Flur
Ja, ja ein Pferd auf dem Flur
Das ist so niedlich.
Ein echtes Pferd auf dem Flur
Und schaut mich an.

Kapitel 17

Auch der Januar ging vorbei.

„Okay“, sagte Levi. „Schlüssel, Portemonnaie, Handy. Schätze, ich bin bereit. Wir treffen uns heute nur, um die Abrechnung vom letzten Jahr durchzugehen und die Zusammenarbeit mit dieser Hotelkette zu planen, wegen dem Ziegenkäse. Ich bin also gegen fünf wieder da.“

Er beugte sich zu Valentin und küsste ihn. Der hatte inzwischen gelernt, die Lippen zu spitzen und nicht nur feucht den Mund aufzumachen.

„Wo eine Papa hin?“, fragte Valentin und guckte mich groß an.

„Der eine Papa geht arbeiten“, sagte ich.

„Nee, anner Papa arbeite.“ Valentin verzog das Gesicht. Es gefiel ihm grundsätzlich nicht, wenn sich irgendwas änderte.

„Wir arbeiten beide“, erklärte ich. „Der eine Papa war lange mit dir zu Hause, und jetzt bin ich dran.“

„So ist es.“ Levi sah so glücklich aus wie lange nicht mehr. „Tschüss. Macht’s gut.“

Ich bekam auch noch einen Kuss. Dann war die Tür zu, und seine Schritte verhallten im Treppenhaus.

Valentin stand im Schlafanzug hinter mir, Kakao am Mund, die Arme angewinkelt. Seine Dinosaurierhaltung hatte er immer noch nicht aufgegeben.

„Super“, sagte ich. „Mal sehen, was wir heute so machen, hm?“

Ich ging zurück in die Küche, und Valentin folgte mir. Wir setzten uns. Die Radio-Uhr zeigte 8:30. Der Tag tat sich vor mir auf wie ein Abgrund. Valentin schaute mich mit offenem Mund an. Ich musste einen Schritt machen. Aber jeder Schritt führte in die Leere.

„Willst du noch was essen?“, fragte ich.

Valentin nickte.

„Toast oder Brötchen?“

„Pröpempf.“

„Honig oder Marmelade?“

„Lelade.“

„Klappstulle oder Kleinschneiden?“

„Klappunta.“

Das schien fürs Erste ganz gut zu funktionieren. Ich fragte mich durch den Morgen, bis Valentin angezogen war.

Levi ging vormittags immer mit Valentin raus, das kannte ich von den Wochenenden. Aber dazu hatte ich keine Lust. Und Valentin hatte auf meine Frage hin auch gesagt, dass er Männchen spielen wollte. „Männchen spielen“ bedeutete, dass Valentin mir sagte, was die Männchen dachten, sagten oder taten, und ich musste diese Gedanken nachsprechen oder die Dialogzeile aufsagen und die Männchen entsprechend handeln lassen. Nach ungefähr zwanzig Minuten wusste ich wieder, warum ich dieses Spiel an den Wochenenden so gut es ging vermied.

„Vielleicht sollten wir doch rausgehen“, schlug ich vor.

Valentin legte sein Männchen sorgfältig an die Seite. „Also, so geht das nicht“, sagte er. „Ich kann hier nicht alles allein entscheiden.“

„Oh“, sagte ich, „ich dachte, du freust dich.“

„Nein!“ Valentin grabschte das Männchen und pfefferte es in die Ecke. „Weißt du, wie anstrengend das ist? Ich bin noch nicht mal zwei. Du sollst entscheiden.“

„Okay. Dann gehen wir raus.“

„Nein!“ Valentin stampfte mit dem Fuß auf.

„Wieso, ich dachte, ich soll entscheiden?“

„Heißt ja nicht, dass ich das dann gut finde.“

„Dann bleiben wir drinnen.“

„Nein! Nein! Nein!“

„Also, ich kann nicht besonders gut irgendwas entscheiden“, sagte ich. „Aber noch viel weniger kann ich mich streiten.“

Valentin hörte auf zu schreien und steckte sich nachdenklich einen Schnuller in den Mund. „Woher weißt du dann, was du willst?“, fragte er.

„Ich finde an allem irgendwas, was mit gefällt.“

Valentin zog den Schnuller aus dem Mund. „Leck dran“, sagte er.

„Bah. Auf keinen Fall.“

Valentin lachte. „Wusste ich's doch. Und? Was machen wir jetzt?“

„Wir gehen raus. Ich soll entscheiden? Okay. Dieses Männchenspiel ist mir zu anstrengend. Wir gehen raus, und damit hat sich's.“

Valentin musterte mich einen Augenblick lang. „Okay.“

„Warum ist es jetzt okay, und vorhin war es nicht okay?“

„Weil“, sagte Valentin, „ich's dir jetzt abnehme. Du hast wirklich *überhaupt* keine Lust, mit den Männchen zu spielen. Schade. Aber ich will wissen, wer du bist, und du bist einer, der jetzt lieber rausgehen will, und das finde ich spannender als die Männchen.“

Im Flur zog Valentin die Stiefel erst dann an, als ich es *wirklich* wollte. Ich wollte offenbar nicht doll genug, dass er den Schneeanzug nahm, also blieb es bei einer dicken Jacke.

„Ich will aber *wirklich*, dass du die Mütze aufsetzt.“

„Warum?“

„Weil du dich sonst erkältest.“

„Ob du jetzt den ganzen Tag mit mir verbringst, wenn ich erkältet bin oder wenn ich gesund bin, das ist doch egal."

„Schön, dann eben keine Mütze."

Ich wollte es auch nicht genug, dass Valentin die vier Stockwerke alleine runterging.

„Du kannst mich doch tragen. Ich bin klein und leicht", sagte er. Er lehnte sich an mich. „Ich mag es, wenn du mich trägst, anderer Papa."

„Ich auch", gab ich zu.

Durch den Schneematsch kamen uns dick vermummte Senioren entgegen. Vorwurfsvoll musterten sie Valentins rot gefrorene Ohren. Valentin griff nach meiner Hand.

„Ist dir das egal, wenn die gucken? Oder ist es dir peinlich?", wollte er wissen.

Ich überlegte. In der letzten Stunde hatte ich immerhin schon gelernt, dass sich Valentin nicht mit einfachen Antworten abspeisen ließ.

„Es ist mir peinlich", gab ich zu. „Aber ich finde auch, dass es die nichts angeht. Und ich finde diese ganze Erkältungshysterie bei Kindern total übertrieben."

Valentin nickte, ließ meine Hand los und rempelte den nächstbesten Opa an.

„Hey!" Ich erschrak, weil ich geschrien hatte. „Lass das. Entschuldigung", sagte ich in Richtung Opa. Ich zerrte Valentin an den Rand des Gehwegs und beugte mich zu ihm runter. „Okay, hör mal zu. So läuft das nicht. Wenn du mein Stimmungsbarometer sein willst, das ertrag ich nicht."

„Ich bin erst fast zwei. Was soll ich denn sonst sein?" Valentin zappelte auf und ab wie ein kleiner Spatz und wedelte mit den Saurierarmen. Die Passanten guckten wieder, aber das war mit jetzt ehrlich und aufrichtig egal.

„Ich will nicht immer alles ganz ehrlich meinen und mich für eine Sache *ganz, ganz fest* entscheiden. Ich will lieber beides im Blick haben. Ich will nicht immer sagen müssen, was ich denke, ich will nicht immer alles entscheiden, ich will mich nicht streiten und am liebsten will ich alles erst mal *machen* und mich dann *hinterher* entscheiden, ob es mir eigentlich gefällt. *Und dann will ich vielleicht alles ganz anders machen.* Hast du verstanden?"

Valentin fing an zu heulen.

Ich besah mir das winzige Dinosaurierkind mit den Flusenhaaren und den roten Ohren. Aus den strahlenden Augen lief das Blau und lief und lief und lief. Ich nahm ihn auf den Arm und trug ihn durch den Park.

Es fing an zu schneien. Mir fiel ein, dass ich die Karre hätte mitnehmen sollen. Valentin heulte so laut, dass irgendwo in den umliegenden Häusern jemand geräuschvoll das Fenster zuklappte.

„Einer Papa!", schrie er. „Der eine Papa soll wiederkommen!"

Er heulte, als wir bei der Schule mit den Tieren im Fenster vorbeigingen. Er heulte am Supermarkt mit dem elektrischen Reitelefanten. Er heulte am Kanal mit den hochnäsigen Enten. Er heulte bei der Wasserpolizei, beim Motorrad des Bestattungsunternehmers und vor der bunten Schautafel des Krematoriums.

Endlich hatten wir die ganze Nachbarschaft abgelaufen. Inzwischen froren auch mir die Ohren, trotz Mütze.

„Wir müssen mal zurück", sagte ich. Mein Nacken schmerzte vom Tragen, und ich hatte Kopfschmerzen von Valentins lautem Heulen.

„Du tröstest mich ja gar nicht", schniefte er.

„Nein."

„Warum nicht? Der eine Papa tröstet mich immer."

„Ich bin aber nicht der eine Papa. Ich bin der andere Papa. Und mich stört es nicht, wenn du weinst."

Valentin hörte auf zu heulen. Mein Atem bildete weiße Wölkchen. Meine Schuhe knirschten im Schnee. Er schien nachzudenken.

„Darf ich auch schreien und ausrasten?"

„Lieber wäre es mir, wenn nicht", sagte ich.

Valentin schrie und rastete aus. Wir kamen an einer Bank vorbei. „Ich muss mich mal setzen", sagte ich. Valentin schrie lauter und rastete noch mehr aus. Jetzt guckten die Passanten mitleidig. Ich antwortete mit einem Lächeln.

„Warum tröstest du mich nicht?", fragte Valentin schließlich.

Jetzt musste ich nachdenken. Valentin wartete geduldig.

„Ich will dir nicht auf die Nerven gehen", sagte ich.

Valentin wartete weiter.

„Ich kann nicht so ausrasten", sagte ich irgendwann. „Aber ich finde es toll, wenn du das kannst. Warum soll ich wollen, dass du damit aufhörst. Ich finde, es ist das Beste, was du machen kannst."

Jetzt musste Valentin wieder überlegen. „Das finde ich eigentlich auch", sagte er. „Aber der eine Papa mag das nicht. Erst will er mich trösten, dann wird er auch sauer. Das gefällt mir. Aber es ist auch sehr anstrengend."

„Finde ich auch."

„Und was machst du, wenn du sauer wirst?"

„Ich?" Ich lachte. „Ich werde ganz ruhig und beschäme meine Umwelt, indem ich ihr meine Gefühle vorenthalte."

Valentin zog die Augenbrauen zusammen. Er sah aus wie ein sehr ernsthafter Spatz. „Weißt du, ich bin erst fast zwei", sagte er. „Das ergibt für mich *überhaupt* keinen Sinn. Kann ich vielleicht lieber noch ein bisschen schreien?"

„Okay. Soll ich dabei deine Hand nehmen?"

„Das wäre gut."

Valentin schrie, und ich hielt seine kleine, rotgefrorene Hand. Die Passanten sahen durch uns hindurch. Etwas wie wir kam in ihrer Welt nicht vor, also beschlossen sie, uns nicht zu sehen.

„Ich mag dich", sagte Valentin schließlich. „Du bist wirklich der andere Papa. Bei dir darf ich weinen, so viel ich will, du trägst mich immer, und ich kann dich den ganzen Tag tausend Sachen fragen, weil du von dir aus nie was sagst. Das wird super."

Er ließ sich gegen mich fallen und steckte sich den Daumen in den Mund. „Das war total anstrengend. Ich glaube, ich muss bald mal schlafen."

„Sollten wir nicht erst Mittag essen?"

Valentin richtete sich auf und grinste mich an. „*Wie sehr* willst du, dass ich was esse?"

„Nicht sehr."

„Oh, aber weißt du, was?" Valentin strahlte mich an. „*Ich* hab Hunger. Obwohl es noch gar nicht Mittagszeit ist. Hey!" Er haute mir mit voller Wucht auf den Oberschenkel. „*Manchmal* ist es nicht so schlecht, wenn ich was entscheiden darf. Ich will essen. Jetzt!"

Die Uhr am Park zeigte elf. Es waren gerade einmal zweieinhalb Stunden am ersten von neunzig Tagen vergangen, bis Valentin in die Kita kam.

Kapitel 18

Und so tasteten wir uns langsam in einen Alltag vor.

Wenn Levi aus dem Haus war, spielten wir Männchen, bis es Streit gab. Dann gingen wir raus und unternahmen etwas.

Wir kauften preisreduzierte Weihnachtsbaumkugeln und bauten daraus Pilze im Wald.

Wir sahen den Enten bei ihren Landemanövern zu und versuchten, sie mit Brot am Kopf zu treffen.

Wir gruben Kies aus der Abbruchkante, bis uns die Finger schmerzten, und warfen ihn ins Wasser. Wenn wir keine Lust mehr hatten, hinterlegten wir die übrigen Steinchen in den Mündern der Springbrunnenfiguren, für den Sommer.

Wir gingen auf leere Spielplätze und fanden die Wege durchs Gebüsch.

Einmal fuhren wir spät abends mit dem Taxi nach Hause. Draußen zogen die silbernen Sterne vorbei, die Reifen rauschten auf der Regenstraße, es roch nach Leder und Zigarettenasche, und Valentin guckte mit blanken Augen aus dem Schlaf und sagte immer wieder ehrfürchtig „Taxi. Taxi. Taxi."

Frau Rammske und/oder Frau Biber schickten uns Freikarten für den Zirkus, und wir hielten durch, bis die Pferde kamen.

Wir fuhren mit der Fähre über den Nebel, wo der Fabrikschlot die Wolken machte und der Cowboy als Werbefigur vom Hallendach über den Himmel kam. Krähen landeten in voller Fahrt auf dem Dach des Schiffes. Die Ufer waren grün und voller verborgener Vögel.

Wir entdeckten in unserer Nachbarschaft drei Kirchen, einen Hardrockclub, eine komplett mir Graffiti ausgesprühte Untertunnelung, ein illegales Marihuanafeld, einen Hubschrauber, einen Laden für Live-Rollenspiel-Gewandungen, ein öffentliches Axolotl-Aquarium, ein stets mir frischen Blumen geschmücktes Hundegrab, ein neu errichtetes Altenheim, in dessen Foyer es umsonst Gummibärchen gab, ein Haus mit nackten Frauen, in dessen rotem Licht man wie ein Fernseher aussah, einen Eisladen mit angegliederter Bibliothek, eine Bibliothek mit angegliedertem Hummelgarten, eine Schlange, ein Wiesel, mehrere Füchse, eine Blumenhändlerin und eine Hexe.

Wir gingen in die Schwimmhalle. Wir gingen ins Naturkundemuseum. Wir gingen ins Café. Wir gingen zum Kinderturnen. Wir gingen in den Laden, wo man die großen Fernseher angucken durfte. Wir gingen in den Bioladen. Wir gingen in die Baumschule. Wir gingen in den botanischen Garten. Wir gingen ins technische Museum. Wir fuhren sämtliche S-Bahnstationen ab. Wir gingen zum Spielplatz mit dem Schiff, zum Spielplatz mit dem schlechten Sand, zum Spielplatz mit dem ekligen Haus, zum Spielplatz mit dem großen Mann, zum Spielplatz mit der Seilbahn, zum Spielplatz, wo man auf dem Krokodil reiten konnte, zum Elternspielplatz, zum versteckten Spielplatz, zum Spielplatz, auf den wir nie wieder wollten, zum Spielplatz zwischen den Häusern, zum abgeschlossenen Spielplatz und zum Spielplatz, wo wir uns mit der Mama trafen.

Wir gingen zur Kinderärztin. Wir gingen zum Sozialpädiatrischen Zentrum. Wir gingen ins Jugendamt. Der Pflegekinderdienst kam zu uns. Später gingen wir auch zur Logopädie.

Ich erinnerte mich, dass meine Mutter, bevor sie sich auf die sieben Meere abgesetzt hatte, oft anarchisch gewesen war. Die Freiheit, von der sie vielleicht stets geträumt hatte, hatte sie mir gestattet, wenn ich nicht Zähne putzen musste, Hamburger essen durfte, Filme ab zwölf gucken und Bücher mit Rittern und Schwertern anstaunen. Ich entdeckte, dass ich ihr ähnlich war, wenn ich Valentin nach den Besuchen bei den wohlmeinenden Helfern erklärte, dass die Scheiße redeten, wenn sie von „Entwicklunsgverzögerung" sprachen, von „Bindungsstörung", von frühkindlichen Traumata und verdrehten Spiegelneuronen.

Ich kaufte ihm giftfarbenes Eis und lachte über ihre Namen. Wie meine Mutter.

Eines Tages verschwand Valentin mit seinem Laufrad über eine Kante und war weg. Ich stand allein auf dem Berg und sah den Kreis der Welt um mich. Niemand sagte: Das wird alles dir gehören. Ich ging zum Abhang, weil es jetzt galt, die Beherrschung zu wahren, damit nichts Schlimmes passierte. Valentin flog mit wehenden Beinen über Steine und Löcher. Er würde es schaffen, er würde anhalten und stolz zu mir zurückschauen.

Und dann wurde er über den Lenker geschleudert und blieb verdreht liegen und rührte sich nicht mehr. Sein Gesicht war schon voller Blut, als ich näher kam. Ich dachte: Er ist tot und steht nicht wieder auf. Dann schrie er, und schreiend trug ich ihn nach Hause, auf dem einen Arm, und das stumme, sich schämende Laufrad in der anderen. Er schlief ein und ich säuberte ihm das Gesicht und dachte an Gehirnerschütterung. Ich wollte, dass Levi da wäre, aber er war nicht da.

Ich fuhr, wie ich war, wie Valentin war, in die Notaufnahme. In der S-Bahn war alles golden und verkrustetes Blut fiel von Valentin ab und schwebte durch die Frühjahrssonne.

Valentin bekam eine Gummiente geschenkt, wurde von einem Pfleger saubergemacht, und mir wurde mitgeteilt, dass zwei Zähne locker saßen, von denen einer vermutlich in den nächsten Tagen ausfallen würde.

Ich dachte: Ich habe dieses Kind verletzt. Ich habe ihm die Zähne ausgeschlagen.

Wir schliefen gemeinsam ein, Valentin mit Schnuller, ich ohne.

Ich erinnerte mich, dass mein Vater, bevor er in einer Wortwolke verschwunden war, oft auch so warm und mit so kitzelnden Haaren an meinem Bett gesessen hatte und dass ich meine Nase in seinen Strickpulli vergraben hatte, wenn er vor mir einschlief.

Anfangs schlief Valentin mittags zwei Stunden. Dann nur noch eine. Dann weinte er eine halbe Stunde und saß eine halbe Stunde missmutig im Bett. Schließlich war er von morgens bis abends wach.

Der Teil von mir, der nicht mit Valentin zu tun hatte, schnurrte zusammen, bis er fast ganz verschwand.

Ich übersetzte nicht mehr. Ich ging nicht mehr ins Kino. Ich ging abends nicht mehr vor die Tür. Ich war zu müde zum Lesen. Ich war zu wenig vorhanden, um Leidenschaft zu entwickeln: Ich dachte unter der Woche nicht mal mehr an Sex.

Levi war an den Wochenenden oft auf seinem Hof. Dann fiel ich abends gleich ins Bett und wachte mit Valentin wieder auf.

„SCHÖNES KLEID, MAMA", simste mir Rahel. „SPITZENBRÜSTE. UND SO VIEL KIND DRAN. MELDE DICH!!!!!"

„Jaha, so ein Kind ist anstrengend", lachte meine Oma am Telefon. „Vor allem deine Mutter. Deine Mutter war sehr anstrengend. Aber das geht alles vorbei."

„Soll sich benehmen, der kleine Racker“, schrieb meine Mutter im Facebook-Chat. „Grüße aus Tunis.“

„*Gee, at ulykken!*“, mailte mein Bruder. „*Nesten like ille som denne koden her.*“

„Mir geht es schlecht!“, mailte mein Vater. „Melde dich mal wieder. P.S.: Wie lange bleibt der Kleine jetzt noch mal?“

Mittwochabends hatte ich in Absprache mit Levi frei und ging wie früher in die Boxhalle. Ich drosch auf den Sandsack ein und merkte, wie mich meine Beine Woche für Woche schlechter trugen. Je mehr ich mich bewegte, desto älter fühlte ich mich.

Es war noch ein Monat, es waren noch drei Wochen, noch eine Woche, noch Samstag, Sonntag, Montag, bis Valentin in die Kita gehen würde.

*

Folgendes hatten im letzten Dreivierteljahr alle festgestellt, die mit Valentin zu tun hatten, das Jugendamt, das Sozialpädiatrische Zentrum, der Pflegekinderdienst, die Kinderärztin, die Blumenverkäuferin, die Mitfahrenden in der S-Bahn und die Hexe aus der Nachbarschaft:

Erstens war Valentin nach wie vor kaum zu verstehen. Er sprach die Wörter einfach je nach Tagesform neu und eigenwillig aus. Ich hörte ihn anders, aber wenn ich nicht da war, um zu dolmetschen, klappte gar nichts.

Zweitens schwankte er beständig zwischen totaler Konzentration und rasender Ungeduld. Wenn er ein Spielzeugauto über die Türschwelle schob, durfte man ihn halbe Stunden lang nicht ansprechen, wollte man nicht einen Wutanfall riskieren. Dann wieder fing er vor Frust an zu schreien, wenn er stillhalten sollte, um sich die Jacke anziehen zu lassen.

Er hielt, drittens, nichts von Gruppenaktivitäten, gemeinsamen Spielen, geregelten Abläufen und gar von Kindern in seinem Alter. Er wollte tun, was er für richtig hielt, wann es ihm gefiel, und zwar am liebsten allein oder mit Erwachsenen.

Er hatte das zwanghafte Verlangen, jeden erreichbaren Knopf zu drücken, jeden Wasserhahn aufzudrehen, jedes Rad in Schwung zu versetzen und jede Schublade und jede Tür zu öffnen, zu schließen, zu öffnen, zu schließen, zu öffnen, offen stehen zu lassen, und Minuten später einen Wutanfall zu bekommen, weil „irgendwas nicht stimmte".

Und er verlangte absolute Aufrichtigkeit und Offenheit. Er war bereit, alles zu tun, überall hin mitzukommen und jede Anstrengung auf sich zu nehmen, wenn man es ehrlich verlangte. Scheinheilige Fragen, Bestechungsversuche, hohle Autorität und Regeln, die jeden Sinn verloren hatten, ignorierte er einfach.

Hätte man mich nach seinem künftigen Beruf gefragt, hätte ich angegeben: Künstler, Diktator, Eremit, Extremsportler oder Bauer.

Der durchschnittliche Internet-Persönlichkeitstest hätte eine Mischung aus John Lennon und Wile E. Coyote ergeben.

Er liebte Vögel, kleine Wesen, Geschichten, Blumen, Kirchenfenster, Wasser, Gemütlichkeit, Taxis, seine Mama, seine Papas, die Stolperoma und weite, offene Räume, in denen er rennen konnte, ohne anzustoßen, und die er mit seiner Bewegung mit Leben füllen konnte.

Er machte in seinen Gefühlen niemals Kompromisse und duldete das auch bei anderen nicht.

In der Nacht vor dem ersten Kitatag schlief ich bemerkenswert schlecht.

Kapitel 19

„Können wir denn auch mal ein Nein akzeptieren?“ Die Maja beäugte Valentin, der sich auf einem weißen Stofftiger wälzte und gar nicht daran dachte, uns in den nächsten Raum zu folgen.

„Glaube schon“, sagte ich vorsichtig.

Ich war mir nicht ganz sicher, wer mit „Wir“ gemeint war. Ich persönlich verstand schon „Nein“, wenn jemand mit dem „Ja“ zu lange wartete, und zog es darum vor, erst gar keine Fragen zu stellen, die man möglicherweise mit „Nein“ beantworten konnte. Valentin konnte ein „Nein“ akzeptieren, wenn er gar nicht erst fragen musste, weil sowieso klar war, dass es keine andere Antwort als „Nein“ geben konnte. Er fragte also ebenfalls nie irgendwas, sondern machte einfach. Die Maja konnte ein „Nein“ sicher sehr gut akzeptieren, wenn sie es selbst ausgesprochen hatte. So klar mir das war, so verwirrend war es auch. „Glaube schon“ erschien mir darum als unverfängliche Antwort, die niemandem wehtat.

„Ach, das hast du noch nie ausprobiert?“, fragte sie zuckersüß.

Ich räusperte mich. „Ich sage jeden Tag mehrmals ‚nein‘.“

„Aber meinst du es auch?“ Die Maja legte mir den Arm auf die Schulter wie eine besonders schmierige Fernsehmoderatorin. „Man muss es meinen, damit Kinder es akzeptieren können. Das ist wie bei Hunden, weißt du? Man kann da wahnsinnig viel übertragen.“

Die Maja sagte gerne ‚wahnsinnig‘. Sie war wahnsinnig gespannt auf ihren Job in der neuen Kita, sie fand den Valentin wahnsinnig süß und sie fand unsere Familie wahnsinnig spannend. Mich machte es ein bisschen wahnsinnig, dass sie mich vom ersten Augenblick an duzte – immerhin war sie höchstens halb so alt wie ich. Aber das war wohl Kitastyle. Die Maja roch außerdem stark nach Zigarettenrauch, was mich ebenfalls ein bisschen wahnsinnig machte. Ich war in Westdeutschland mit fünf in einen evangelischen Kinderkreis gekommen, wo ich jeden Tag vier Stunden unter Anleitung einiger erprobter Singkreisschlachtrösser Wachsbilder kratzte und Stuhlkreis machte, damit meine Mutter mal in Ruhe den Haushalt erledigen und drei Sekt trinken konnte. Sechs bis acht Stunden täglich mit einer Maja, an diesen Gedanken musste ich mich erst mal gewöhnen. Gleich darauf sagte ich mir, dass ja nicht ich hierher gehen sollte, sondern Valentin. Das machte es nicht unbedingt leichter.

Die Führung hatte uns durch eine etwa drei Quadratmeter große Garderobe geführt, in der jedes Kind ein Fach mit Foto für seine Schuhe und seinen mitgeschleppten Sand und seine Papierschnipsel bekam. Valentin, der es gerne ordentlich hatte, schüttelte den Kopf.

„Es gibt keine zweite Chance für einen ersten Eindruck", hatte er zu mir gesagt.

„Wart's doch erst mal ab", hatte ich geantwortet, obwohl ich ihm insgeheim beipflichten musste.

„Man versteht den aber wirklich sehr schlecht", war die Begrüßung von der Maja gewesen. „Hallo, Valentin! Na, und du hast dein Bärchen mitgebracht!"

Valentin sah mich erschrocken an. Er war es nicht gewohnt, dass erwachsende Menschen den Unterschied zwischen einem Bären und einer Katze nicht erkannten.

„Das ist eine Katze", erläuterte ich.

„Hat die Katze denn auch einen Namen?", quietschte die Maja. Auch der Unterschied zwischen einem Kind und einer Fledermaus schien ihr nicht ganz klar zu sein, bemühte sie sich doch auffällig, in Ultraschall zu sprechen.

„Katzen sind Tiere", sagte Valentin. „Katzen haben keine Namen. Nur Menschen haben Namen."

„Was hat er gesagt?", fragte die Maja.

„Er meint, die Katze ist ein Tier und hat deshalb keinen Namen."

„Das ist aber schade", sagte die Maja. „Dann müssen wir der Katze mal einen schönen Namen geben. Ist das denn ein Junge oder ein Mädchen?"

„Eine Katze", sagte Valentin.

„Eine Katze", sagte ich.

„Ein Mädchen!", strahlte die Maja. „Die könnte doch Maja heißen, oder?"

„Nein", sagte Valentin.

„Oder Katze", legte ich mich ins Zeug.

„Na, die bleibt jetzt erst mal hier", sagte die Maja, nahm Valentin die Katze weg und legte sie ins Garderobenfach. Valentin sah mich mit schreckgeweiteten Augen an und begann, auf den Fingerknöcheln zu kauen.

„Den Schnuller hängen wir aber auch bald an den Schnullerbaum", sagte die Maja. Sie richtete sich auf und winkte uns, ihr ins Innere der Kita zu folgen.

„Schnullerbaum?", fragte ich, während ich Valentin bedeutete, die Katze würde hier auf uns warten, mit der Maja müssten wir noch etwas Geduld haben.

Die Maja drohte mir scherzhaft mit dem Finger. „Gell, wenn kein Schnuller da ist, dann nehmen wir den Finger?"

Die Maja mochte zwar jung sein, aber so jung hätte ich sie dann doch nicht geschätzt. Wenn Frauen in ihrem Alter an den Fingern lutschten, rief das bei mir eher andere Assoziationen wach.

„Ein schönes Spielzimmer hast du hier", sagte ich in dem Bemühen um etwas Unverfängliches. „Hier kann man bestimmt gut spielen."

„Im Moment spiele ich hier nur mit mir selber", sagte sie und warf die schwarz gefärbten Haare zurück. „Sind ja gerade keine Kinder da. Das ist die Kuschelecke, da ist die Sinneslandschaft, unsere Forschergrotte und das Themenregal zu Fingerspielen. Wenn es mal nass werden soll, gehen wir ins Bad. Ich setze mich dafür ein, dass es hier bald Funktionsräume gibt, weißt du?"

Die Vorstellung einer an den Fingern lutschenden Maja, die in Funktionsräumen, wo es auch mal nass werden sollte, mit sich selber spielte, brachte mich etwas aus dem Konzept.

„Schön", sagte ich.

Valentin sprang kopfüber in eine Holzwaschmaschine.

„Da können wir aber nicht reinklettern", sagte die Maja.

„Stimmt", sagte ich. „Wir sind zu groß." Der Maja musste man anscheinend beständig das Offensichtliche erklären, aber möglicherweise würde sich das noch legen, wenn sie etwas länger in ihrem Beruf verankert war und durchgängig Kontakt mit Dreijährigen gehabt hatte, die, jedenfalls wenn ich Valentin zum Maßstab nahm, im Allgemeinen über eine recht klare Realitätswahrnehmung verfügten.

„Die ist zum Waschen da", sagte die Maja. Sie sah irgendwie böse aus. Ich sparte mir den Kommentar, dass man in einer Waschmaschine aus Holz nicht wirklich waschen konnte, aber vielleicht ahnte die Maja das selbst schon und war deshalb so böse.

Valentin tauchte aus der Holzwaschmaschine wieder auf. „Hier drinnen wurde schon lange nichts mehr gewaschen", sagte er. „Es ist ganz staubig."

„Da kommen wir jetzt mal raus", sagte die Maja.

„Wo kommt ihr raus?“, fragte Valentin und trommelte fröhlich auf der Maschine herum.

„Aus der Waschmaschine“, sagte ich.

„Aber da bin ich doch drin“, wunderte sich Valentin.

„Du musst es auch *meinen*, weißt du?“, sagte die Maja.

„Valentin, komm da bitte mal raus“, sagte ich.

„Warum?“, fragte Valentin.

„Weil wir da drin nicht reinklettern können“, sagte die Maja.

„Das weiß ich doch“, sagte Valentin. „Seid ihr neidisch?“

„Weil die Maja das so möchte“, sagte ich.

„Warum?“, fragte Valentin.

„Weil es eine Waschmaschine zum Waschen ist“, sagte ich.

„Sehr richtig“, sagte die Maja.

„Sie ist aus Holz“, protestierte Valentin, als ich ihn aus der Maschine hob.

„Das weiß ich auch“, sagte ich. „Komm, wir gucken uns jetzt mal den Rest der Kita an.“

„Also, wir können den aber später nicht immer überall rausheben“, sagte die Maja und ging uns voran ins Esszimmer. „Das üben wir noch ein bisschen, ja?“

„Hast du gehört?“, fragte ich den auf meinem Arm sitzenden Valentin.

„Wenn sie wirklich das übt, mich nicht immer überall rauszuziehen, dann komme ich noch mal wieder“, strahlte er. „Die Maja ist nett. Ich will ihr helfen, weil sie immer nichts weiß.“

„Was?“, fragte die Maja.

„Er sagt, er will noch mal wiederkommen“, sagte ich. „Und dass du nett bist.“

„Ooooh.“ Die Maja streichelte Valentin über den Kopf. „Ich finde dich auch *wahnsinnig* nett!“ Valentin strahlte noch heller.

„Hier wird gegessen“, sagte die Maja. „Also, erst wird getrunken. Es gibt zweimal die Woche Fleisch und einmal Fisch. Und Mittwochs ist vegetarisch.“

Ich fragte mich nach kurzem Kopfrechnen, was am fünften Tag der Woche los war – vegan? Paläo?, sagte aber laut: „Warum wird erst getrunken?“

„Damit die Kinder die Becher nicht umwerfen.“

„Warum sollte ich meinen Becher umwerfen?“, wollte Valentin wissen. Er stand vor einem Regal, in dem Bastelmaterialien gelagert wurden, und ließ die Finger vor einem Block mit Scheren tanzen.

„Bitte nichts da rausziehen“, sagte die Maja. „Hier wird nur gegessen.“

„Aber erst wird getrunken“, sagte ich streberhaft.

„Genau!“ Der Blick der Maja verriet mir, dass mit mir als Papa vielleicht doch noch was anzufangen war. Sie nahm Valentin die Schere weg. „Süßer, hier essen wir nur“, sagte sie.

Die Scheren sahen aus wie Krokodile und hatten allesamt traurige Augen. Wahrscheinlich, weil sie nie etwas vom Essen abbekamen.

„Wo wird denn gebastelt?“, fragte ich. „Valentin bastelt sehr gerne.“

„Na hier!“, sagte die Maja. Ihr Mund war sehr schmal und genau so gezackt wie der der Krokodilscheren. Vielleicht bekam sie auch nie etwas ab. Und dann musste sie sich auch noch mit so begriffsstutzigen Papas wie mir rumschlagen.

„Ich dachte, hier essen wir nur“, sagte ich. Im evangelischen Kinderkreis war alles irgendwie einfacher gewesen. Immer, wenn ich glaubte, diese moderne Kita verstanden zu haben, wurde ich von der strengen Maja schmerzhaft an meine Unprofessionalität erinnert.

„Stimmt. Es sei denn, wir basteln“, sagte sie. Mit ihren lackschwarz gefärbten Haaren, den aufwendig verzierten Nägeln und dem Krokodilscherenmund, der die Sätze so zackig abschnitt, hatte sie eine roboterhafte Autorität, die jede Erläuterung zunächst einmal absolut glaubhaft klingen ließ.

„Und *wann* wird dann getrunken?“ Okay, das war jetzt wirklich mein Signal, dass es mir zu viel wurde. Valentin, der mich schon länger kannte, stützte sich an der Wand ab und gluckste lautlos in sich hinein. Die Maja wusste neben vielen anderen Dingen aber anscheinend auch nicht, was witzig war. „*Vor* dem Essen“ sagte sie. „Wir gehen jetzt mal ins Schlafzimmer.“

Nach allem, was ich mir in der letzten Viertelstunde schon zu der Maja gedacht hatte, war das kein Satz, den ich gern aus ihrem Krokodilscherenmund hören wollte.

„Okay“, sagte ich.

Valentin nahm mich an die Hand. „Warum gibt es hier ein Schlafzimmer?“, fragte er.

„Weil die anderen Kinder hier schlafen“, sagte ich.

„Wir ruhen uns hier *alle* ein bisschen aus“, sagte die Maja. „Und wer *gar nicht* schlafen kann, der darf auch ein bisschen mit der Maja kuscheln.“

„Super, ich schlafe doch gar nicht mittags“, freute sich Valentin. Er hielt die Maja ganz offensichtlich für beschränkt und nicht ganz ernstzunehmen, aber ausführlichem Gekuschel mit ihr war er trotzdem nicht abgeneigt. Ich fragte mich unbehaglich, ob mein Sohn etwa im Begriff war, ein richtiger Mann werden zu wollen.

„Wir haben rosa Bettdecken für unsere Mädchen und blaue für unsere Jungs“, erläuterte die Maja den Schrank.

„Ohhh, schöne rosa Bettwäsche“, hauchte Valentin verzaubert. Begeistert befühlte er den Stoff. Die Maja sah ihn an wie eine Verkäuferin in der Dessousabteilung einen sehr auffälligen Crossdresser. Dann sprang irgendwo tief in ihrem Keramikbusen ein Soundchip an und stieß ein Geräusch wie berstendes Porzellan aus. „Ha! Ha! Na, bei *zwei* Papas."

Schon wieder war es der Maja gelungen, mich mit ihrer erzieherischen Professionalität zu überrumpeln. Der Logik dieser Anstalt zufolge hätte doch in der Wohnung zweier erwachsener Männer ein Stahlgewitter aus blauen Decken toben müssen, oder? Allerdings war meine und Levis Bettwäsche meist in Orange- und Brauntönen gehalten. Valentin bevorzugte kleine Igel oder Frontlader. Bevor ich meiner Verwirrung Ausdruck verleihen konnte, überraschte mich die Maja mit einer weiteren professionellen Frage. „Wie sagt er denn eigentlich zu dir?"

„Papa."

Das wusste ich. Immerhin.

„Und zu deinem …" Sie suchte nach einem passenden Wort.

Ich musste an die Fernsehserie *Six Feet Under* denken, wo eine gewitzte Frau in einer ähnlichen Situation einmal gesagt hatte, sie sei die *„fuck puppet"* ihres Freundes. Irgendetwas verriet mir, dass die Maja das nicht witzig finden und möglicherweise das Jugendamt informieren würde, wenn ich von Levi als meiner „Fickpuppe" spräche.

„Mann", sagte ich.

„… genau, deinem Freund", sagte sie erleichtert.

„Der ist der *andere* Papa."

„Der eine Papa und der andere Papa. Du bist ja ein *ganz* schlauer!", quiekte die Maja und beugte sich zu Valentin. „Bin ich", krähte der und schmiegte sich an ihren Keramikbusen.

„Und wer kommt dann zur Eingewöhnung? Der *eine* oder der *andere*?"

„Also, ich komme immer", sagte ich. „Der andere kommt auch, aber nur manchmal."

Ich biss mir auf die Lippe. Von dem Moment an, als ich mir die Maja beim Fingerspielen vorgestellt hatte, war ich aus der Nummer nicht mehr wirklich rausgekommen. Zum Glück war sie gerade damit beschäftigt, Valentin in ihrem Lackhaar zu baden, der das sehr zu genießen schien.

„Er hat auch nicht so viel mit Frauen zu tun, oder?", sagte sie aus der Tiefe ihres Haares.

„Wir kennen viele Frauen", sagte ich.

„Ja, ja", sagte die Maja. Es klang sehr beruhigend und sehr herablassend, etwa wie *Ich kann das nicht tun, Dave.*

Sie brachte uns noch zur Tür.

„Also, dann sehen wir uns morgen. Wir gewöhnen nach dem Hamburger Modell ein", erklärte sie zum Abschied. „Und hier ist ein Zettel, was du alles mitbringen musst. Normalerweise gebe ich das den Mamas, die haben da eigentlich den besseren Überblick, was die Klamotten und so angeht." Sie zuckte bedauernd die Schultern. Ich würde halt schon reichen müssen.

„Hamburger Modell?", fragte ich, indem ich den Zettel überflog und mir eine gedankliche Notiz machte, dass wir eine neue Regenhose kaufen müssten.

„Ja. Das heißt, du bist erst dabei, und dann bleibt er Schritt für Schritt alleine."

„Ach so. Gibt es denn da auch andere Modelle?", fragte ich ehrlich interessiert. Im evangelischen Kinderkreis hatte man mich abgestellt, und meine Mutter war gegangen. Ich hatte sehr geweint, und dass man das heute nicht mehr so machte, freute mich ehrlich. Dieses Hamburger Modell kam mir aber so unmittelbar einleuchtend vor, dass es eigentlich nur unprofessionell sein konnte und damit eigentlich gar nicht richtig zu der Maja passend.

„Es gibt noch das Berliner und das Münchener Modell", gab sie zur Antwort. „Die sind aber eigentlich genau so, nur langsamer. Oder halt schneller, je nachdem."

„Aha", sagte ich. Langsamer – oder halt schneller! Die Nonchalance des echten Profis!

„Ich will das mit den Hamburgern", sagte Valentin und griff nach meiner Hand.

„Und vergesst die Maja nicht!", rief sie uns hinterher. Warum sprach sie nun plötzlich wieder in der dritten Person von sich? Anpassung an die Kernklientel? Beim Blick zurück fiel mir auf, dass die Maja äußerlich an eine schlampig geklonte Sabine Sinjen erinnerte, die ja in dem Heimatfilm-Klassiker *Die Försterchristel* zum König Franz Joseph auch herzzerreißend sagt: „Vergesst's die Försterchristel nicht!"

Ich kehrte um und tauchte noch einmal in den Dunst von Knete, Salmiak und Staub, der mir offensichtlich schwer den Kopf verdrehte. Warum sonst hätte ich plötzlich an Filme denken sollen, die ich vor Jahrzehnten mit meinem Vater geschaut hatte?

Natürlich hatte die Maja nur Valentins Katze gemeint, die sie ja flugs nach sich selbst umgetauft hatte. Wir hatten das Stofftier tatsächlich in der Garderobe vergessen.

„Du", nahm sie mich noch am Arm, „und Kinder nie hochnehmen, ja? Ich bin Integrationserzieherin. Man kann da wirklich *wahnsinnig* viel übertragen von Hunden."

„Er ist mehr der Katzentyp", sagte ich und machte mich los.

Auf dem Weg nach Hause schlief Valentin auf meinem Arm ein. Er atmete schwer, als quälten ihn Sorgen und ungeklärte Fragen.

*

„Ich weiß nicht, ob Valentin da so klarkommt", sagte ich abends zu Levi. Ich erzählte das mit der blauen und rosa Bettwäsche und dass die Maja aussah wie eine schlampig geklonte Heimatfilmschauspielerin.

Levi schnaubte. „Was für ein Quatsch."

„Es ist aber gleich um die Ecke."

„Diese Maja klingt furchtbar."

„Valentin mag die."

„Schatz, dein Sohn mag jede Frau mit langen Haaren und großem Busen, die ihn herzt und küsst."

„Irgendein Quatsch wird halt in jeder Kita sein."

„Aber doch nicht so viel auf einmal!"

„Also, ich will jetzt wirklich nicht so ein hysterischer Papa sein, der gleich einen Riesenalarm schlägt, weil das kostbare Kind nicht chinesisch lernt."

„Glaubst du wirklich, diese Maja kann chinesisch?"

„Vermutlich. Sie ist ein Roboter!"

„Ich dachte, sie ist geklont."

„Da sind ja auch noch andere Erzieherinnen. Und andere Kinder."

„Als ob Valentin so viel für andere Kinder übrig hätte."

„Das wird er jetzt schon lernen."

„Wenn die Maja die Alternative ist, dann ganz bestimmt."

So ging das noch eine Weile weiter. Wir tranken die Flasche Wein aus, und ich erzählte Levi das mit der „Fickpuppe" und dass ich immer, er hingegen nur manchmal kam.

Wir machten uns an den Gegenbeweis. Das war schön, aber unsere Umarmungen waren auch ein bisschen verzweifelt. Wir wussten nicht, was richtig war. Fast ein Jahr waren wir allein für unser Pflegekind verantwortlich gewesen. Wir hatten gerade alles so eingerichtet, dass es einigermaßen funktionierte. Und jetzt war da eine, die war

Integrationserzieherin, kannte Modelle und machte es mal schneller und mal langsamer.

„Das ist total verrückt“, sagte ich, als wir nebeneinander lagen und an die Decke starrten. „Ein Teil von mir denkt, das ist ein fuchtbarer Laden und die Maja hat weder von Kindern noch von Hunden irgendeine Ahnung. Und dann denke ich: Was, wenn die recht hat?“

„Recht womit?“ Levi stützte sich auf den Ellbogen.

„Na ja.“ Ich traute mich nicht, meine Gedanken auszusprechen. „Valentin ist ja wirklich … na ja, er ist ja kein Kind wie alle anderen. Ich trage ihn zum Beispiel die ganze Zeit. Und er hat immer noch andauernd seine Katze und seinen Schnuller dabei. Und dass er ein ‚nein‘ nur akzeptieren kann, wenn man es wirklich meint, das habe ich ja auch schon gemerkt. Da hat sie echt recht.“

„Wie, meinst du jetzt, wir sollen alles anders machen? Dass das alles falsch war, wie wir das mit Valentin bisher geregelt haben?“ Levi setzte sich auf und stopfte unsere orange-braune Decke um sich fest. „Brauchen wir jetzt richtig männliche Bettwäsche, oder wie?“

„Nein.“ In meinem Kopf hörte ich den kratzigen Lachlaut aus Majas Keramikbrust. „Aber vielleicht ist es gut, wenn er verschiedene Sachen kennenlernt. Damit er dann selber entscheiden kann.“

Ich merkte selber, wie läppisch das klang. Als ob ausgerechnet Valentin nicht bereits genug unterschiedliche Lebensmodelle kennengelernt hätte.

„Hm. Ja, vielleicht.“ Levi klang ebenfalls nicht überzeugt. In der Kastanie im Hof piepste die Amsel herum, als wollte sie unser einfältiges Gequatsche nachäffen. Sie hätte jedes Recht dazu gehabt. Während Levi und ich schweigend nebeneinanderlagen, ging uns in Wahrheit nur eins durch den Kopf: die Angst, als Pflegeeltern zu versagen, wenn unser Kind nicht schaffte, was auch immer von ihm verlangt wurde. Wir standen unter Beobachtung. Frau Rammske, Frau Biber, Valentins Mutter und eine Welt voll anderer Professioneller. Wir durften uns keine Fehler leisten. Und das hieß, dass im nächsten Entwicklungsbericht zu stehen hatte, dass Valentin sich nach kurzer Eingewöhnungsphase in die Kita hervorragend integriert hatte.

Und noch eine andere Angst plagte mich: Wenn wir jetzt alles hinschmissen und einen neuen Kitaplatz suchten, würde ich noch länger mit Valentin zu Hause bleiben müssen. Allein.

„Wir gucken erst mal", sagte ich.

„Genau", sagte Levi und schmiegte sich an mich. „Und sonst …"

„… sonst können wir ja immer noch sehen", vollendete ich den Satz und küsste ihn. Auf diese Weise konnte er nichts mehr sagen und war außerdem für den Moment mit allem einverstanden.

Wir hatten Glück, dass Valentin schon längst in seinem Bett lag. Dass wir uns derart selbst belogen, hätte er uns niemals durchgehen lassen.

Kapitel 20

Vom nächsten Tag an ging es mit der Kita nur noch bergab.

Valentins Begeisterung für die Maja löste sich schnell in Missmut auf, als er begriff, dass sie nicht exklusiv für ihn da war, sondern weitgehend allein für eine Gruppe von etwa zwanzig Kindern unter drei verantwortlich war. Außer der Maja saß noch die Julia zwischen irgendwelchen Polstern herum. Julia war Schulpraktikantin, und sie sollte hier offenbar tatsächlich in der Praxis erleben, wie das mit der Schule gleich noch mal ging – rumsitzen, gähnen, mit offenen Augen schlafen. Angeblich gab es auch noch die Larissa, aber die bekamen wir nie zu Gesicht. Sie führte dem Vernehmen nach ein erfülltes Leben, in dem jeden Tag etwas Neues los war. Mal war sie krank, dann auf einer Fortbildung, dann im Urlaub, dann „einkaufen", was offenbar als akzeptabler Grund galt, der Arbeit fernzubleiben, und dann wieder „auf einem Ausflug, aber nicht mit den Kindern".

Fast wäre ich in Versuchung geraten, mich zum Erzieher umschulen zu lassen, gab diesen Gedanken aber schnell wieder auf, als ich die Mutter von Marleen kennenlernte. Solange die Larissa nämlich nicht wiederkam, konnte die Maja keine neuen Kinder alleine zur Eingewöhnung bestellen, sodass Valentin und Marleen jeden Morgen um neun zusammen in die Gruppe kamen.

„Die verstehen sich bestimmt wahnsinnig gut. Sind ja beide neu!", versicherte uns die Maja.

Marleen saß auf dem Schoß ihrer Mutter und wollte sich offenkundig mit niemandem gut verstehen. Valentin war abwechselnd damit beschäftigt, die Waschmaschine zu besteigen oder die Deckenlampe in Form eines Flugzeugs mit Autos zu bewerfen.

Sein für mich schwer zu widerlegendes Argument lautete: „Warum sieht die Lampe aus wie ein Flugzeug, wenn man sie nicht abschießen darf?“

„Und warum ausgerechnet mit Autos?“, wollte ich wissen.

„Bälle sind ja keine da.“

Die Maja sagte ihm, das könnten wir nicht machen, ich sagte ihm, er solle das bitte lassen, das sei mir peinlich, und so verlegte er sich gutmütig darauf, alle Schubladen aufzumachen und hineinzuschauen.

„Nicht böse sein, ja?“ Marleens Mutter beugte sich zu mir rüber. „Aber hat dein Sohn vielleicht ADHS?“

Ich wusste absolut nicht, was ich sagen sollte.

Marleens Mutter schon.

„Meine Cousine hat auch ein Pflegekind“, redete sie weiter. „Ich kenne mich da zufällig ziemlich gut aus. Das sind alles so typische Anzeichen.“

„Ach ja?“, brachte ich hervor. „Was denn für Anzeichen?“

„Na, alles.“ Sie schob Marleen beiseite, damit sie besser gestikulieren konnte. „Das mit den Schubladen zum Beispiel.“

„Wenn man Schubladen aufmacht, hat man …“, fing ich an.

„Und das.“ Marleens Mutter schien nicht sehr gut darin zu sein, den Gesprächsbeiträgen anderer über längere Zeit zu folgen. Sie ahmte Valentins leicht geöffneten Mund nach.

„Und das hier.“ Sie krümmte ihre Arme zu Dinosaurierklauen. Marleen guckte mich entschuldigend an. Ich nickte ihr zu. Sie konnte ja nichts dafür.

„Valentin geht es gut“, sagte ich hilflos, aber immerhin mit fester Stimme.

„Nicht böse sein, ja?“ Marleens Mutter legte mir die Hand auf den Arm. „Ich bin eben eine, die gerne sagt, was sie denkt.“

„Ja.“

„Besser, als wenn so hintenrum geredet wird, ja?“

„Oder gar nicht.“

„Was?“

„Ach, nichts.“

„Genau.“ Sie nickte befriedigt. „Ohne Ehrlichkeit geht es nicht.“ Marleens Mama senkte die Stimme zu einem Flüstern, sodass sie über dem Lärm der Kinder kaum noch zu verstehen war. Gleichzeitig zerrte sie mich erstaunlich kraftvoll zu sich hinab. Ihr Leberwurstatem strich mir übers Gesicht. „Du bist so verständnisvoll. Das seid ihr Schwulen immer. Mein Mann ist Polizist. Der sagt auch, Marleen muss in die Kita. Sie muss endlich in die Kita, sonst wird er verrückt. Aber sie will nicht! Sie will einfach nicht. Und weißt du auch, woran das liegt?“

Marleen sah mich ängstlich an.

„An dieser Kita!“ Ihre Mutter war jetzt voll in Fahrt. „Hier klappt doch hinten und vorne nichts. Die Maja ist doch hier ganz allein. Die Kinder bekommen überhaupt keine Anregung. Wir hatten nicht mal ein richtiges Erstgespräch. Über dich weiß die Maja ja schon so einiges, das hat sie mir alles schon erzählt. Aber uns stellt man hintenan! Immer stellt man uns hintenan!“

Sie fing tatsächlich an zu weinen. Marleen tröstete sie.

Das waren die vergleichsweise lustigen Momente.

Weniger lustig war, dass die Kinder in der Kita nur machen durften, was die Maja wollte. Ich versuchte mich einige Tage damit zu belügen, dass es Valentin nicht schaden würde, ein paar Regeln zu lernen, aber diese wohlfeile Erziehungsphrase schmeckte mir angesichts der schieren

Sinnlosigkeit von Majas Regeln bald so schal im Mund, dass ich sie auch nicht länger gebrauchen konnte.

Valentin durfte nicht mit dem Auto auf dem Flur fahren. Der Flur war groß und leer.

Valentin durfte im Morgenkreis nicht zwischen den Kisten hindurchlaufen – er musste hinüberspringen.

Valentin durfte sich beim Essen mit den anderen Kindern nicht selbst auffüllen – es war wichtig, dass er „sitzenbleiben" lernte.

Valentin durfte auch nicht weinen. Es durfte überhaupt niemand weinen, vielleicht ein Grundsatz, den die Maja aus der Hundeerziehung übernommen hatte.

Ausgenommen von dieser Regel waren Marleens Mama und die Maja selbst, die eigentlich jeden Tag so wütend wurde, dass ihr die Tränen kamen.

„Jetzt hältst du das mal aus", sagte sie dann. „Jetzt ist wirklich mal Schluss. Jetzt musst du mal sehen, wie das ist. Jetzt hältst du das mal aus."

Und das angesprochene Kind musste weiter auf seinem Stuhl sitzen, musste weiter weinend auf dem Boden hocken, musste sich weiter damit abmühen, die Matratze alleine aus dem Schrank zu ziehen. Und das Gesicht der Maja zerfiel immer mehr, und wenn das Kind lange genug ausgehalten hatte, rannte sie ins Bad und weinte stumm. Ich konnte sie dabei beobachten, weil sie nie die Tür schloss.

„Das ist doch nicht normal", sagte die Mama von Marleen dann. „Burn-out. Ich sehe da einen Burn-out kommen. Einen ganz depressiven Burn-out!"

Marleen saß auf ihrem Schoß und klammerte sich am eigenen Kleidchen fest.

Das Weinen der Maja kam von ihren Schultern. Im Spiegel konnte ich einen Teil von ihrem Gesicht sehen. Es war schon wieder ganz ruhig und konnte längst alles wieder aushalten. Aber die Schultern ruckten weiter und wollten sich nicht beruhigen. Ich musste an einen Welpen denken, der im Schlaf zuckt. Die Schulpraktikantin Julia sah von ihrem Handy auf und gähnte.

Das Zweitschlimmste war, dass Valentin schrie, wenn ich ihn alleine ließ.

„Das ist ganz normal am Anfang", sagte die Maja, aber zu diesem Zeitpunkt glaubte ich ihr schon nicht mehr.

Die Mama von Marleen saß mit mir in der Garderobe. Ihr Kind sollte auch alleine bleiben. Marleen schrie nicht.

„Das ist bestimmt sehr schwer für dich jetzt", sagte sie froh und gemein zu mir.

Tag für Tag ging ich wieder in die Kita, und Tag für Tag schrie Valentin. Solange er bei der Maja auf dem Schoß sitzen durfte, schniefte und schnüffelte er nur. Aber da die Maja zwanzig Kinder zu versorgen hatte, durfte er nicht lange auf dem Schoß sitzen. Er versuchte nie mir hinterherzulaufen. Er saß auf dem Boden und schrie, bis ich wiederkam.

„Er lässt sich ja auch nicht beruhigen", sagte die Maja anklagend.

Marleen saß mit großen Augen in einer Ecke und ließ ihr Kleidchen nicht los.

„Ich will da nicht mehr hin", sagte Valentin auf dem Heimweg. „Ich will nicht alleine sein. Ich hasse Alleinesein."

„Spatzi, du musst", sagte ich. „Ich muss wieder arbeiten. Und das Jugendamt will das auch. Und deine Mama."

„Warum will das Jugendamt das?", fragte Valentin. „Das Jugendamt muss doch nicht in die Kita. Ich will lieber zu Hause bleiben. Und die Mama kann ja auch mal zu uns kommen."

„Wo kommt das denn jetzt plötzlich her?" Ich blieb stehen.

„Ich weiß auch nicht." Valentin nestelte an seinem Schnullertuch herum. „Wenn es der Mama so wichtig ist, dass ich gut untergebracht bin, kann sie ja mal bei uns vorbeikommen. Vielleicht am Wochenende. Sie kann ja mit im Papazimmer schlafen."

„Spatzi, ich fürchte, das geht nicht."

„Warum nicht."

Es war heiß, und ich schwitzte. Es waren viel zu viele Leute auf der Straße unterwegs.

„Das will das Jugendamt nicht", log ich.

„Warum." Valentin weinte. „Warum, warum, warum." Er weinte, bis er eingeschlafen war.

Schlimmer als die Versuche, Valentin in der Kita alleine zu lassen, waren die Nächte, in denen ich wach lag und mich fragte, ob er wirklich ADHS hatte. Ich hasste mich dafür, dass ich mir von dahergelaufenen Marleenmamas so etwas einreden ließ. Aber nachts war ich ganz allein mit dem endlosen Gepfeife der Amsel im Hof und konnte mich nicht wehren. Ich fragte mich, ob er ADHS hatte oder Autismus oder Asperger oder das fötale Alkoholsyndrom. Ich fragte mich, ob er sich zu wenig an Regeln halten konnte, sich zu schlecht einfügte, zu hibbelig war, zu unkonzentriert, zu eigensinnig. Ich fragte mich, ob das immer schlimmer werden würde, wenn wir jetzt aufgaben. Ich fragte mich, ob wir bisher alles falsch gemacht hatten. Brauchten wir auch mehr Regeln? Brauchten Kinder nicht Grenzen? Vor allem Pflegekinder?

„Aber doch nicht irgendwelche!", protestierte Levi. „Sondern die von anderen Leuten."

„Finde ich ja auch", sagte ich. „Aber was, wenn diese Maja und diese Marleenmama irgendwie doch recht haben? Wir kennen Valentin ja noch gar nicht so lange. Wir wissen nicht, was da früher alles los war."

„Die Mama von dieser Marleen sehnt sich doch selber nach Grenzen“, schnaubte Levi. „Nach denen vor 1945 nehme ich an.“

„Es wäre echt gut, wenn du auch mal da wärst und solche Sachen sagen würdest“, bemerkte ich.

„Schatz, ich kann nicht“, sagte Levi. „Ich muss wieder arbeiten. Die Leute vom Jugendamt wollen auch, dass einer von uns Geld verdient. Das musst du jetzt mal selber entscheiden. Ich unterstütze dich da voll und ganz.“

Ich lag nachts wach und musste selber entscheiden, ob ich mein Leben wiederbekam oder nicht. Wenn ich aufstand und zum Kühlschrank ging, war da kein Hund. Ich fand das Scheiße und hätte am liebsten auch geweint. Leider war ich darin noch nie besonders gut gewesen.

Als ich in der Garderobe saß und durch die geschlossene Tür hörte, wie die Maja zum weinenden Valentin sagte, er müsse das jetzt mal aushalten, stand ich auf und ging rein.

„Es tut mir leid, ich glaube, das hat keinen Zweck so“, sagte ich. Ich wusste nicht, wie es weitergehen sollte oder was das Jugendamt sagen würde. Ich wusste nur, dass es stimmte, was ich sagte.

Die Augen der Maja füllten sich mit Tränen. „Ich habe doch alles getan“, sagte sie.

In diesem Augenblick schämte ich mich unglaublich. Ich hatte nicht mal den Versuch unternommen, ernsthaft mit dieser Frau zu sprechen. Sie war hier genau so neu wie ich, genau so hilflos wie ich und von irgendeinem Scheiß-Arbeitgeber mit zwanzig Kindern allein gelassen, um Kosten zu sparen. Ich hatte mich in selbstgefälligen Sarkasmus zurückgezogen, statt irgendetwas über mich und Valentin zu erklären. Was ich als grauenhaft billiges Outfit empfand, war die einzige Uniform, die diese Frau hatte. Es kostete sie sicherlich ebenso viel Kraft, hier jeden Tag herzukommen, wie mich und Valentin. Anders als ich hatte sie nur diesen einen Job gelernt und sicher keinen Mann, der im Notfall auch alleine das Geld verdienen konnte. All das fiese, dumme Zeug, das ich über sie gedacht hatte, hätte ich sicherlich sogar laut aussprechen können, ohne irgendwelche Konsequenzen befürchten zu müssen. Hätte Maja laut gesagt, was sie in ihren schlaflosen Nächten zweifellos über mich dachte, hätte man ihr gekündigt. Sie musste sich meinen Sarkasmus und die Dummdreistigkeit all der Marleenmamas gefallen lassen, weil sie eine Frau in einem Versorgungsberuf war. Und ich durfte mein Kind nehmen und gehen, weil ich ein Mann war, der an einem Schreibtisch arbeitete.

Aber Valentin wollte ich trotzdem nicht hier lassen.

„Ich weiß", sagte ich. „Es tut mir wirklich leid. Ehrlich. Aber Valentin und die Kita hier, das wird einfach nichts. Ich werde deiner Chefin sagen, dass es nicht an dir liegt. Valentin braucht eine Betreuung in einer kleineren Gruppe, wo alles etwas besser eingespielt ist."

Die Maja nickte. Sie war offensichtlich froh, uns nicht mehr aushalten zu müssen, und ich gönnte ihr das aus vollem Herzen.

„Gehen wir nach Hause?", fragte Valentin.

„Ja, wir gehen nach Hause", sagte ich.

Als ich ihn die Straße hinabtrug, winkte er über meine Schulter. „Tschüss, blöde Kita", sagte er.

Mir fiel erst jetzt auf, dass ich nie auch nur geschaut hatte, wie die Kita eigentlich hieß.

„Das ist wirklich eine blöde Kita" sagte ich.

„Und was machen wir jetzt?", fragte Valentin. „Kriegst du nicht Ärger mit dem Jugendamt?"

„Vielleicht", sagte ich. „Aber ich sage denen, dass ich dein Papa bin und machen muss, was für dich gut ist."

Kapitel 21

Frage 37: Wo tanken Sie auf? Was gibt Ihnen als Person, als Paar Kraft und Halt (Religion, Hobbys, Sport etc.)?

Unser einziger Kontakt mit der blöden Kita bestand danach darin, Geldforderungen abzuwehren. Für die Bekanntschaft mit Marleens Mama war ich nicht bereit, Vermittlungsgebühr zu bezahlen.

Eine große Ruhe kam über unsere Familie. Valentin war so ausgeglichen wie noch nie, seit er bei uns eingezogen war. Die Gewissheit, dass wir ihn aus einer quälenden Situation auch befreien würden, schien ihn noch fester bei uns verankert zu haben. Er schlief ruhig, aß gut und machte große Schritte in Richtung Selbstständigkeit. Wie selbstverständlich fing er an, sich alleine auszuziehen, im Laden das Geld über die Theke zu reichen und die Toilette zu benutzen. Vielleicht hatte er die Sicherheit gebraucht, dass er ganz und gar bei uns sein durfte, um eigene Schritte zu gehen.

Levi akzeptierte meine Entscheidung und verdiente ohne mit der Wimper zu zucken weiter unseren Lebensunterhalt. Ich hatte den Verdacht, dass ihm diese Rolle ganz gut gefiel, war ihm aber trotzdem unendlich dankbar. Das erneute Zuhausebleiben fiel mir weniger schwer als gedacht. Wochen- und monatelang hatte ich darauf hingelebt, dass Valentin in die Kita ging, damit ich mein Leben zurückbekam. Jetzt, wo klar war, dass das noch eine Weile dauern würde, wünschte ich mich zum ersten Mal nicht mehr aus der Situation fort. Allerdings überlegte ich auch zum ersten Mal, wie das Leben als Hausmann eigentlich am besten funktionieren konnte. Was brauchte ich? Was hatte mir bisher gefehlt?

Wir organisierten uns einen Babysitter und gingen immerhin einmal in der Woche wieder zusammen aus. Anders als in der Kita trennte sich Valentin hier ganz ohne Probleme von uns. Dass eine hübsche junge Frau einzig und allein dafür bestellt wurde, sich um ihn zu kümmern, gefiel ihm ausgezeichnet.

Ich vereinbarte mit Levi zwei Nachmittage in der Woche, die ich zum Arbeiten brauchte, und fing wieder eine Übersetzung an. Ein befreundeter Verleger gab mir einen großartigen, komplizierten und mit Anspielungen auf die Literatur der Moderne gespickten schwulen Science-Fiction-Roman, den sonst keiner übersetzen wollte. Ich stürzte mich mit Feuereifer darauf und hockte glücklich bei geöffneter Balkontür über Laptop und Wörterbüchern und schwitzte vor Sommerhitze und der Arbeit am Stricherslang der sechziger Jahre. Tatsächlich stand mein Schreibtisch jetzt im Balkonzimmer, denn Valentin musste umziehen. Levi und ich fanden, dass er auch ein Opfer bringen musste, wenn wir ihn noch länger zu Hause betreuten, und so ging das größte und schönste Zimmer der Wohnung wieder an uns.

Die Sommernächte im Blumenduft, der vom Balkon hereinwehte, taten unserem Sexleben so gut, dass mich nicht einmal mehr die nimmermüde Amsel im Hof störte.

Ich ging wieder regelmäßiger zum Boxen und bereitete mich auf unser Vereinsturnier vor. Nach Jahren am Sandsack wollte ich zum ersten Mal gegen einen befreundeten Boxer in den Ring steigen. Dass alles ganz entspannt und ohne Punktewertung abgehen sollte, minderte meine Aufregung nur wenig.

Trotz Müdigkeit raffte ich mich abends wieder öfter auf, mich mit den Nerds zu treffen und bei Spielabenden als

Elfen und Zwerge die sieben magischen Kelche zu suchen oder den Wald ohne Wiederkehr zu betreten.

Die letzte gute Neuerung vermittelte mir Rahel. Ich schaffte es endlich wieder, mich mit ihr zum Essen und Lästern zu treffen, wie früher. Dabei stellte sich heraus, dass ihr Typ, der namenlose Musiker, neben seinem Brotberuf als Hochzeits- und Parteitagsbespaßer gerne eine Garagenrockband hätte. Ich fand mich zu meiner eigenen Verwunderung zum ersten Mal seit Jahren hinter einem Schlagzeug wieder, vor mir drei Profimusiker, die allesamt waren sie der Ansicht, je schlechter ich spielte, desto besser, da müssten sie sich auch selber nicht so anstrengen.

Im Hochsommer spendierten uns Levis Eltern einen Urlaub am Meer. Für zwei Wochen zogen wir mit der Stolperoma und dem Opa, der einfach Opa war, weil es ja sonst keinen gab, in ein weißes Haus mit vielen Zimmern. Valentin fing Seesterne und Fische und beäugte sie in seinem Plastikeimer, ließ mit dem Opa Drachen steigen, rutschte mit der Stolperoma die Dünen hinab und schlief abends, goldbraun wie ein Fischstäbchen, unter dem Abendbrottisch ein.

Bei all dem wurde er zusehends entspannter. Dass ich mich jetzt öfter schon am Nachmittag von ihm verabschiedete, schien ihn gar nicht so sehr zu stören. Im Gegenteil: Wenn ich alleine etwas vorhatte, gab ihm das offensichtlich die Freiheit, sich ebenfalls alleine zu beschäftigen. Er lernte zusehends, auch mal eine halbe Stunde für sich zu spielen. Für den nächsten Kita-Anlauf, fanden wir, war das keine schlechte Voraussetzung.

Dass Valentin wieder in die Kita gehen sollte, stand für uns außer Frage. Auch wenn die Elternzeit sich jetzt angenehmer anfühlte, auf Dauer konnte ich mir mein Leben so nicht vorstellen. Aber wir wollten uns diesmal die Zeit nehmen, eine Kita auszusuchen, bei der es sich lohnte, auch den Namen zu wissen. Und Valentin sollte von Anfang an ein Wörtchen mitzureden haben.

*

Mit der Ruhe, die in unser Leben kam, kam auch zum ersten Mal die Gelegenheit für mich, innezuhalten und zurückzuschauen. Was war da eigentlich passiert? Wie war unsere Familie geworden? Wir hatten schon einige Kämpfe ausgefochten. Spätestens in der blöden Kita hatte ich die Erfahrung gemacht, dass das Anstrengendste am Elternsein die Begegnung mit anderen Menschen war, denen man nicht entkommen konnte. Man musste gezwungenermaßen mit anderen Eltern, Erzieherinnen, Lehrern, Jugendamtsleuten und Ärztinnen umgehen. Dafür wollte ich in Zukunft besser gewappnet sein.

Die Marleenmama fiel mir wieder ein. Allzu oft hatte ich nicht gewusst, was ich zu diesen ganz besonderen Sätzen hatte sagen sollen.

„Habt ihr nicht Angst, dass man euch das Kind wieder wegnimmt?"

„Hat der vielleicht ADHS?"

„Klar, bei zwei Papas! So seid ihr Schwulen eben."

Die Sätze waren immer dann aufgetaucht, wenn ich am wenigsten damit gerechnet hatte. Sie lagen im Dickicht ganz normaler Gespräche auf der Lauer, um plötzlich hervorzustoßen: Zack! Danach wirken die Räume kleiner, das Licht düsterer. Ich fror. Das Lächeln der Verkäuferin, der Marleenmama, der Spielplatzbekanntschaft, ja sogar das von Rahel wirkte wie eine Maske. Und auch ich steckte nicht mehr fest in meinem Körper und meinen Gedanken, sondern wurde aus mir herausgerissen und schaute mir selbst zu. Was sollte ich jetzt sagen, was tun?

Die anderen warteten so arglos auf Antwort, dass ich davon ausgehen musste, dass sie nichts mitbekommen hatten. Es hatte etwas durch sie hindurch gesprochen. Oft sind Wörter nur Wörter, und Gewalt heißt: ausholen und jemanden hauen. Die Sätze aber waren nicht einfach nur Sätze. Es waren lange, haarige Arme und Klauen, die sich durch die Hälse und Münder der anderen schlängelten und mich packten. Aus einem Raum jenseits der anderen hatten Macht und Gewalt mich erwischt. Wie sollte ich da in Zukunft wieder rauskommen?

Fürs Ausweichen ist es immer schon zu spät.

„Habt ihr nicht total Angst, dass man euch das Kind wieder wegnimmt?"

Ich bin sofort gepackt. Die gelben Fingernägel bohren sich in meinen Hals und schnüren mir die Luft ab. Valentin, das eine, unersetzliche Kind, das man mir wegnehmen könnte, schiebt in der Ecke ein Auto hin und her. Etwas hat sich verändert in der Luft, er guckt zu mir rüber. Ich kann nicht so tun, als wäre nichts. Valentin sieht ja, dass die Klaue mir die Luft abdrückt. Es sieht ja, dass aus dem Mund der netten Frau, mit der ich bis eben noch ganz freundlich geredet habe, ein Trollarm guckt. Den Arm wieder in den Mund der Frau zurückstopfen könnte ich zwar, aber diesen Kampf vor den Augen des Kindes? Ich muss selbst wieder Luft kriegen. Und ich will Valentin starkmachen, denn eines Tages wird der Arm nach ihm greifen. Was muss er dann wissen?

Das Gegenüber schaut mich an. Valentin schaut mich an. Der Arm hat mich an der Kehle. Und hinten am Arm hängt die ganze Welt und brüllt aus tausend hungrigen Mäulern. Blut rauscht in meinen Ohren.

Natürlich hatte ich Angst, dass Valentin uns wieder weggenommen wurde. Nicht tagsüber, wenn ich mit ihm spielte, Windeln wechselte, übte, wie man sich in einer Buchhandlung benahm, und Wutanfälle aushielt. Nur nachts, wenn die Welt sich aus allen Mündern der anderen zurückgezogen hatte und aus tausend Mäulern so sanft atmete, dass ich die Amsel im Hof hören konnte.

„Das ist eine theoretische Möglichkeit", erklärte ich der Amsel. Seit über einem Jahr sang sie mich jetzt voll, da konnte sie für mich auch mal die nächtliche Sparringspartnerin bei der Vorbereitung auf künftige Kämpfe abgeben. „Das Pflegeverhältnis ist auf Dauer angelegt. Bis zur Volljährigkeit. Die Mutter ist ganz entschieden einverstanden. Das Jugendamt liebt uns. Je mehr Zeit vergeht, desto unwahrscheinlicher ist es, dass ein Familiengericht gegen uns entscheiden würde. Unsere Familie bewährt sich jeden Tag und sammelt Punkte überall. Je mehr Punkte, desto wirklicher werden wir."

Die Amsel verstand das. Sie zog mir Vorhänge aus Verkehrsrauschen auf, aus Sommerregen und Lieferwagen auf dem Supermarktparkplatz. Ein sehr rares *Field-Recording-*Unikat. Ich schlief ein.

Aber Menschen gegenüber, so viel hatte ich spätestens mit der Marleenmama gelernt, wirkte diese Erklärung nur als Schutzschild, hinter dem ich mich verstecken konnte. Der Arm mit der Klaue tastete darüber und klopfte dagegen. Den meisten fiel ja doch irgendwann auf, dass etwas Unappetitliches durch sie hindurch gegriffen hatte.

Ein schlechter Geschmack im Mund vielleicht.

Ihre Augen flackerten, sie schluckten, schlossen den Mund, der Arm war weg. Fürs Erste. Er würde wiederkommen. Menschen, die diesen Satz einmal gesagt hatten, das hatte mir das letzte Jahr auch gezeigt, neigten dazu, ihn immer wieder zu sagen. Die Erklärung, die doch der Amsel reichte, war für sie nur eine kurzfristige Ablenkung. Das, was durch sie hindurchgriff und aus ihren Mündern nach mir tastete, wusste das genau. Es lauerte und lauerte und schoss immer dann wieder hervor, wenn ich schon glaubte, dass dieser Mensch jetzt aber wirklich immun war.

Mit Vorliebe nutzte der haarige Arm die kleine Stille nach besonders freundlichen Sätzen, wenn ich den Schild schon gesenkt hatte.

„Der Valentin kann ja jetzt aber schon wirklich toll klettern."

„Er ist ja wirklich ein ganz besonders lustiges Kind."

„Ich passe wahnsinnig gern mal auf Valentin auf."

„Ich freue mich so für euch."

Und kaum öffne ich den Mund, damit durch mich etwas aus dem Raum hindurchgreifen kann, aus dem auch die Amsel ihren Gesang und den Verkehr und den Regen holte: Zack!

„Habt ihr nicht Angst, man könnte euch das Kind wieder wegnehmen?"

Und da sind wir wieder.

Ich musste ans Boxen denken. Seit etwa fünf Jahren boxte ich. Mein bevorzugter Stil war das Konterboxen. Ich konnte sehr gut darauf achten, welche kleinen Unsicherheiten mein Gegner oder meine Gegnerin im Angriff zeigte. Mir reichte schon eine Faust, die wenige Zentimeter zu tief vor dem Gesicht der Angreiferin lag und nicht vollkommen Deckung garantierte, schon konnte ich treffen. Ich konnte Schrittfolgen studieren und merkte, ob jemand aus Angst zu viel schlug und bald müde werden würde und daher offen für meinen Gegenangriff. Der Arm aus dem Mund der anderen musste also vor mir auf der Hut sein.

Nachts, wenn ich wach lag und mich mit der Amsel unterhielt, hatte ich den perfekten Gegenschlag längst parat. Einmal hatte ich ihn bei Rahel, die ja beinahe die Mutter meines Kindes geworden wäre und ihn vielleicht am wenigstens verdient hatte, schon mit gutem Erfolg ausprobiert.

„Klar haben wir Angst. Und du? Hast du nicht total Angst, dass dein Kind morgen an Krebs stirbt?"

Oder vom Auto überfahren wird. Oder in der Kita von der Erzieherin missbraucht wird. Oder tausend andere Dinge, die möglich, aber ausgesprochen unwahrscheinlich sind und gerade darum Eltern nachts nicht schlafen lassen.

Auf diese Weise zurückzuschlagen, schien mir ein gutes Mittel, um den anderen klarzumachen, wer eigentlich gerade durch sie sprach. Und wie weh es tat, wenn die hornigen Krallen einem die Luft abschnürten. Und dass das Schlimmste natürlich war, dass man die Angst nur zu gut kannte, dass man wusste, wie unbegründet sie war, und dass genau darin ihre Macht lag. Und wie fies es war, wenn alle rationalen Einwände wieder und wieder beiseitegewischt wurden.

Ja, ja, dass Krebs ganz selten ist und dass dein Kind keinerlei Anzeichen aufweist, kannst du sagen, aber ich frage einfach noch mal nach. Ganz harmlos. Ganz unschuldig. Weil ich mir Sorgen mache. Ich bin nämlich auf deiner Seite.

Nur, dass du das ja nicht vergisst.

Es wäre die perfekte Antwort gewesen.

Wäre da nicht Valentin gewesen, der mich auch anguckte. Ich wollte ihm nicht beibringen, dass man Gleiches mit Gleichem vergelten soll. Zumal der Klauenarm ja so gut wie immer – das Ding im Raum hinter den anderen ist ja schlau – aus dem Mund von Oma kam, von der Mama vom Kitafreund, von der netten Kinderturnlehrerin, von der Babysitterin, die das Kind so liebhatte.

„Ja, natürlich haben wir davor manchmal Angst. Ich habe dir ja auch schon erklärt, wie unwahrscheinlich das ist und was wir machen würden, wenn es wirklich dazu käme. Bitte frag mich doch nicht immer danach, das tut mir weh. Gerade weil ich mir darüber Sorgen mache. Stell dir doch mal vor, ich würde dich alle drei Wochen fragen, ob du wirklich, wirklich, *wirklich* keine Angst davor hast, dass dein Kind an Krebs stirbt, also *wirklich* nicht, weil, da war ja neulich wieder was im Fernsehen über krebskranke Kinder, und ich wollte es dir ja *nur mal sagen*, damit du nicht vergisst, dass diese *wirklich sehr unwahrscheinliche Möglichkeit* besteht. Wie würdest du dich da fühlen?"

Das war vermutlich der richtige Weg. Es würde müde machen, ihn zu gehen. Ich würde oft vor Müdigkeit nicht schlafen können und bis früh am Morgen die Amsel belästigen.

Es war so wichtig, dass das Kind lernte, sich gegen den Arm zur Wehr zu setzen. Und deshalb war es mir wichtig, den richtigen Kampfstil zu wählen. Valentin würde sich wehren müssen, weil er in Pflege war. Weil er zwei Papas hatte. Weil die Papas schwul waren. Weil die Mama nicht zu Hause wohnte und nur zu Besuch kam. Weil er im Bauch der Mama und im ersten Lebensjahr damit beschäftigt gewesen war, sich zu wehren, und deshalb oft härter und weicher war als andere Kinder. Weil er deshalb erst später lernen konnte, sich zu bewegen, zu lachen, zu weinen und richtig zu sprechen.

Und jetzt hatte er auch noch einen Papa, der morgens mit den Vögeln redete.

„Hat der vielleicht irgendwelche Schädigungen?"

Richtig wäre es dann, etwa Folgendes zu sagen:

„Mein Kind hat, so weit ich das bis jetzt weiß, weder einen Alkoholschaden noch autistische Züge. Ich bezweifle im Übrigen auch, dass ich oder du dazu in der Lage wären, solche Diagnosen überhaupt zu stellen. Es ist allerdings wahr, dass dieses besondere Kind auf besondere Weise gelernt hat, sich zu bewegen, und sich deshalb anders bewegt als andere Kinder. Es ist auch auf besondere Weise sensibilisiert für Strukturen, und zwar insbesondere dafür, ob diese zwischenmenschlichen Strukturen, beispielsweise gemeinsames Essen und die dabei geltenden Regeln, tragfähig und echt sind oder nur Ordnung und Sicherheit vorgaukeln. Wir sollten ihm für diese Sensibilität dankbar sein, statt es dafür in die Ecke zu stellen. Und im Übrigen werden wir mithilfe guter Therapeuten das Beste für das Kind tun, wenn sich herausstellen sollte, dass es doch Hilfe braucht, um mit seinen Besonderheiten in dieser Welt zu funktionieren, die von Leuten wie uns und dir gemacht wird. Bitte versuche doch zu verstehen, wie es mich verletzt und wie schwierig es für das Kind ist, wenn du lauthals eine so unbedachte Frage stellst."

Goldrichtig wäre das.

Goldrichtig wäre es auch, bei wilden Angriffen wie einst Muhammad Ali die Seile zum Abfedern zu nutzen und dann mit einem Schlag den K. o. herbeizuführen, wenn die Gegnerin die Kraft verlässt.

Goldrichtig.

Natürlich schaffte ich das nicht.

Leider tat ich auch nie das Zweitbeste, das für mein Kind sicher auch nicht das schlechteste Vorbild wäre. Ich hatte zur Marleenmama ja zum Beispiel nicht gesagt:

„Versteh das jetzt bitte auch nicht falsch, aber hast du vielleicht selber irgendwelche autistischen Tendenzen? Dein Kind würde sich in dieser grauenhaften Spießerkita sicher viel besser eingewöhnen, wenn du es nicht immer so panisch umklammern würdest. Deine Angst vor Krankheiten ist eine gefährliche Neurose, die sich nur allzu leicht auf das Kind übertragen kann und zu sexueller Verwirrung und möglicherweise heterosexueller Heirat und eigenen Kindern führen wird. Was das für ein furchtbares Schicksal ist, muss ich *dir* ja nicht erklären."

Das Ding mit den vielen Armen, das seine Klauen durch so viele Münder schob, wusste die Besonderheit des Kindes auf gleich zwei Arten anzugreifen. Die eine war der scheinheilig freundliche Blick aufs vermeintliche Defizit. Sie ließ mich in hilfloser Wut zurück, wo souveräne Wut besser gewesen wäre.

Natürlich wünschte ich mir nichts mehr als Normalität. Ich wünschte mir für mich und, zugegebenermaßen in zweiter Linie, für Valentin, dass er ein Kind war wie alle anderen auch. Ich war öfter, als ich sagen konnte, ohne mich zu schämen, genervt von seinen Eigenarten.

Sei doch mal normal! Sitz halt da wie ein Zombie, wenn die Roboterkindergärtnerin euch anschnallt. Rede halt nicht in ausgedachten Wörtern, du Sohn eines Übersetzers. Zeig doch nicht so drauf, dass wir eine Familie mit zwei Papas sind. Zwing mich doch nicht immer so zur Ehrlichkeit. Ich will mich auch mal verstecken dürfen. Fahr halt zwei Wochen zum Opa, den du gar nicht kennst, weil er sich meistens nur für sich interessiert, wie schon in meiner Kindheit. Bleib doch bei irgendwelchen Nachbarn, wie … tja, wie sonst kein Kind auf der Welt.

„Darf ich mal … ohne dass du das gleich falsch verstehst?"

Ich verstand das alles schon genau richtig.

Meine Freunde, meine Verwandten und vollkommen Fremde hatten Angst, sie waren neidisch, waren verwirrt und aggressiv.

Und um das Kind, um dieses angenommene Kind, dessen Mutter nicht zu Hause wohnt, die zu Besuch kommt, um das Kind mit den zwei Papas, von denen keiner schwanger war, obwohl es einer mal gekonnt hätte, schlängelten sich durch die Löcher in unser aller Leben die langen Arme von Macht und Gewalt.

Ich durfte nicht so tun, als hätte ich mit den Armen, die durch die Löcher kamen und nach den Schwachen griffen, nichts zu tun. Ich war nicht das Opfer. Allzu oft machte ich ihnen freiwillig Platz, damit sie auch meinem durchlöcherten Leben Halt gaben, wenn sie es durchstießen und es in Bewegung setzten.

Und ich durfte nicht so tun, als wäre ich selbst davor gefeit. Ich musste die vielen Trollarme aus den vielen Mündern mit allen Mitteln, die das Boxen hergab, bekämpfen. Aber die Gegnerin im Ring, die war ein Mensch wie ich, das durfte ich nicht noch einmal vergessen, wie es mir bei der Maja passiert war. Mitgefühl und Rührung musste ich nicht ausmerzen.

Kapitel 22

„Geht mal erst mal nicht raus“, sagte Maike, unsere Trainerin. Durch die Tür des Raumes, in dem wir uns warm machten, wehten Grölen und Hardcore-Punk ihr hinterher. Sie drückte die Tür sehr sorgfältig zu. „Macht euch einfach weiter warm.“ Wir hüpften unter ihrer Anleitung herum und machten ein paar Runden Schattenboxen. Inzwischen drang der Lärm schon durch die Tür. „Die Thaiboxerinnern müssen gleich fertig sein. Dann seid ihr dran.“ Maike verklebte uns die Handschuhe mit Panzerband und schmierte uns Vaseline unter die Augen. Das Klatschen aus der kleinen Halle, in der gekämpft wurde, war inzwischen rhythmisch.

„Wie viel wiegst du denn eigentlich genau?“, fragte ich Richard. Richard war mein Trainingspartner und Gegner in diesem Freundschaftskampf. Er war nicht der homosexuelle Kollege von Frau Rammske.

„95 Kilo“, sagte er.

„Sind ja nur 20 Kilo mehr als ich“, scherzte ich.

Die Tür ging auf, und die Thaiboxerinnen, die gerade ihren Kampf bestritten hatten, schwankten herein. Die eine humpelte, die andere hatte Nasenbluten.

„Okay, geht los.“ Maike schnappte sich Eimer und Schemel. Wir folgten ihr auf den Flur. Ich hatte in meinen Übersetzungen immer versucht, den Ausdruck „Lärm schlug über uns zusammen wie eine Welle“ zu vermeiden, weil ich ihn für so abgegriffen hielt. Jetzt begriff ich, dass er einfach korrekt war. Lärm schlug über uns zusammen wie eine Welle. Grinsende Gesichter. Leute klopften uns auf die Schulter. Türstehertypen musterten uns abschätzig. Frauen, die aussahen wie die Knastschwester von Uma Thurman in einem Tarantino-Film, drehten sich weg.

Durch die weit geöffnete Flügeltür auf der anderen Flurseite sah ich die Schwärze, die Scheinwerfer und die hellen Scheiben, die die Gesichter des Publikums waren.

Unser Vereinsturnier fand in einem autonomen Zentrum statt, das irgendeine Boxerin über persönliche Kontakte klargemacht hatte. Das Publikum bestand zu zwei Dritteln aus Punks, die Blut sehen wollten. Das hatte niemand vorhergesehen. Ebenso wenig wie die Tatsache, dass der Ring ein sechseckiger Drahtkäfig war.

„Warum boxen wir in einem *Käfig*?", fragte ich Maike.

„Geil, wir sind in einem Cagefight!", kreischte Richard.

„Den haben die Punks selber gebaut. Damit ihr keine Flaschen abkriegt", sagte Maike.

„Was für …" Ich hustete, weil eine Graswolke über den Flur wehte.

„Los, das ist eure Einlaufmusik." Maike schubste uns voran. Ein sanfter Schubser von Maike reichte aus, um uns durch das Gatter in den Drahtverhau zu stoßen.

Richard und ich hatten lange diskutiert, ob wir lieber zu *Whole Lotta Love* von Led Zeppelin posen wollten oder *Holiday in Cambodia* von den Dead Kennedys. Schließlich hatten wir uns auf *Pure Vernunft darf niemals siegen* von Tocotronic geeinigt. Als die Punks uns jetzt auslachten, wünschten wir uns, doch etwas Kernigeres gewählt zu haben.

Wir zuppelten an uns herum und gaben uns Mühe, finster zu gucken. Maike zeigte uns den nach oben gerichteten Daumen und spritzte uns aus einer kleinen Flasche ins Gesicht, während wir die Münder aufsperrten wie Kälbchen. Im Fernsehen sah das cooler aus.

Ein Typ kam in den Ring, der aussah wie der Affe von Michael Jackson in einer Fantasieuniform von Michael Jackson. Aus den vielen Falten dieser schlecht sitzenden Gewandung zog er ein Mikro. Er zeigte auf Richard und sagte irgendwas. Ich verstand kein Wort, weil das Publikum sofort wieder anfing zu toben. Es war nicht recht zu unterscheiden, ob sie Richard liebten oder hassten. Richard hob souverän die Faust.

Dann deutete der Schimpanse auf mich, und mein Name wurde gerufen. Er taumelte in den Lärm und wurde zermalmt. Ich hob auch irgendwie die Faust. Der Schimpanse lief auf den Fingerknöcheln aus dem Käfig und klatschte mit den Füßen. An seine Stelle trat ein Mann ohne Haare. Seine Haut war weiß, und er hatte schwarze Gummihandschuhe an, die wie Luftballons oder Kondome aussahen. Er bedeutete uns, in die Ringmitte zu kommen. Sein Mund bewegte sich. Die Punks schrien alles weg: dass er einen fairen Kampf sehen wollte, dass es keine Tiefschläge geben würde, dass der Kampf jederzeit auf unseren Wunsch unterbrochen werden konnte. Wir wurden an gegenüberliegende Seiten des Käfigs geschickt.

Eine Bierflasche zerplatzte am Maschendraht. Ich fuhr zusammen. Dann kam der Gong.

Ich merkte schon nach wenigen Schlägen, dass der wichtigste Unterschied zwischen mir und Richard nicht in Größe oder Gewicht bestand. Der wichtigste Unterschied war der, dass er unbedingt gewinnen wollte und ich nicht. Ich hatte mir vorher zurechtgelegt, dass wir alles so machen würden wie im Training. Die erste Runde erst mal schön abwarten, höflich ein paar Kombinationen tauschen und gemütlich reinkommen. In der zweiten Runde würde man sich dann abwechselnd zeigen lassen, welche Manöver man besonders gut beherrschte, und in der dritten dann alles langsam ausklingen lassen.

Richard hatte sich offenbar zurechtgelegt, dass er mich vorzeitig K. o. schlagen wollte. Da er bedeutend größer und schwerer war, fiel es mir sehr schwer, an ihn heranzukommen. Wenn ich mich so weit vorwagte, dass ich einen Treffer platzieren konnte, fing ich mir unweigerlich auch fast immer selbst einen Schlag ein. Richtige Boxer konnten natürlich unter solchen Antwortschlägen geschickt hindurchtauchen. Ich war aber kein richtiger Boxer. Ich war bloß ein größenwahnsinniger Schmonzettenübersetzer, der zu viel Hemingway gelesen hatte.

Die Zeit wurde sehr langsam. Ich wälzte mich durch einen Lärmbrei wie durch den stehenden Sound einer finnischen Metalkapelle. Richards Fäuste trafen mich wie teilnahmslose Wellen. So musste sich Ertrinken anfühlen. Es war fast angenehm.

In der Ringpause sagte Maike irgendwas. Ich gierte nach den paar Tropfen Wasser wie ein Kälbchen, das inzwischen kapiert hat, wohin der Laster mit der großen Rampe fährt.

In der zweiten Runde änderte Richard seine Taktik. Statt auf meine Angriffe zu warten und sie dann erbarmungslos zu kontern, schlug er mir einfach gleich im Vorwärtsgang ins Gesicht. Die Schläge waren dumpfe Erschütterungen, die meinen Schädel durchfluteten und sich an der hinteren Hirnschale brachen. Ich konnte nicht mehr richtig gucken. Und plötzlich konnte ich auch nicht mehr atmen. Vor lauter Fäusten im Gesicht hatte ich die unter meinen Rippen gar nicht bemerkt.

Ich wollte laufen, aber ich konnte nicht. Ich wusste zwar, dass ich die Beine bewegen musste, und ich wusste auch noch irgendwie, dass ich besser von Richards Fäusten weg sollte, aber es ging nicht mehr. Ich war nicht sauer oder verängstigt. Ich dachte bloß bei mir: „Geht eben nicht."

Richard haute mich noch mehr und noch doller. Ich war überrascht, wie oft ich gehauen werden konnte, ohne umzufallen.

„Hau den doch endlich um", schrie ein Punk.

Ich fragte mich selbst auch, warum das so lange dauerte.

„Geh zur anderen Seite raus", schrie Maike. „Du rennst immer in die Schlaghand rein."

Ich versuchte mich daran zu erinnern, wo hier eigentlich noch mal die Seiten waren. Ach ja, richtig, da, wo die Fäuste nicht herkamen. Aber als ich da hinschlurfte, war da auch eine Faust.

Sagenhafter-, unglaublicherweise ertönte die Glocke. Ich stand noch ein bisschen dumm im Ring, weil ich nicht gleich verstand, dass ich die Runde überstanden hatte. Ich hatte mich inzwischen sehr daran gewöhnt, konstant in die Fresse geschlagen zu werden. So ohne Boxhandschuhe drin fühlte sich mein Gesicht neu und frisch an.

Der Sound und das Bild kamen zurück. Viele Punks waren aufgestanden. Es wurde wieder Musik gespielt oder vielleicht war das auch nur die Geräuschkulisse der schwarzen Messe, die zweifellos einen Raum weiter stattfand. Diese Autonomen vermieteten ihre instandbesetzten Immobilien ja anscheinend an jeden!

Ich setzte mich und wollte nie wieder aufstehen.

Maike kippte mir das Wasser ins Gesicht und nahm mir den Mundschutz raus. Speichelfäden zogen sich von dem durchsichtigen Plastikgebiss bis zu meinem rohen, durchgemusten Gesicht.

„Also, du musst jetzt noch mal ein bisschen was machen, ja? Sonst krieg ich Angst", sagte sie und massierte mir die Schultern. Stimmt, Angst hatte ich ja auch noch! In den letzten zwei Minuten hatte ich mich wie ein Sack voll Brei auf ganz kleinen Stummelbeinen gefühlt, auf den jemand mit Blut ein Gesicht gekritzelt hatte.

Die Glocke ertönte. Ah, endlich wieder Schläge! Ohne beständige Bearbeitung hatte mein Gesicht in der Ringpause angefangen wehzutun, als das Blut zurückkam und sich prompt in der ganzen Zerstörung verlief.

Ich schlurfte mit erhobenen Fäusten in den Ring.

„Vergiss deinen Mundschutz nicht!", schrie Maike. Ich lachte. Es tat zwar weh, aber ich lachte. Unfassbarerweise lachten alle Punks mit mir. Der haarlose Handschuhmann lachte, Maike lachte, als sie mir den Mundschutz wieder einsetzte, und Richard lachte auch. Er sah ziemlich fertig aus, fiel mir auf. Ich suchte im Publikum nach Levi und Valentin. „Klar kann der mit", hatte ich vor dem Kampf noch gesagt. „Das ist doch ein reiner Freundschaftskampf. Da passiert doch nichts Schlimmes!" Ich konnte die beiden nirgendwo entdecken. Dafür sah ich jede Menge lachender Gesichter. Man zeigte mir den Daumen und applaudierte mir. Als völliger Loser ohne Mundschutz in den Ring, das kam in dieser Atmosphäre aus Blutnebel, Testosteron und Hundeschweiß offenbar gut an.

„Papa", rief Valentin irgendwo. „Jannis!"

Ich guckte kurz, ob meine Beine noch da waren, und lief frohgemut weiter in Richards Fäuste. Nur hatte ich jetzt bessere Laune und haute einfach immer mitten rein, wenn er mich bearbeitete. Eigentlich dumm von ihm, mich so oft zu schlagen, da wusste ich ja immer, wo er war, fand ich und kam mir ausgesprochen abgezockt vor.

„Papa! Papa", rief Valentin.

Mal schlug ich ins Leere, dann traf ich irgendwas.

„Jannis!"

„Valentin“, rief ich, aber da ich den Mundschutz ja leider wieder drin hatte, verstand das keiner.

Der Gong kam. Ich ließ mich gegen Richard fallen und schloss die Augen. Er umarmte mich. Die Punks jubelten. So lagen sie den Bullen auch immer in den Armen, wenn die Wasserwerfer verstummt waren. Vor Begeisterung klatschten sie gleich noch ein paar Flaschen an den Käfig.

Der Scherbenregen brach das Scheinwerferlicht myriadenfach. Richard gab mir ein Bussi. Eins seiner Augen sah ziemlich zermust aus, und an der Schläfe bildeten sich blaue Flecken. Entweder zauberte das Farbenspiel der Scheinwerfer diesen kraftvollen Hünen noch bunter, oder ich hatte doch irgendwie ein paar Mal getroffen.

Maike kam und brachte mir Valentin.

„Er wollte unbedingt zu dir!“ Sie gab mir auch ein Bussi. Valentin schlüpfte zu mir rüber, und wir standen im Strudel aus Draht, Punks, Hunden, Sirenen, satanischen Liturgien, rhythmischem Klatschen, Feedback, synthetischem Drogennebel, Trampeln, Bierdunst und Blut und umarmten uns.

Kapitel 23

Als Rahel mir die Tür öffnete, sah sie innerhalb von Sekunden so schlecht aus, wie ich mich fühlte.

„Scheiße, was hast du denn gemacht? Komm bloß schnell rein, bevor die Nachbarn dich sehen. Die denken, ich und mein Kind werden hier von irgendwelchen Geldeintreibern überfallen, und rufen die Polizei."

Sie zog mich in die Wohnung. Ich schälte mich sehr vorsichtig aus der Jacke – die geprellten Rippen taten immer noch weh. Wie bestellt lief Suede, sie hatte Nudeln gemacht und schon mal mit dem Trinken angefangen.

„Darfst du überhaupt Alkohol?", fragte Rahel.

„O Gott, ja."

Wir setzten uns. Ich fingerte an ihrer Zigarettenschachtel herum, gab's aber wegen der schmerzenden Knöchel sofort wieder auf.

„Kannst du mir vielleicht eine rausholen? Und mir in den Mund stecken? Und anzünden?"

Sie hob zwar die Augenbrauen bis unter den Haaransatz, aber sie tat mir den Gefallen.

„Und jetzt erzähl mal", sagte sie, als sie das Streichholz auswedelte. „Das letzte Mal hast du geraucht, als Jarvis Cocker sein erstes Soloalbum veröffentlich hat. Wo und von wem hast du dich bitte zusammenschlagen lassen? Und warum hat dich Levi nicht davon abgehalten?"

„Ich hab dir doch schon vor ein paar Wochen erzählt, dass ich diesen Boxkampf habe."

„Ja. Deinen *Freundschaftskampf*. Gegen diesen *netten Typen* aus deinem Verein. Wo alles *ganz easy* wird."

Ich erzählte ihr, wie sich die Sache entwickelt hatte. Irgendwann, während ich erzählte, hörte sie auf zu essen. Sie lehnte sich zurück, rauchte still vor sich hin und sah mich aus zusammengekniffenen Augen an. Ich erzählte eine Zigarette lang, zwei, drei.

„Und dann haben wir uns in dem ganzen Lärm umarmt, Valentin und ich", schloss ich.

Die A-Seite von *Dog Man Star* knackte in der Auslaufrille.

„Was ist los? Du isst ja nicht", sagte ich.

Rahel drückte sehr langsam die aktuelle Zigarette aus. „Mir ist der Appetit vergangen", sagte sie.

Das Hochgefühl einer guten Story war schlagartig verflogen. „Okay, ich weiß, warum ich nicht lachen kann. Es tut weh. Aber du? *So why so serious?*"

„Weil es nicht witzig ist", sagte sie, ohne auf meine Batman-Anspielung einzugehen.

„Tut mir leid", sagte ich pikiert. „Ich wollte dir nicht die Stimmung verderben. Ich dachte, du würdest es witzig finden."

Rahel seufzte. „Es war witzig, wie du es erzählt hast", gab sie zu. „Aber ich kenne dich inzwischen schon eine ganze Weile. Und ich weiß, dass du die wirklich schlimmen Sachen immer ganz besonders lustig erzählst."

„Ach ja? Wie was denn zum Beispiel?" Ich wusste, dass sie recht hatte, und war sauer.

„Ach, alles. Wie dir ein unheilbar Irrer mal Handgranatenweitwurf beigebracht hat. Der erste Besuch beim Jugendamt. Sogar als Sojus gestorben ist, hast du es erzählt, als hätte er noch was Lustiges gesagt."

„Und? Was ist so schlimm an Ironie?"

„Nichts. Doch. Ich weiß nicht." Rahel guckte aus dem Fenster, wo außer Schwärze, Müllgestank und dem Gegröle der unvermeidlichen Amsel aber auch nichts los war. Unsere Gesichter hingen in der Fensterscheibe und schauten ratlos. „Weil die Leute denken werden, dass es wirklich lustig war“, sagte sie schließlich. „Und ich glaube nicht, dass du das willst.“

„Vielleicht ziehe ich es ja vor, die schlimmen Sachen in meinem Leben ein bisschen besser zu machen. Wozu arbeite ich schließlich mit Sprache?“

„Hm.“ Rahel war nicht überzeugt.

„Hm.“ Ich versuchte, mich genau so hinzusetzen wie sie: mit verschränkten Armen, im Stuhl hinuntergerutscht, mit wütendem Mund.

„Rahel, manchmal frag ich mich, ob’s dich eigentlich wirklich gibt. Du hast anscheinend nie etwas anderes zu tun, als hier abends auf mich zu warten, mich zu bewirten, die Musik aufzulegen, die ich mag, und mit deinem losen Mundwerk Gespräche in Gang zu halten, bei denen ich mein Innerstes nach außen kehre. Wir haben ähnliche Jobs, du hast auch ein Kind, aber praktischerweise ist dein Typ immer verreist, wenn er nicht gerade mit mir in einer Band spielt.“

Ich prostete ihr zu. „Du bist zu gut, um wahr zu sein. Wenn ich hier eine Kamera mitlaufen lassen würde, würde ich mich später in dem Film sehen, wie ich Selbstgespräche führe? Ist das so eine Fight-Club-Sache?“

„Ich weiß, was ich sehen würde“, sagte sie leise. „Meinen besten Freund, dessen Gesicht nur noch aus Mus besteht, nachdem er den einzigen Boxkampf, den er aller Wahrscheinlichkeit nach jemals ausfechten wird, verloren hat und dabei von hackedichten Punks ausgelacht wurde und *der das nicht mal seinem Kind erspart hat*. Nein, Jannis …“ Sie griff nach meiner Hand, als ich das Glas zum Mund führen wollte, um zu verbergen, wie schockiert ich war. „… ich bin deine Freundin. Es ist irgendwie scheiße, dass ich das überhaupt erklären muss, aber so ist es. Ich bin deine Freundin. Deshalb kann ich das nicht witzig finden. Und deshalb ist hier alles so, wie es ist. Ich bin froh, wenn wir zusammen in dieser Blase hocken können, wo es nur um uns geht. Ich stecke mit Absicht das Kind ins Bett und schicke meinen Typen ins Nachtleben und koche und lege die Musik auf. Weil das ein Zufluchtsort für mich ist. Genau wie für dich. Und natürlich genieße ich es, dass du irrsinnig charmant und witzig und vielseitig bist, und natürlich, nein, jetzt lass mich mal ausreden und zieh gefälligst nicht deine Hand da weg, *natürlich* genieße ich es, dass zwischen uns eine gewisse erotische Spannung herrscht, *weil* ich genau weiß, dass sie niemals eingelöst werden wird. Ich mag Spielen nämlich genau so gern wie du, weißt du? Der Unterschied scheint mir nur zu sein, dass ich *weiß,* wann ich spielen will und wann eben auch nicht. Und da bin ich mir bei dir nicht so sicher."

„Und was soll ich jetzt damit anfangen? Willst du irgendwie, dass ich jetzt immer ernst sein soll, oder was? Mein wahres Ich finden, mich endlich mal entscheiden, konsequent sein …"

„Nein!" Rahel verschränkte ihre Finger in meine und drückte so fest, dass es wehtat. „Dann wärst du ja nicht mehr du. Ich will bloß … ich will, dass du dir wichtig bist. Verstehst du das denn nicht? Mir liegt was an dir. Und ich finde, dir sollte auch was an dir liegen."

„Warum sollte ich mir denn bitte nicht wichtig sein?"

„Ich weiß nicht. Das ist ja eine von den Sachen, über die du nie ernsthaft redest. *My best guess is,* dass dir irgendwann, vielleicht, als du alleine da als hässlicher Teenager auf deinem Dorf gesessen und vor dich hingestunken hast, wahrscheinlich aber schon vorher, das Leben irgendwie zu viel geworden ist. Und dass es dir einfach vorkam, wenn dieses Leben vielleicht nicht ganz real wäre. Wenn es, wenigstens manchmal, wenigstens ein bisschen, eine Geschichte sein könnte. Wo auch die schlimmsten Sachen wenigstens noch eine gute Story abgeben. Und ich liebe das *wirklich* an dir, es ist eine ganz tolle Sache an dir, und es hat dich echt weit gebracht, aber alles, was ich sagen will, ist, dass du das vielleicht nicht mehr immer so nötig hast. Weil, wenn irgendwas scheiße läuft, bin ich ja da, wie du schon sagtest. Mit Nudeln und zu viel Alkohol. Von deiner Familie ganz zu schweigen."

„Wow." Ich hatte einen Kloß im Hals.

„Du dürftest jetzt auch heulen", sagte sie und heulte.

Wir heulten eine Weile.

„Warum ist dir das auf einmal jetzt so wichtig?", fragte ich irgendwann. „Wir kennen uns schon so lange. Das weißt du doch nicht erst seit heute."

„Weil du dich schon ein bisschen verändert hast", sagte sie. „Wegen Valentin."

Wir heulten weiter, bis es uns doch zu peinlich wurde.

„Diese blöde Kindergärtnerin", sagte ich schließlich, als wir es geschafft hatten, die Platte umzudrehen und weiterzutrinken, „die hat immer gesagt, man muss es auch meinen. Ich merke das auch bei Valentin. Das war eine der wenigen Sachen, wo die Maja recht hatte. Wenn man es nicht ernst meint, guckt der einen mit dem Arsch nicht an. Und bei diesem Boxkampf hab ich gedacht, ich habe verloren, weil ich das nicht wirklich *ernst gemeint* habe. Der andere aber schon. Und was für ein Papa bin ich da? Wenn ich so was Gefährliches mache und es nicht wirklich *meine*? Wenn ich das nicht ernst meine, wie kann ich dann meinem Sohn gegenüber was wirklich meinen? Ein paar Sachen sind mir nämlich schon wichtig. An mir. Ich will ein guter Vater für Valentin sein. Ich will mich von diesen Kitaleuten und allen, die da was meinen, nicht so unterbuttern lassen. Bei dem Kampf war der Teil von mir, der es ernst meint, dem so was wichtig ist, die ganze Zeit da. Aber ich bin irgendwie nicht richtig rangekommen."

Hear the audience scream for the death of the king, sangen Suede.

„Mach die Augen zu", sagte Rahel. „Los, mach schon."

Ich schloss die Augen.

But a hand job is all the butchery brings.

„Küsst du mich jetzt?", fragte ich.

„Träum weiter. Wie sieht der aus, dieser Teil?"

Ich horchte in mich hinein. Ich hörte die Musik. Ich roch das Essen, den Wein, Rahel. Die Amsel im Hof pfiff das Lied vom Plattenteller laut und falsch mit.

Ich machte die Augen wieder auf. „Ein bisschen wie du", gestand ich. „Ziemlich viel wie Levi. Levi meint immer alles ernst."

„Deswegen führst du dieses Gespräch ja auch mit mir und nicht mit ihm", nickte Rahel.

„Du bist heimlich Psychologin, oder? Bist du sicher, dass du real bist?"

„Ich bin einfach bloß Übersetzerin. Und das ist ja, wie du selber weißt, *the next best thing*. Aber mach mal weiter."

Ich schloss wieder die Augen. Das Bild kam zurück, waberte, zerfloss, löste sich auf.

„Ich krieg's nicht richtig hin", seufzte ich. „Ein bisschen du, ein bisschen Levi, Buffy, die Vampirjägerin, Batman … ein paar von den Boxerinnen aus meinem Verein. Aber ich krieg's nicht richtig klar."

„Hm." Rahel zündete sich eine Zigarette an und blies mir eine Rauchwolke direkt ins Gesicht.

„Hey, was …"

„Scht! Nicht wegwedeln!" Sie nebelte mich weiter ein. „Ja, ich kann's mir ungefähr vorstellen. Wirklich schwer, diese Figur richtig ins Leben zu übersetzen. Aber ich glaube, ich habe eine Idee."

Sie stand auf und holte Stift und Papier aus einer Küchenschublade.

„Ruf da mal an. Das ist eine Freundin von mir."

Stirnrunzelnd guckte ich auf die Nummer. „Und die hilft mir dann?"

„Weißt du noch, wie ich dir versprochen habe, dass wir shoppen gehen? Ein schönes Kleid? Bitte, das ist dein schönes Kleid. Und noch mehr."

„Ich kapier gar nichts. Was macht die? Deine Freundin da?"

Sie sagte es mir.

„Und das soll mir helfen?"

„Japp." Sie nickte, dass die Locken flogen. „Ich hab das auch schon mal gemacht. Wirkt Wunder."

„Echt? Du? Gibt's da Fotos? Kann ich die mal sehen?"

„Erst rufst du da an. Dann spielen wir ‚ich zeig dir meins, du zeigst mir deins'."

Sie brachte mich noch zur Tür.

„Mach's wirklich, ja? Und grüß deine Familie."

„Mach ich. Boah, wie mich das nervt."

Sie steckte den Kopf ins Treppenhaus. „Was denn?"

„Hörst du das nicht? Diese Amsel."

Sie lauschte. „Hör nix."

„Da! Da legt die wieder los. Das ist wie verhext. Seit Sojus tot ist, ach was, seit unserer alten Wohnung schon. Ständig trällert die mich voll. Sehe ich aus wie ein Amselmännchen? Amselerpel? Amselbock? Oder wie das heißt?"

Rahel legte den Kopf schief. Die Treppenhausleuchte brummte. In der Nacht draußen fuhr ein Auto vorbei. Suede flüsterte aus der Wohnung.

„Da! Da war sie wieder."

Rahel schloss die Tür bis auf einen Spalt.

„Das, mein lieber Jannis, ist eine Nachtigall. Es ist echt Zeit, dass du mal den Kopf aus dem Arsch kriegst. Gute Nacht."

Die Lampe ging mit einem „klack" aus. Ich stand dumm im Treppenhaus und lauschte der Nachtigall.

„Okay", sagte ich zu mir selbst. Ich tastete nach dem Zettel mit der Nummer von Rahels Freundin in meiner Tasche. „Na gut."

Auf halbem Weg nach Hause stieg ich kurz entschlossen vom Fahrrad. Meine Sohlen klebten auf dem von Lindenblüten fleckigen Asphalt.

„Was hast du gemeint mit erotische Spannung, die niemals erfüllt wird?", simste ich an Rahel. Dann fuhr ich weiter.

Eine Minute später brummte es in meiner Jackentasche. Ich stieg ab.

„Ich meinte: niemals!", stand auf dem Display. „Geh schlafen, Jannis."

Ich fuhr nach Hause und drückte mich an Levi. Die Balkontür stand offen für Lindenduft und Nachtigallengesang.

Kapitel 24

Ein paar Tage lang trug ich die Karte mit der Telefonnummer von Rahels Freundin in der Tasche mit mir herum. Sollte ich da wirklich anrufen? Lust hatte ich schon. Aber stehen wollte ich zu dieser Lust nicht. Am liebsten wäre es mir gewesen, ich hätte die Sache heimlich machen können, ohne dass jemals irgendjemand davon erfahren hätte. Zugegebenermaßen war das nicht ganz der Sinn der Sache.

Zum Glück kam mir der Zufall zur Hilfe. Und Valentin. Bei einem Ausflug mit seinem Laufrad fanden wir vor dem Reisebüro in unserer Straße eine Kiste mit der Aufschrift „Zu verschenken". Valentin stieg ab und wühlte neugierig darin herum

„Schau mal, Papa! Schöne Sachen!"

Zwischen gesprungenen Tassen und selbstgebrannten CDs steckten ein grüner Hut und ein geblümtes Kleidchen.

Der Hut wurde sofort aufgesetzt. „Das Kleid ziehen wir zu Hause an", sagte ich. „Das ist mir jetzt zu kompliziert, dich hier umzuziehen."

„Schön", sagte Valentin unter dem Hut hervor. Das Reisebüro hatte die Kopfbedeckung nicht umsonst aussortiert; das Grün war das Grün eines Spieltisches, verziert mit Dollarnoten, Poststempeln und Möwen. „Schön. Schönes Kleid. Anziehen, zu Hause!"

Damit paddelte er auf dem Laufrad davon. Mit dem unmöglichen Hut sah er aus wie ein sehr tuntiger Wasserfloh.

Das Kleid war tatsächlich schön. Der Teufel mochte wissen, wie es zwischen den Hut, den Tonträgerschrott und die Kaffeetassen in die Kiste geraten war.

Zu Hause zogen wir das Kleid an. Natürlich zog Valentin das Kleid an und ich half. Meine eigenen zwei Kleider hingen sicher oben im Schrank. Furchtbare Fetzen, die ich für irgendwelche Partys und Auftritte gebraucht hatte.

Valentin fand sich sehr schön. Ich musste ihm beipflichten.

„Sehen wir gut aus?“, fragte ich vor dem Spiegel.

„Jou, jou.“ Valentin hüpfte von meinem Arm und galoppierte, eine Sandspur zurücklassend, in sein Zimmer, wo Autos und Züge warteten.

Ich ging abwaschen. Vielleicht, dachte ich, die Hände im Wasser, hatte sich wirklich etwas geändert. Levi war vor Kurzem auf eine Broschüre der Bundeszentrale für gesundheitliche Aufklärung gestoßen, in der Eltern nahegelegt wurde, das Tragen von Kleidern oder Röcken bei Kindern, das Schminken und Nägel-Lackieren hinzunehmen, ja sogar mit Freude zu begleiten. Das sei ganz normal, ebenso wie der Wunsch, eigene und fremde Genitalien zu betasten. Die Eltern, hieß es in der Broschüre, müssten nur eben ihre eigenen Grenzen wahren.

Es war, fiel mir ein, während ich das Blümchenkleid am Abend zusammenfaltete und in den Schrank legte, wenig die Rede von Kindern, die Mädchen waren und *keine* Röcke und Kleider tragen wollen.

In meinem Kinderkreis in Westdeutschland war einmal Fasching. Ich glaube, es kamen etwa zwei Drittel der Mädchen als Prinzessin. Es wurde eine Modenschau inklusive Laufsteg veranstaltet, an der, so weit ich das mitbekam, auch nur Mädchen teilnahmen. Ich ging als Hobbit-Elf, ein Outfit, das in dieser Umgebung offenbar gewagt genug war, dass drei Fünfjährige sich vor mich hinstellten, und mit ausgestreckten Fingern riefen: „Mädchen, Mädchen!"

Die Grenzen der Eltern.

Mir fiel ein, dass ich im Keller meiner Oma Haarspangen meiner Tanten fand und einen Tag lang Mädchen sein wollte. Meine Oma, die vier Töchter gehabt hatte, gab mir das Gefühl, dass das eine gute Show war.

Mir fiel ein, dass mein Vater mir immerhin mal die Mädchenschuhe gekauft hat, die ich wollte, weil sie Reißverschlüsse hatten, und dass ich in der Schule deshalb einiges auszustehen hatte.

Mir fiel ein, dass ich noch kurz vor dem Abitur im Dorf der Katzenoma mit Steinen beworfen wurde, weil ich lange Haare hatte (die nicht mal die Schultern berührten).

Mir fiel ein, dass in meiner gesamten Kindheit und Jugend vor dreißig, vor zwanzig, vor zehn Jahren „schwul" noch auf andere Weise ein Schimpfwort gewesen war als heute. In meiner Erinnerung gab es im Fernsehen, das vor dem Internet unsere Verbindung zur Welt gewesen war, Schwule und Lesben (von Transvestiten und anderem Unerhörten ganz zu schweigen) nur sehr viel verdruckster und lächerlicher. Das Medienklischee des Schwulen war damals nicht der fitte, gut verdienende, immer lustige Medienheini, der stets ein Fläschchen Prosecco im Anschlag hat, um trauerkloßige Heteros über den Ernst des Lebens hinwegzutrösten. Wir sahen entweder überdrehte Tunten – und es war klar, dass man über sie lachen und sich nicht anstecken lassen sollte – oder einsame Herren mittleren Alters, die in Spießerwohnungen Strandfotos von Jünglingen betrachteten und dabei weinten.

Mir fiel ein, dass meine erste Freundin unter anderem – und weil ich ein Idiot war, natürlich – deshalb mit mir

Schluss machte, weil ich vorsichtig gestand, es möglicherweise nicht total eklig zu finden, auch einen Jungen zu küssen.

Mit den Händen im erkaltenden Abwaschwasser dachte ich: So dumm der Poststrukturalismus oft auch gewesen war, ich würde ihm ewig dankbar sein, dass er in der Uni auf mich zugetanzt kam, mich mit seinem_ihrem Zauberstab berührte und freundlich sagte, dass man sich vielleicht nicht entscheiden musste und stattdessen lieber tun sollte, was richtig ist, was zu allen möglichen Identitäten querliegen mochte, aber nur quer zum schlechten Bestehenden lasse es sich leben.

Ein simpler Gedanke, der im Gefolge von Judith Butlers unmöglicher Prosa oft allzu sehr zerredet wurde, aber die Verbrechen an Sprache und Gedankenführung, dachte ich plötzlich, als Hausmann und Vater, irgendwie versöhnt durch das schöne Kleid meines Sohnes, seien ihr und all ihren Nachfolger_innen verziehen, wenn in jedem Genderkurs nur eine_r gerettet wurde.

Die Grenzen der Eltern also.

„Würden wir den Valentin das Kleid auch draußen tragen lassen?", fragt Levi mich abends, als wir mit Wein auf dem Balkon saßen.

„Natürlich." Ich betrachtete meinen Mann, der schon so lange mein Mann war, und sah ihn zum ersten Mal seit geraumer Zeit an, als wäre er neu und fremd und überhaupt ein ganz eigener Mensch.

„Halt das mal", sagte ich und schob ihm das Glas rüber. „Ich muss noch mal telefonieren."

Kapitel 25

Es klingelte.

Ich drückte den Türsummer. Ich war verabredet. Nachdem ich Rahels Zettel eine geschlagene Woche lang mit mir herumgetragen hatte, hatte ich mich endlich getraut und die Nummer gewählt.

„Kathrin?“ Eine Reibeisenstimme hatte sich gemeldet, aber von einer Holzfeile. Hell und spröde.

„Ja, hallo, hier ist der Jannis. Von Rahel. Ich rufe an, weil … also, das ist jetzt ein bisschen schwer zu erklären. Ich habe da so ein Bild von mir im Kopf. Und es wäre wichtig, dass ich das irgendwie klarkriege. Und Rahel meinte, du kannst das. Ich weiß ja auch nicht, ob du Psychologin bist oder Hellseherin.“

„Ich bin Maskenbildnerin.“

„Ach so. Ja, da weiß ich jetzt auch nicht genau …“

Kathrin hatte gelacht wie eine versoffene Bulldogge, die einen Erstickungsanfall bekommt. „Rahel hat mir alles schon erklärt. Ich komme heute Abend vorbei. Um acht. Ich bringe mein Zeug mit, und wir richten dich so her, dass du dich gut erkennen kannst. Es soll ja so eine Drag-Sache werden, du als Frau …“

„Ach ja?“ Da war mir ein bisschen schwindelig geworden.

„Ja.“ Sehr fest hatte Kathrin das gesagt. „Ja. Daher die Frage: Soll ich da noch irgendwas mitbringen? Perücken? Schmuck? Schuhe? Ein schönes Kleid vielleicht? Dessous?“

Das wäre meine Gelegenheit gewesen, Nein zu sagen, lachend zu behaupten, es handle sich um ein Missverständnis, mich höflich zu verabschieden und aufzulegen. Und danach Rahel anzurufen und ihr ordentlich den Kopf zu waschen.

Aber in dem Schwindel, der mich erfasst hatte, waren Bilder um mich herumgewirbelt: die lachenden Punks bei meinem Boxkampf. Rahel, die nach meiner Hand griff. Wie ich Levi zum ersten Mal gesehen hatte und wie ich mit dem Skinheadmädchen nach draußen gegangen war, wo geknutscht wurde. Und Valentin. Immer wieder Valentin.

„Ja, klar", hatte ich mich sagen hören. „Um acht. Kein Problem."

Sekt und Chips waren gefragt von der Verwandlungskünstlerin, die musste ich noch einkaufen. Levi saß zu Hause und wartete auf Besuch von seinen Lesben. Sie wollten sich gemeinsam eine Zombieserie anschauen.

„Ich kriege auch noch Besuch", sagte ich schnell. „Da kommt so eine Freundin von Rahel. Die ist Maskenbildnerin. Und die … also die macht so ein Bild davon, wie ich mich fühle. Damit ich das mal sehen kann. Also, als Frau. Weil, das Bild von mir, das ist so ein Bild von einer Frau."

Levi schaltete den Fernseher aus.

„Also, *mir* musst du da nichts erklären", sagte er. „Ich wüsste nur gerne, ob das denn jetzt so eine Dauersache wird. Wo du dich mal sehen musst, so als Frau. Was kein Problem wäre", schob er schnell hinterher. „Es wäre nur ziemlich verrückt, also nicht, weil es prinzipiell verrückt ist, eine Frau zu sein, viele Leute sind ja Frauen, oder wegen der Dragsache, das ist ja megasexy, also, ich möchte das unbedingt sehen. Ich meine bloß, wenn das jetzt so eine dauerhafte Sache ist, dann wüsste ich das gern, weil, ich müsste da noch mal was ändern. An meinem Konzept. Von uns. Aber ich würde es machen!"

„Es ist nicht so was Dauerhaftes, es ist mehr so eine therapeutische Sache."

Wir waren auf einmal beide ziemlich aufgeregt.

Ich ging mich duschen und rasieren. Zum ersten Mal seit Jahren rasierte ich mich wieder glatt. Mit Levis Rasierer, ich hatte inzwischen gar keinen mehr. Auch die Brust. Ich würde, beschloss ich in diesem Moment, tiefen Ausschnitt tragen. Na, nicht gar so tief. Aber sehen könnte man schon was. Ich. Oder wer? Irgendwie hatte ich schon beschlossen, Fotos zu machen und sie herzuzeigen. Ich hatte eine wilde Lust, dieses Bild von mir, das so lange verborgen gewesen war, allen zu zeigen. Wenn's mir passte. Bei wem es mir passte.

Mit dem Klang eifrigen Händereibens kamen die Schritte die Treppe hinauf. Keuchendes Innehalten. In einem monumentalen Poncho, schwarz, erschien Kathrin am obersten Absatz. Sie atmete schwer und lachte dröhnend über unseren vierten Stock.

Sie war ehrfurchtgebietend. Ich entschuldigte mich sofort: Wie konnten wir nur so weit oben wohnen? Kathrin trug das rote, irgendwie therapeutinnenmäßige Haar zu einem Samurai- oder Hipsterknoten auf den Kopf gedreht. Spitze Nase, kluge, träge Augen, Drahtbrille. Mit Puderteint, Poncho, Umhängetasche und herauslugenden Schuhschachtelschuhen sah sie aus wie eine linke Rechtsanwältin auf dem Weg zum Gericht. Sie war anderthalb Köpfe größer als ich. Gegen sie wirkte ich klein und von niedlichem Aussehen. Ich war froh, dass Valentin schon im Bett war.

Levi rettete mich aus der Erstarrung. Die beiden begrüßten sich lachend und schüttelten sich die Hände.

„Ist er immer so schüchtern? Dann kann das ja was werden heute. Ich hatte gehört, es geht um innere Stärke und so was."

„Ach, der fängt sich gleich wieder. Und die innere Stärke hat er auch, kein Problem. Vielleicht fehlt ihm nur ein schönes Kleid, damit sie richtig zur Geltung kommt."

Levi schien das alles großen Spaß zu machen. Die Klingel schnarrte erneut. „Oh, die Lesben sind da. Viel Spaß euch zwei."

Da das Wohnzimmer besetzt war, zog ich mich mit Kathrin in die Küche zurück.

„Hast du Sekt und Chips besorgt?" Kathrin ließ sich schwer auf einen Stuhl fallen und legte die riesigen Hände in den Schoß. Sie lagen da wie zwei trügerisch träge Hunde, die Kathrin für den Moment lässig an der Leine hielt.

„Ja, klar."

„Gut. Die Chips sind für mich. Ohne Chips kann ich nicht arbeiten. Der Sekt ist für uns beide. Ich muss ruhige Hände kriegen, und du musst ein bisschen lockerer werden."

Während ich uns einschenkte, zog sie aus der Umhängetasche einen großen Schminkkoffer und diverse Kleidersäcke. Wir tranken.

„So, dann mach dich mal bitte obenrum frei."

Ein bisschen ratlos streifte ich mir den Pulli über den Kopf. Mein Körper war mir peinlich. Seit Valentin kam ich nur noch einmal die Woche zum Boxen und hatte das Gefühl, das Vatersein machte mir einen dicken Bauch. Schnell streifte ich das geraffte Oberteil über, das Kathrin mir hinlegte. Schon besser. Als ich an mir herabblickte, fühlte ich mich an Vanessas Hobbitoberteile erinnert. Falsch fühlte es sich aber nicht an. Die Frau, die ich mir in

Rahels Küche schemenhaft vorgestellt hatte, hätte so was tatsächlich angezogen.

„Du wirst eine starke innere Frau mit sehr flachen Brüsten sein. Daran habe ich nicht gedacht“, sagte Kathrin. Ich fühlte mich sofort gekränkt und ärgerte mich auch ein bisschen. So wie Kathrin das sagte, schienen schöne große Brüste eine rein technische Frage zu sein, für die es eine Lösung gegeben hätte. Sie hatte mich doch nach allem gefragt, warum nicht auch danach, ob sie noch ein bisschen Busenfett und eine Spritze einpacken sollte. Oder wenigstens Watte.

„Kann ich ja ausstopfen mit Klopapier“, sagte ich. Machte man das nicht so? Ich hätte gern schöne Brüste gehabt, obwohl man die mit Klopapier sicher nicht so perfekt hinkriegte. Meine eigenen fand ich immer ganz gut. Dass sie jetzt plötzlich zu klein sein sollten, erfüllte mich mit nie gekannter Scham. Wenn überhaupt fand ich sie manchmal zu groß, tröstete mich aber immer mit meinem Boxerstolz. Das waren bestimmt alles Muskeln!

„Es gibt allerdings in diesem ganzen Haushalt keinen einzigen BH mehr“, sagte Levi, der gerade zur Tür hereinkam und Bier aus dem Kühlschrank holte. Er sah Kathrin komplizenhaft an. Beide lachten. Ach ja, die teilten ja was. Brüste oder ihre Abwesenheit, eine Geschichte voller BHs.

„Am Ende liegt das dann wirklich am Licht“, sagte Kathrin. Sie wuchtete sich hoch, griff nach den Ende des Gürtelstreifens, der unter dem Raffoberteil angebracht war, und schnürt mich überraschend fest zusammen. Beide, Kathrin und Levi, begutachten mich, während ich mich noch von dem Eindruck erholte, dass Kathrins Hundehände mich gepushupt hatten.

„Besser“, sagte Kathrin. Ich schielte an mir herunter. Besser, fand ich auch.

Levi klemmte sich die Biere unter den Arm und verzog sich ins Wohnzimmer zu seiner Zombietotschießserie.

„So, die Spießer sind weg, jetzt können wir richtig loslegen." Kathrin ließ den Schminkkoffer aufschnappen. „Ich mache so was total gerne", sagte sie, während sie mir ihr Instrumentarium vorführte. „So Coming-out-Geschichten."

„Das ist eigentlich nicht so eine Coming-out-Geschichte", sagte ich und musterte die Schminksachen. „Höchstens im übertragenen Sinne. Weil ich ja was aus mir rausholen will, was vorher nicht sichtbar war."

„Nichts anderes", sagte Kathrin, „ist ja wohl ein Coming-out." Ihre eine Hundehand stürzte sich kopfüber in die Chipstüte, die andere schloss sich um einen dicken, weichen Pinsel. „Nimm mal deine Brille ab, bitte."

Kurzsichtig verschwommen sah ich dann eine ganze Weile nur noch Kathrins Gesicht, ihre konzentrierten Augen, und spürte ihren Atem auf meiner Haut. Der Pinsel kitzelte. Ein harter Stift drückte auf dem weichen Auge hinter dem Lid. Ich musste in eine Ecke schauen, während Weiteres passierte. Eine Miniquaste fuhr mir in die Augenfalte.

„Du willst doch bestimmt so einen richtig fiesen Lippenstift?" Schon fuhr eine Art Bleistift die Konturen meiner Lippen nach. Ich saß still da, roch Kathrins Schweiß, bitteren Puder, Chips, Sekt und wurde in eine Version von mir übersetzt, die ich nur ahnte, aber nicht kannte. Kathrin schien genau zu wissen, wer da in mir steckte.

„Boah, entspann dich mal. So kann ich nicht arbeiten. Erzähl mal von deinem Kind." Sie beugte sich zurück und legte den Kopf schief. „Das Auge sieht aber fies aus. Hast du dich geprügelt?"

„So ähnlich. Also, die Frau, die ich da sein will, die ist eine Spitzenboxerin. Das muss da irgendwie mit rein, ja? In diese … Schminke. Dass die gut boxen kann."

„Wird gemacht."

Ich erzählte von Valentin. Inzwischen schlurften Zombietotschießgeräusche aus dem Wohnzimmer. Wir lachten und tranken noch mehr Sekt. Ich bekam auch ein paar Chips ab. Die Mischung aus Alkohol, Salz und Fett war therapeutisch äußerst wirksam.

„Und die ist total schlau, diese Frau, die ich sein will. Kennst du Susan Sontag? Und stark ist sie. Wie, ähm, Janet Weiss. Von Sleater-Kinney? Oder nee, sehniger. Kim Gordon. Kennst du Kim Gordon?"

„Halt mal." Kathrin klemmte mir einen Pinsel zwischen den Mund, sodass ich die Klappe halten musste. „Rahel hat ja schon gesagt, dass du was mit Büchern machst, aber dass du so viel redest? Na, immerhin bist du nicht mehr so froschig wie vorhin im Treppenhaus. Da hatte ich so meine Zweifel. Aber jetzt sieht's eigentlich schon ganz gut aus. Fehlt nur noch die Perücke ..."

Sie zog eine blonde, eine rote und eine schwarze aus dem Kleidersack. Das Haar sah strohig und falsch aus. Auf meinem Kopf, vor dem Spiegel, ergab Minus und Minus auf irgendeine magische Weise plötzlich Plus. Die Papageienschminke wirkte dezenter, das Haar natürlich, wenn auch löwenmähnig.

Die schwarze Perücke. Krass, wie anders ich aussah, aber ich gefiel mir gut.

„Ist cool", sagte ich. „Aber fühlt sich verkleidet an."

„Dann jetzt mal blond." Kathrin grinste. „Das hätte ja Rahel am liebsten. Hot und blond hat sie sich gewünscht."

„Ach ja?" Ich fummelte mich schnell in die nächste Perücke. Als ich mich im Spiegel sah, musste ich schlucken.

„Sieht *echt* heiß aus. Aber auch kühl. Die Rahel hat da eben einen guten Geschmack." Kathrin nickte anerkennend, während sie mir den Spiegel vorhielt.

„Ich weiß noch nicht. Muss ich erst mal verdauen." Kathrin und Rahel hatten recht. Das sah wirklich heiß aus. Und stark und beherrscht und klug, wie ich mir die Frau gewünscht hatte. Aber ich sah auch aus wie eine jüngere Version meiner Mutter.

„Noch mal die letzte", sagte ich rasch.

Ich zog das Ding an. Kathrin und ich lachten sofort los. Ich sah aus wie eine schlecht geschminkte Countrysängerin.

„Na ja, Countrysängerin ist noch nett gesagt." Kathrin trank den Sekt inzwischen aus der Flasche. „Eigentlich eher wie eine Nutte aus Las Vegas, der noch einige kosmetische Operationen fehlen."

Ich überlegte. Schwarz machte mich zu sehr zu einer Intellektuellen. Mit der Perücke hätte ich eine Theaterfrau sein können oder eine Galeristin. Mutterbild hin oder her, blond war ich mir am liebsten.

„Blond", sagte ich.

„Finde ich auch."

Kathrin rückte alles noch mal zurecht. Und dann war ich fertig. Ich nahm den Spiegel selbst in die Hand.

Ich war eine gelehrte, sexy Brillenfrau mit weichen Armen und starkem Kinn. Ich wusste, was ich empfand und lag unten, von wo ich den Takt angab. Ich hatte für jede Marleenmama die passende Antwort parat. Und wahrscheinlich war es eine lustige Antwort. *Wortwolken*, fiel mir ein. Ich hatte plötzlich eine Ahnung, wie das bei meiner Mutter einmal angefangen hatte, und was mein Vater an ihr gefunden hatte.

„Sollen wir Fotos machen?", fragte Kathrin.

Ich legte den Spiegel weg. „Auf jeden Fall."

Erst mal blieben wir ganz seriös.

„Krass!", sagten die Lesben. „Mach mal den Fernseher aus, Levi. Das wollen wir sehen!"

„Du könntest echt immer so aussehen“, sagte Levi. Er sah ganz schön baff aus, aber ich merkte auch, dass es ihn ziemlich anmachte.

„Wenn der immer so aussehen würde, dürftest du uns nicht mehr in die Wohnung lassen.“ Eine der Lesben haute Levi auf den Rücken. „Der ist lesbisch, aber so was von!“

„Hm, ja“, machte Levi. Diese Bemerkung schien ihm nun wieder nicht so recht zu sein.

„Stell dich mal vor das Bücherregal“, wies Kathrin mich an.

„Comicregal“, sagte ich.

„Egal.“ Kathrin zupfte mir die Achtziger-Jahre-Wellen zurecht, sodass alles noch wilder wallte. Dann knipste sie drauflos. Zwischendurch zeigte sie mir die Bilder auf dem Display.

„Eine Boxerin ist das nicht“, sagte sie. „Schlimm?“

„Nee.“ Ich tippte mich durch die Bilder. „Die boxt nur in ihrer Freizeit.“

Die wilden Haare, die leicht übertriebene Schminke, das Hobbitoberteil, die Comics im Hintergrund – ich sah teils intellektuell, teils künstlerisch, teils wie ein Clown aus. Die Bilder waren sexy, aber auch lustig.

„Das ist ’ne Therapeutin“, sagte ich. „Hast du eine Kette dabei? So Therapeutinnenschmuck? Was mit bunten Holzperlen und abstraktem Metall?“

Kathrin schnippte mit den Fingern. „Da hab ich genau das Richtige für dich. Ein ganz scheußliches, aber irre befreites Teil!“

Kaum hatte ich das irre befreite Halsband an, war der Psychologinnen-Look perfekt.

„Es ist wirklich *the next best thing*. Rahel hatte recht!“

„Ich weiß zwar nicht, was du meinst, aber es passt echt.“ Kathrin knipste weiter.

„Bei der würde ich mich auch gern mal auf die Couch legen!" Die Lesben hatten inzwischen schon eine ganze Menge Bier intus.

„Du solltest das beruflich machen", lachte Levi. „Da steckt eine prima Therapeutin in dir."

Irgendwann konnten wir nicht mehr.

„Männern sagt ja nie jemand, wie anstrengend das ist!" Ich zupfte mir Haare aus der matschigen Schminke.

Als wir alles, so gut es ging, runtergekratzt hatten, hockte ich mich zwischen Levi und die Lesben aufs Sofa und klickte die Bilder durch.

Kathrin mümmelte ihre Chips auf und kommentierte die inzwischen wieder eingeschaltete Zombietotschießsache. „Bah. Ist mir zu brutal. Obwohl, das Make-up ist geil. Ich gucke aber lieber das mit Zooey Deschanel, wie heißt das noch mal, wo sie eine transsexuelle Serienkillerin spielt."

„Zooey Deschanel ist eine heiße Maus", sagte eine der Lesben.

„Schade, dass du schon wieder abgeschminkt bist", sagte Levi. „Du gefällst mir so."

„Du gefällst mir auch so", sagte ich. Wir hielten Händchen, guckten Zombiegedärme und sahen zu, wie die Lesbe, die auf Zooey Deschanel stand, sich Stück für Stück an Kathrin ranflirtete. Ich war froh, dass sie für die Arbeit vermutlich noch anders entlohnt werden würde als mit Chips und Sekt.

Am nächsten Tag bearbeitete ich die Fotos am Computer nach, mit selektivem Fokus und Weichzeichner. Ich wollte noch verschwommener und zugleich hartkantiger sein.

Kein Bild von mir wurde online je so massenhaft gelikt. Ich freute mich und genoss dieses warme erotische Bad aus Zuneigung.

Ich druckte mir das beste Bild der Serie aus und trug es in der Tasche mit mir herum. Wenn ich es hervorzog, war sie da: meine innere Therapeutin. Bald musste ich das Bild nicht mehr anschauen, um sie vor Augen zu haben. Es dauerte nicht lange, da fing sie an, mit mir zu sprechen. Immerhin war sie ein Teil von mir, und den Rest besorgte meine Erfahrung als Übersetzer. Natürlich schickte ich die Fotos auch Rahel, die mir mit vielen Smileys und allerlei Schweinkram antwortete.

Es dauerte nicht lange, bis Valentin das Bild in die Finger bekam. Die ganze Fotosession hatte er trotz der johlenden Lesben und der Zombiegeräusche verschlafen, wie es seine Art war. Aber für Frauen mit langen Haaren und großem Busen hatte er eine Schwäche, und so wollte er sofort sehen, was ich da in der Hand hatte.

„Erkennst du, wer das ist?" Mein Herz klopfte. Irgendwie lag mir an der Antwort.

„Mama …" Valentin klang nicht überzeugt. „Nee, nicht Mama. Die Maja?"

„O Gott, nein, nicht die Maja. Guck noch mal hin", sagte Levi. „Wer ist das?"

Valentin schaute zwischen dem Bild und mir hin und her. Lächeln breitete sich auf seinem Gesicht aus wie die Sonne, die ganz langsam durch Wolken sickerte.

„Papa!", schrie er und zeigte auf mich. „Der andere Papa. In einem ganz, ganz schönen Kleid!"

Kapitel 26

Frage 40: Was ist Ihnen in der Kindererziehung persönlich wichtig? Worauf legen Sie besonderen Wert? Was soll Ihr Kind von Ihnen persönlich mit auf den Weg bekommen?

Drei Monate später waren wir immer noch auf der Suche nach einer *guten* Kita. Valentin war inzwischen anderthalb Jahre bei uns und würde bald drei werden.

Am Ende fanden wir die gute Kita auf einem Hinterhof. Sie war ziemlich weit weg, und wir mussten S-Bahn und sogar Tram fahren. Valentin, der dieses Verkehrsmittel nicht kannte, wunderte sich, warum es so kleine Züge gab.

„Weil die Menschen hier kleiner sind", sagte ich im Scherz. Das Therapeutin-Bild hatte ich in der Tasche. Diesmal würde ich mich nicht unterkriegen lassen. Wenn in dieser Kita auch gleich wieder einer zu Begrüßung im Fledermausfalsett säuselte, würde ich sofort wieder gehen. Kein Trinken vor dem Essen, keine blaue und rosa Bettwäsche. Und keiner musste diesmal irgendwas aushalten.

„Warum kleiner?" Valentin guckte sich misstrauisch um. Die Leute hier sahen ziemlich normal aus. An der Haltestelle stieg ein Mops mit Pullover ein.

„Da, guck mal", sagte ich. „Klein und pelzig."

„Wie der eine Papa", sagte Valentin und freute sich. Spitzengegend schon mal. Der Mops schüttelte würdevoll das Köpfchen.

Dann setzte uns die Tram vor einem Laden mit gebrauchten Waschmaschinen ab. Ein dicker, wolliger Mann stand im Eingang und rauchte. Die Tram bimmelte und fuhr weg.

„Warum bimmelt?“, fragte Valentin.

„Damit keiner aus Versehen davorspringt“, sagte ich. „Entschuldigung? Können Sie mir sagen, wie ich zum Kinderladen Ballerfatz komme?“ Das galt dem Wollmann zwischen den Waschmaschinen.

„Warum Ballerfatz?“, fragte Valentin.

„So heißt die gute Kita“, sagte ich.

Der Wollmann zuckte mit den Achseln und rauchte weiter.

„Warum heißt?“, fragte Valentin.

„Die braucht ja einen Namen“, sagte ich.

„Warum?“

„Du hast ja auch einen Namen.“

„Warum?“

„Damit man dich nicht verwechselt.“

„Warum mich verwechseln?“

„Du hast recht. Das wäre schwer möglich.“ Ich ließ probeweise die Tür einer Waschmaschine auf- und zuschnappen. „Ist das hier nicht die Rowohltstraße?“

„Wolle kaufe, hundertfünfzig Euro“, sagte der Wollmann.

„Wie bitte? Nein, ob das die Rowohltstraße ist, wollte ich wissen.“ Ich zeigte die Tramgleise entlang. „Im Internet stand, Ballerfatz in der Rowohltstraße.“

Der Wollmann zog ein Handy aus der Tasche. „Gutes Handy mit Googlemaps. Achtzig Euro. Zusammen mit Waschmaschine, zweihundert Euro.“

Bevor ich das Angebot ablehnen konnte, schaltete sich Valentin ein. „Warum zweihundert Euro?“

Der Wollmann blies meinem Sohn Rauch ins Gesicht. Valentin nieste, blieb aber ansonsten ungerührt.

„Zweihundert Euro guter Preis“, sagte der Wollmann.

„Warum guter Preis?“ Valentin kniff die Augen zusammen und drehte seine Katze so, dass sie dem Wollmann direkt ins Gesicht guckte. Der Wollmann lachte.

„Für Junge mit Bär, ich mache hundertachtzig Euro."

„Katze", sagte Valentin.

„Katze ist hundertsiebzig Euro."

„Warum hundertsiebzig Euro?"

Der Wollmann überlegte. „Waschmaschine hundertfünfzig Euro", sagte er schließlich. „Handy ist nix wert. Ist Köder für kaufe Waschmaschine."

„Hören Sie", schaltete ich mich ein. „Wir suchen den Kinderladen ..."

„Warum Köder?" Valentin ließ meine Hand los und setzte sich neben den Wollmann auf die Treppe. Es schien eine längere Unterhaltung werden zu wollen. Der Wollmann schmiss die Zigarette weg und ließ sich ächzend neben Valentin sinken. Die beiden taten so, als wäre ich gar nicht da.

„Ist Waschmaschine verkaufen wie Fische fangen. Fische gerne essen, Menschen gerne saubere Wäsche. Kein Fisch mag Haken. Kein Mensch gerne bezahlen. So, Regenwurm, Handy. Handy wie Regenwurm. Ist klein, süß." Der Wollmann zeigte mit den großen Händen einen kleinen, süßen Handywurm. „Aber beiße rein, zack!" Er hieb die eine Hand in die andere. „Knüppel, Kopf, hundertfünfzig Euro."

Valentin steckte sich den Fingerknöchel in den Mund und kaute darauf herum. Er schien über das eben Gehörte nachzudenken. Was würde die Therapeutin in mir tun? Nichts, beschloss ich. Wir waren hier ganz allein auf uns gestellt in einem weit entfernten Stadtteil, wo Zwergenbahnen fuhren und die Möpse Pullover trugen. Ich verirrte mich in solche Gegenden ohne Googlemaps-Handy, wie ich auch Jugendämter ohne Wasservorräte betrat. Wenn Valentin zu diesem einheimischen Wollmann Zugang fand, konnte das unsere Rettung sein.

„Warum Regenwurm?", fragte er schließlich.

Der Wollmann warf die Hände in die Luft. „Warum Regenwurm? Warum Regenwurm? Fisch mag Regenwurm, darum. Wie …" Der Wollmann suchte mit den Augen und blieb an Valentins Katze hängen. „Wie Katze möge Mäuse."

Plötzlich leuchteten Valentins Augen auf. „Mäuse wie Handy?"

„Ah!" Der Wollmann hob die Hand. „Mäuse wie *Regenwurm. Regenwurm* wie Handy!"

„*Regenwurm* wie Handy", schrie Valentin lachend. Der Wollmann strubbelte ihm durchs Haar.

„Ganz kluge Junge!", sagte er zu mir. „Ganz kluge Kinderladen, Ballerfatz. Gehst du Rowohltstraße." Er zeigte die Tramgleise entlang.

„Vielen Dank", sagte ich. „Wissen Sie zufällig auch die Hausnummer?"

„Hausnummer, Hausnummer!" Der Wollmann verdrehte die Augen, als hätte ich ihn gefragt, warum ein Regenwurm wie ein Handy war. „Was solle Hausnummer? Ist neben Dampfladen. Das wo ist!"

„Das wo ist!", nickte Valentin. Er stand auf und nahm mich bei der Hand.

„Ach, gleich neben dem Dampfladen", sagte ich. „Natürlich. Herzlichen Dank!"

Valentin winkte dem Wollmann zu, und wir machten uns auf den Weg. „Zweihundert Euro!", rief der mir hinterher. Der eben ausgehandelte Rabatt galt offenbar nur für Valentin, während ich ja nachweislich nicht verstand, was es mit dem Handyköder auf sich hatte.

„Das hast du sehr schlau gemacht", lobte ich Valentin.

„Warum?"

„Komm, wir suchen den Dampfladen."

Der Dampfladen war, wie sich einige Häuser weiter herausstellte, ein Geschäft für gesundes Hanfrauchen. Außerdem befanden sich in der Rowohltstraße eine Tätowierstube, das Blue-Rose-Café und ein Thai-Masseur, der sicher nicht von der Krankenkasse übernommen wurde. Neben dem Dampfladen war eine Toreinfahrt.

„Da müssen wir wohl rein." Die Toreinfahrt sah dunkel und schmutzig aus. Sehr weit hinten leuchtete Sonnengrün. Ich packte Valentins Hand fester. „Schaffen wir das?"

„Schaffen ja!" Valentin wiegte den Kopf. „Nur Katze bisschen Angst."

Ich hatte auch ein bisschen Angst. Es gab kein Klingelschild, das auf irgendeinen Kinderladen hinwies. Es war auch weit und breit kein Mensch zu sehen. Der Wind pfiff durch die Toreinfahrt. Wer baute überhaupt so tunnelartige Toreinfahrten?

„Dann passt du auf die Katze auf", sagte ich. „Und ich passe auf dich auf."

„Wer dich passe auf?", fragte Valentin besorgt.

„Eine Frau in meinem Kopf", sagte ich.

„Ah, gut." Valentin packte seine Katze fester, und so wagten wir uns in den Toreinfahrtstunnel. Bald lag der Eingang so weit hinter uns, dass uns das Tageslicht nicht mehr erreichte. Unsere Schritte hallten von den Wänden wider. Valentins Hand war klein und verschwitzt.

„Passt du noch auf die Katze auf?", flüsterte ich.

„Ja. Frau passe auf dich?"

„Ja. Wir gehen einfach immer auf den runden Kreis da hinten zu. Das ist der Ausgang. Da kann man schon den Hinterhof sehen."

Es schepperte. Wir zuckten zusammen. Etwas kam auf uns zugeschossen und schmiss sich vor unseren Füßen bellend zu Boden. Ich machte einen Satz zurück. Valentin ging in die Hocke und hob das Ding auf.

„Schau mal“, sagte er. „Rad ist. Ganz kleine Rad. Woher komme Rad?“

„Ich denke mal, vom Hof. Ist sicher irgendwo abgegangen. Komm, das nehmen wir mit.“

Als wir aus dem Tunnel ins Tageslicht traten, hörten wir Hämmern und Stimmen. Zwischen unordentlichen Büschen lag ein umgestürzter Bollerwagen, und auf dem Bollerwagen saßen ein paar Kinder, die in allerlei Dreck getaucht waren, und vor den Kindern und dem Bollerwagen hockte ein Mensch mit Brille, Hut und Gummimantel. Die Kinder klopften sehr laut auf dem Wagen herum, und der Mensch hantierte mit einem Akkuschrauber.

„Wer von euch hat denn jetzt schon wieder das vierte Rad?“, fragte der Mensch mit einer Frauenstimme. Er musste schreien, um das Hämmern und Akkuschrauben zu übertönen.

„Keiner, Frau Wasdenn“, schrie eins der Kinder.

„Das haben die da!“, brüllte ein anderes und zeigte auf mich und Valentin.

Frau Wasdenn drehte sich um und stand auf. Die Kinder hämmerten ungerührt weiter. Offenbar würde der Bollerwagen nur dann wieder fahren können, wenn er neben dem vierten Rad auch eine gewaltige Klopfmassage bekam.

„Hallo“, sagte ich. „Winter mein Name. Das ist der Valentin. Wir suchen die Kita Ballerfatz.“

Frau Wasdenn kam mit angelegtem Akkuschrauber auf uns zu. Ihre Augen hinter den gewaltigen Brillengläsern wirkten unnatürlich groß.

„Da sind Sie hier richtig. Sie haben, wie ich sehe, unser Rad?“

Valentin reichte es ihr.

„Danke." Frau Wasdenn beäugte Valentin aufmerksam. „Valentin, hättest du vielleicht Lust, es auch wieder anzuschrauben?" Sie wedelte mit dem Akkuschrauber. Valentin sah mich fragend an.

„Ist das nicht ein bisschen gefährlich?" Ich räusperte mich. „Also, ob das nicht zu gefährlich ist!", rief ich. Die hämmernden Kinder waren ziemlich laut.

Frau Wasdenns Lupenaugen richteten sich auf mich. „Finden Sie es denn zu gefährlich? Dann sollte Valentin das nicht tun, meinen Sie nicht?"

„Was denken Sie? Sie haben das doch vorgeschlagen!", gab ich etwas ungehalten zurück.

Frau Wasdenn zuckte unter ihrem Gummimantel die Achseln, dass das ganze gewaltige Kleidungsstück in Bewegung geriet.

„Sie dürfen doch mich nicht fragen, was für Valentin zu gefährlich ist. Entweder Sie lassen es ihn selbst entscheiden, oder Sie haben dazu eine Meinung. Ich habe im Übrigen überhaupt nichts vorgeschlagen. Ich habe Valentin etwas gefragt."

Ich ging vor Valentin in die Hocke. „Was meinst du? Schaffst du das?"

Valentin nickte.

„Okay. Er darf."

Frau Wasdenn hielt Valentin die Hand hin. Ohne zu zögern griff er danach, hielt mir die Katze zum Aufpassen hin und folgte Frau Wasdenn in den Lärm rund um den Bollerwagen. Sie zeigte ihm, wie man den Akkuschrauber ansetzte, und gleich darauf mischte sich ein wütendes Sirren in das Geklopfe.

„*What do I spy with my little eye?*" Ein dürres Männchen trat an meine Seite. Es trug einen schäbigen Anzug und eine Schürze. „Diedas", sagte es und streckte mir die Hand entgegen. Seine Augen waren sehr blau, hausten in einem Nest aus Lachfältchen, und nach der Begegnung mit Frau Wasdenn nahm ich an, dass Diedas sein Name war.

„Winter“, sagte ich und schüttelte die Hand. Sie war warm und glatt wie eine polierte Baumwurzel. „Mein Sohn schraubt hier gerade ein Rad an. Wir suchen eine gute Kita. Er wird eine gute Kita brauchen, er hat es nämlich nicht ganz leicht.“

„Sehr schön. Und jetzt die nächste Schraube“, sagte Frau Wasdenn. Valentin warf mir über die Schulter einen Blick zu und strahlte mich an.

„*Fixerunt animi, raro et perpauca loquentis*“, sagte Herr Diedas. Er lächelte mich von unten herab an. „Horaz.“

„Ich glaube, Sie werden wohl nie aufhören, in Zitaten zu sprechen!“, rief Frau Wasdenn, ohne Valentin und den Akkuschrauber aus den Augen zu lassen. „Das ist ausgesprochen lästig.“

„*Believing takes practice*“, stellte Herr Diedas ungerührt fest. Obwohl er nicht sehr laut sprach, verstand ich ihn bei all dem Gelärme hervorragend. Er trat an den Bollerwagen und pflückte eine Hand aus dem Wirbel der hämmernden Arme. „Alle Wohlgerüche Arabiens würden diese kleine Hand nicht wohlriechend machen. Händewaschen, bitte alle. Es gibt Mittag. Das sättigt die durstige Seele und die Hungrigen füllt es mit Gutem.“

Wir gingen mit den anderen nach drinnen. Der Kinderladen entpuppte sich als Schlauch staubiger Räume, die vollgestellt, mit Fäden und Stoff verhängt und mit allerlei Winkeln und Regalen verziert waren wie ein illegaler Club in einem vorübergehend ungenutzten Haus.

„Gehen Sie nicht da rein“, sagte Herr Diedas, als wir um eine Ecke biegen wollten. „Da ist es gefährlich. Wir renovieren hier zurzeit, und die Kinder sind mit dem hinteren Bad noch nicht fertig. Hände waschen im vorderen Bad."

Wir stellten uns hinter einer Schar Kinder an, die sich die Hände und das Gesicht wuschen und gierig aus dem Wasserhahn tranken. Zwei von den Größeren führten uns ins Esszimmer. Eine lange Tafel in Kinderhöhe stand unter sehr modernen Strahlern. Wir setzten uns zwischen die schwatzenden und lachenden Handwerker. Zwei von ihnen hatten offenbar eine Art Tischdienst; aus einem weiteren Schlauchteil schoben sie einen Wagen herein, auf dem Wasserkrüge und Schüsseln mit Reis, Gemüse, Fleisch, Tofu standen. Sie deckten ein, und die Größeren halfen den Kleineren beim Auffüllen und Essen. Wir bekamen auch etwas ab.

„Bist du ein Papa?", fragte mich ein älteres Kind, das mit nacktem Oberkörper am Tisch saß.

„Das bin ich", sagte ich.

„Und wer ist das?"

„Der Valentin. Mein Sohn."

Das Halbnackte guckte Valentin von oben bis unten an. Der saß vor seinem Teller und war viel zu aufgeregt, um irgendetwas zu essen.

„Warum spricht der nicht?", wollte das Kind wissen. „Ich heiße Benito."

„Ich heiße Jannis", sagte ich. „Tja, der Valentin spricht nicht ..."

Valentin sah mich unglücklich an.

„Er wird nicht so leicht verstanden, weißt du? Er spricht ein bisschen undeutlich."

„Sag mal was." Benito stupste Valentin mit seiner Gabel an. Valentin sperrte die Augen auf und guckte mit offenem Mund auf die Stelle, wo die Gabel ihn berührt hatte, als wäre dort eine dicke Spinne aufgetaucht.

„Stich den Valentin nicht mit der Gabel, die ist zum Essen da“, rief Frau Wasdenn quer über den Tisch.

„’tschuldigung.“ Benito aß schnell weiter.

„Ich glaube, Valentin sagt manchmal lieber gar nichts, wenn er das Gefühl hat, er muss sich beweisen“, sagte ich. „Er kann eigentlich sehr gut sprechen. In seiner eigenen Sprache.“

„Ich würde seine eigene Sprache gern mal hören“, sagte Benito. „Was ist das für eine Sprache? Japanisch? Englisch? Meine Mama spricht Spanisch. Wo ist Valentins Mama?“

„Die …“ Ich rief mir mein Therapeutin-Bild vor Augen. „Die ist bei sich zu Hause“, sagte ich mit der festen, geduldigen Stimme der schwarzweißen Therapeutin. „Valentin ist unser Pflegekind. Er hat zwei Papas.“

„Der Valentin hat zwei Papas“, sagte Benito zu seinem Sitznachbarn. Der kaute und musterte uns stumm über den Tisch. Nach einer Weile nickte er, als hätte er die Sache genügend bedacht, und beugte sich zu seiner Sitznachbarin. „Der Valentin hat zwei Papas“, sagte er. So machte die Neuigkeit die Runde. Frau Wasdenn und Herr Diedas lächelten mir zu.

„Das kennen die Kinder nicht“, sagte Frau Wasdenn. „Ich auch nicht, muss ich gestehen. Wir haben hier keine Pflegekinder. Und keine schwulen Eltern.“

„Wir dürfen nicht wie die Kinder unserer Eltern handeln“, murmelte Herr Diedas.

Valentin stand auf. „Ich möchte jetzt lieber gehen“, sagte er.

„Warum?“ Erstaunt ließ ich den Löffel sinken.

„Ich glaube, die mögen mich nicht. Alle gucken mich an. Komm, wir bleiben zu Hause. Du hast das doch bis jetzt auch geschafft.“

„Okay." Die Therapeutin in mir nahm mich fest an der Hand. „Ich verstehe, dass das schwierig ist. Ich mag das auch nicht, wenn man sich mit so vielen Leuten unterhalten muss. Ich glaube aber, das ist hier gut für dich. Hier ist eine große Baustelle, da kannst du viel bewegen."

„Was hat der gesagt?", schrie Benito. Alle anderen Kinder verstummten, und der ganze Tisch sah uns an. Valentin verzog das Gesicht, als wollte er gleich anfangen zu weinen, und nahm die Katze auf, die wir während des Essens an den Stuhl gelehnt hatten.

„So, ihr lasst den Valentin und seinen Papa jetzt mal in Ruhe und esst. Das ist ja unangenehm, wenn man so überfallen wird. Und Benito, du wirst dich bitte daran erinnern, wie du geweint hast, als du noch neu warst und die Mama nach Hause gegangen ist."

Benito stupste seinen Sitznachbarn an. „Hab ich gar nicht", grinste er und schaufelte sich rasch Reis in den Mund. Aber bis zum Ende des Essens blieb er stumm.

Valentin ließ sich auf meinen Schoß ziehen und hielt immerhin tapfer durch. Ich aß, um die Zeit zu überbrücken.

Drei Kinder mussten noch fertig sein und aufstehen, dann war die Tafel aufgehoben. Die Kinder mit Tischdienst räumten ab. Die anderen standen nach und nach auf und verkrümelten sich in die verwinkelten Räume.

„Wir haben etwas Zeit bis zum Kinderrat", sagte Frau Wasdenn. „Sie suchen einen Platz für den Valentin, ja?"

„Klar", nickte ich. „Und ich glaube, hier wäre gut."

„Glaube ist der Vogel, der singt, wenn die Nacht noch dunkel ist", sagte Herr Diedas und kratzte seinen Teller aus. Ein Mädchen trug ihn fort. „Danke", sagte Herr Diedas.

„Na gut, ich möchte, dass der Valentin hierher geht. Ich finde es gut, dass es hier noch eine Menge zu tun gibt", sagte ich.

Valentin wand sich auf meinem Schoß. „Wir bleiben noch ein bisschen", sagte ich.

Frau Wasdenn legte den Kopf schief und heftete ihre Krötenaugen auf Valentin. „Ich glaube, wir könnten auch jemanden wie Valentin noch gebrauchen, der auch noch viel zu tun hat", sagte sie. „Und jemanden wie Sie." Sie hob die Augen auf die Höhe meines Gesichts. „Sie sind sicher auch sehr nützlich", sagte sie.

„Ich?" Ich hatte nicht geahnt, dass so ein Kinderladen etwas mit mir zu tun hätte. „Ich wüsste nicht, wie. Aber ich tue gern, was ich kann."

„Werde also nicht müde, deinen Nutzen zu suchen, indem du anderen Nutzen gewährst", sagte Herr Diedas.

„Marc Aurel", sagte ich bissig. Die Zitiererei ging mir auf die Nerven.

Herr Diedas lächelte. „Der Vorteil der Klugheit besteht darin, dass man sich dumm stellen kann. Das Gegenteil ist schon schwieriger." Er klopfte mir auf die Schulter und stand auf. Vom Sitzen auf den Kinderstühlen taten mir inzwischen auch die Knie weh. Valentin wand sich heftiger.

„Okay, ich bin froh, dass Sie uns mögen", sagte ich. „Wann können wir denn kommen?"

„Ich weiß nicht, ob Sie kommen können", seufzte Frau Wasdenn. „Wir werden das mit den Kindern besprechen müssen. Wie gesagt, nachher ist Kinderrat, da stimmen wir dann ab."

Fast hätte ich einfach „ja" gesagt. Aber die Therapeutin in mir zeigte stumm auf den Wutball in meinem Bauch. Sie war nicht umsonst auch eine erfolgreiche Boxerin.

„Wollen Sie das wirklich von den Kindern abhängig machen? Mitbestimmung ist ja schön und gut, aber entscheiden Sie solche Sachen nicht? Ich finde, manche Sachen sind bei Erwachsenen besser aufgehoben."

Frau Wasdenn lachte und streckte die Beine aus. „Ich gebe Ihnen vollkommen recht. Nur, das hier ist ein Sonderfall. Sie kommen hier mitten im Kitajahr. Wir haben eigentlich keine Zeit, um ein neues Kind einzugewöhnen. Wir haben hier zu tun, wissen Sie? Und wenn wir den Valentin jetzt aufnehmen, heißt das für die Kinder, dass sie sich zurücknehmen müssen. Und dass sie mithelfen müssen, damit es Valentin hier gutgeht. Es ist die Frage, ob das alle jetzt so wollen. Wenn nicht, müssen Sie bis nächstes Jahr warten."

„Nächstes Jahr klingt gut", sagte Valentin. „Komm, lass uns gehen."

„Nicht so schnell", sagte ich.

„Wir werden Valentins Sprache lernen müssen", sagte Frau Wasdenn. „Und was er sonst so braucht. Das wird anstrengend, und wenn da nicht alle mitziehen, klappt es nicht. Es ist in Ihrem und Valentins Sinne, dass wir die Kinder vorher fragen."

Ich lauschte in mich hinein. Die Wut war immer noch da, aber die Psychologin nickte. „Gut", sagte ich. „Sollen wir uns da nicht noch irgendwie vorstellen?"

„Sie haben sich schon ausreichend vorgestellt", sagte Frau Wasdenn und wies auf die verlassene Tafel.

„Oh. Ich glaube nicht, dass wir uns so vorteilhaft präsentiert haben", sagte ich.

Frau Wasdenn stand auf und reckte sich. „Vertrauen Sie auf die Kinder. Die verfügen in der Regel über eine ausgesprochen klare Realitätswahrnehmung." Sie reichte mir die Hand. „Haben Sie noch irgendwelche Fragen? Zu unseren Strukturen? Wie wir hier arbeiten?"

Ich zögerte. „Ich will bloß, dass der Kleine gut behandelt wird. Dass nicht an ihm rumerzogen wird. Erziehen, ja. Ich möchte ja, dass er richtig gesehen wird. Dass er nicht egal ist. Nur eben nicht …“ Ich suchte nach dem richtigen Wort.

„… blöd?“, half mir Frau Wasdenn auf die Sprünge.

„Nicht blöd, genau“, sagte ich. Die Therapeutin in mir grinste.

„Wir sind nicht blöd“, sagte Frau Wasdenn fest. „Auf Wiedersehen, Herr Winter. Bis hoffentlich bald. Auf Wiedersehen, Valentin. Ich bringe Sie noch zur Tür. Die Räumlichkeiten sind etwas unübersichtlich, wenn man sich nicht auskennt.“

Sie führte mich durch die Winkel und Regale, vorbei an dem gefährlichen Zimmer.

„Bringen Sie Ihren Mann mit. Falls wir uns demnächst noch mal sehen“, sagte sie zum Abschied.

Auf dem Weg die Rowohltstraße entlang fing Valentin an zu weinen.

„Hey.“ Ich blieb stehen und hockte mich hin. „Was ist?“

„Ich … ich … ich …“ schluchzte er, „ich glaube, ich schaffe das nicht.“

„Valentin, das wird ganz anders als in der blöden Kita. Du kannst da jeden Tag irgendwas bauen und reparieren. Du darfst da total viel alleine machen, so wie du das am besten kannst. Und das Alleinebleiben, das üben wir. Das schaffst du da auch. Ich und Levi, wir holen dich immer wieder ab, ja?“

„Es geht doch gar nicht ums Alleinebleiben. Ich kann Alleinebleiben eigentlich.“

„Findest du es da nicht gut? Ich dachte, das ganze Bauen und Selbermachen, das ist genau dein Ding.“

„Ist es auch. Das mit dem Rad war super. Aber ich will nicht mit denen allen reden. Und du sollst auch nicht mit denen reden. Wenn die mich so Sachen fragen … warum ich nicht rede, wo ich herkomme, warum ich zwei Papas habe … ich weiß, dass die nicht verstehen, was ich sage! Ich will nicht immer angeguckt werden. Ich will dann am liebsten nicht da sein!"

Er fing wieder an zu weinen.

Wir gingen eine Weile die Straße hinunter.

„Ich kann das gut verstehen", sagte ich schließlich. „Ich bin manchmal auch am liebsten nicht da. Oder ich tue so, als ob alles bloß eine Geschichte wäre. Nur …"

„Was?" Valentin wischte sich die Tränen mit seiner Katze ab.

„Nur manchmal hindert das einen daran, Sachen zu machen, die man eigentlich wirklich will. Schwierige Sachen. Du *kannst* doch reden. Das weiß ich doch."

„Aber nur in meiner Sprache. Du bist der Einzige, der die versteht. Und Levi."

„Aber zum Beispiel der Wollmann im Waschmaschinenladen."

Valentin nickte.

„Der hat dich doch auch verstanden. Und da hast du in deiner Sprache geredet."

Valentins Gesicht hellte sich auf. „Stimmt. Aber der hatte auch eine eigene Sprache. Die war so ähnlich wie meine."

„Aber, Valentin, die meisten Leute, die nicht blöd sind, waren schon mal irgendwo fremd oder nicht zu Hause oder verloren. Irgendein Teil von denen hat auch eine eigene Sprache. Und der versteht dich dann. Du musst dich nur trauen, mit denen zu reden."

„Mit dem Wollmann geht das. Und mit dir. Und auch mit Levi. Aber mit anderen Leuten …" Er kickte ein paar Steine über die Straße. „Mit anderen Leuten finde ich den Teil von mir nicht, der sprechen kann. Es ist, als wär der plötzlich weg, obwohl ich genau weiß, dass er da ist. Die gucken mich an, als wäre dieser Teil nicht da. Und dann kann ich ihn auch nicht mehr sehen."

„Ah. Das kenne ich auch ziemlich gut." Ich lächelte. Plötzlich war mir eine Idee gekommen. „Los, wir gehen noch mal zu dem Laden mit den Waschmaschinen."

„Warum?", rief Valentin. Aber ich zog ihn schon mit.

„Wollmann", rief ich. „Herr Wollmann! Dürfen wir mal bitte ein Foto von Ihnen machen?"

„Was Foto?", fragte der Wollmann. Er stand immer noch im Eingang seines Ladens und rauchte, als wären wir nie weggewesen. „Foto mit Handy? Handy nichts wert. Verkaufe nur mit Waschmaschine."

„Nee, nur selber Foto machen", erklärte Valentin. „Anderer Papa Handy Foto machen. Dann heute Foto immer Foto."

„Ah." Der Wollmann trat seine Kippe aus. „Ganz vernünftige Kind Foto mache. Nicht vergessen ist Handy Regenwurm, hm?"

„Ja!", freute sich Valentin. „Lustig!"

„Ein bisschen dichter zusammen", sagte ich. Ich zückte mein altes Klapphandy und drückte ab.

„Danke, Herr Wollmann", sagte ich.

„Tschüss, Wolleman", winkte Valentin.

„Hundertfünfzig Euro", sagte der Wollmann und zündete sich eine neue Zigarette an. „Du wiederkomme, du denke."

In der Tram betrachteten wir uns das Foto.

„Guck, das drucken wir zu Hause aus, und dann kannst du es in den Kinderladen mitnehmen", erklärte ich. „Dann weißt du immer, wie der Valentin aussieht, der in seiner Sprache sprechen kann."

„Und das funktioniert? Klingt wie Zauberei." Valentin zauste seine Katze. Er wusste, dass es Zauberei nicht wirklich gab.

„Es ist ein bisschen Zauberei“, gab ich zu. „Aber es hilft, weil … na, weil, die Sachen in einem drin, die gibt es ja wirklich. Es hilft. Ich habe auch so ein Bild.“

„Zeig.“

„Das Bild von mir in dem schönen Kleid.“ Ich zog es aus der Tasche. Valentin strich mit dem Finger darüber.

„Du bist ein guter Papa im schönen Kleid.“

„Danke.“ Ich musste mich räuspern. „Das finde ich auch.“

Zu Hause erwartete uns ein strahlender Levi.

„Eine Frau Wasdenn hat angerufen“, sagte er. „Sie sagt, Valentin hat einen Kinderladenplatz. Wir sollen am Montag alle drei vorbeikommen. Aber es gibt da wohl ein paar Bedingungen.“

„Warum Bedingung?“, fragte Valentin.

„Wir dürfen nur mit den Erziehern sprechen. Die Kinder meinten, sie wollen wissen, wie der Valentin alleine spricht. Verstehst du das?“

„Glaube schon“, sagte ich. „Und was noch?“

„Die meinten, der Valentin braucht einen Integrationsstatus. Das kriegt man irgendwie vom Amt, wenn ein Kind in der Kita besondere Betreuung braucht. Dann kriegt die Kita mehr Geld. Da brauchen wir einen Termin…“

„Papa“, Valentin riss mir an der Hose. „Foto zeige Handy mache. Wollemann ganz tolle Foto mache!“

„Guck mal.“ Ich zog das Handy aus der Tasche. „Wir haben wirklich ein ganz tolles Bild gemacht.“

Kapitel 27

Zwei Wochen später saß ich auf dem Bug eines Segelbootes in der Wartehalle des Sozialpädiatrischen Zentrums.

„Hallo. Ich bin Herr Regner. Sie sind Herr Winter?"

Alles an dem Mann war weiß, bis auf die Haut, die war sonnengebräunt. Er lächelte lieb und etwas müde und sah insgesamt aus wie ein guter Klassensprecher, der sich manchmal fragte, wie er in diesen Beruf mit den weinenden Eltern und dem teuren Auto geraten war.

„Ja, hallo." Wir schüttelten uns die Hand.

„Und das ist Ihr Sohn?"

„Ja, das ist Valentin."

„Hallo, Valentin." Herr Regner blieb höflich vor dem Segelboot stehen. Valentin drehte weiter am Steuerrad und machte Geräusche.

„Sag mal Hallo", sagte ich.

„Kann ich verstehen, wenn er das nicht will", sagte Herr Regner. „Er ist ja nicht ganz freiwillig hier. Wer weiß, was ich im Schilde führe."

„Nichts Schlimmes, hoffe ich."

„Eigentlich nicht. Ich will mich nur mit Ihnen beiden unterhalten. Sie hatten sich ja wegen des Integrationsstatus gemeldet. Kommen Sie."

Als ich Regner hinterherging, sprang Valentin vom Boot und fasste nach meiner Hand.

„Hm-hm, der mag Sie", sagte Regner.

„Glaube schon", sagte ich.

„Das ist ja schon mal prima", fand Herr Regner. Er sah ehrlich erfreut aus.

Valentin blieb stumm.

In Herrn Regners Zimmer standen die Fenster offen, und die Sonne schubste tanzenden Staub hinein. Die Ranken, die aus dem Klinikgarten hineinlugten, hatten sichtlich Lust, den vollgestellten Schreibtisch zu überwuchern. Autos, Vögel und Stimmengewirr waren zu hören.

„Sie haben hier viel Platz", sagte ich. „Gut."

Herr Regner runzelte die Stirn. „Wo war denn nicht viel Platz?", fragte er.

„Ach, ich musste gerade ans Jugendamt denken. Ist es okay, wenn er da spielt?"

Valentin machte sich gerade daran, einen Puzzlekasten nach dem anderen aus dem Regal zu ziehen.

„Ist okay. Dafür sind die Sachen ja da. Ich räum das dann nachher wieder weg. Also, im Jugendamt war wenig Platz?"

Er setzte sich mir gegenüber und lächelte wieder.

„Ach, das war komisch da. Ja, warum ich hier bin. Der Integrationsstatus. Das ist für die Kita. Wir haben jetzt zwar eine gute Kita, aber mit dem Sprechen und dass er so ein hohes Kontrollbedürfnis hat, das ist dann doch langsam …"

„Gehen wir bald wieder?", fragte Valentin. „Mich macht das nervös hier. Bei diesen Puzzles passt auch nichts zusammen. Kann mich jedenfalls nicht drauf konzentrieren, die Stücke ineinanderzupassen. Ich mach noch eine Schachtel auf, aber wenn dann nichts dabei ist, kriege ich, glaube ich, schlechte Laune."

„Ah, ich höre schon." Herr Regner reckte sich und guckte über meine Schulter auf Valentin. „Wie alt ist er jetzt?"

„Er wird bald drei", sagte ich.

„Na, da ist doch aber noch eine Menge Zeit."

„Na ja. Schwierig ist es aber trotzdem. Die Kita braucht halt den I-Status, weil die ihn dann ja mehr begleiten müssen. Und in den Akten vom Jugendamt steht auch, dass die Kurzzeitpflege, wo er vorher war, dass die also auch ihre Beobachtungen gemacht hat."

„Hm, ach ja." Herr Regner faltete die Hände und nickte ergeben. „Beobachtungen. Kann ich mir denken. Gibt es denn da schon irgendeine …" Er seufzte. „… Diagnose oder etwas in der Richtung?"

„Bis jetzt nicht. Ich hab das auch immer ein bisschen abgeblockt."

Herr Regner hob den Kopf. „Ach, das finde ich aber gut."

Mir wurde leicht im Bauch. „Ich auch."

Wir lächelten uns an. Einen Moment war nur der Sommerlärm von draußen und Valentins Ächzen bei den Puzzles zu hören.

„Ich such auch grad mal was raus, ja?" Regner kramte in seinen Akten und zog schließlich einen verknitterten Ordner hervor.

„Okay. Sie sind …" Er legte die Stirn in Falten. „… Übersetzer?"

„Genau."

Regner sah von der Akte auf. „Ich habe das Gefühl, Sie kennen sich aber ganz gut mit Leuten aus und nicht nur mit Büchern."

Ich zuckte mit den Achseln. „Ich finde, das ist nicht so weit voneinander weg. Man muss bei beidem die innere Logik von Sachen begreifen, die nicht sofort verständlich sind." Ich überlegte. „Ich glaube, ich schwenke vielleicht noch mal um. Zum Therapeuten. Für Kinder oder gleich für Familien. Eine Freundin, die hat mir gute Erziehungstipps gegeben, und meinte dann, Übersetzerin sei doch *the next best thing* zu Therapeutin. Da bin ich schon ins Grübeln gekommen."

„So hab ich das noch nie betrachtet. Und Sie verstehen, was der Valentin sagt?"

Valentin ließ die Puzzles liegen und wanderte zu einem Spieltisch. „Ich würde jetzt gern malen", sagte er. „Gibt es hier eine Schere? Gestern haben wir doch geklebt."

„Was hat er gesagt?" Regner sah mich freundlich, aber irritiert an.

„Er sagt, er will basteln."

Regner lachte auf. „Tut mir leid. Für mich ist das alles Kauderwelsch. Aber Sie haben sich da reingehört, ja?"

Ich musste auch lachen. „Ich kenn den Valentin ja jetzt auch schon eine ganze Weile. Aber bei mir war das von Anfang an so. Ich verstehe jedes Wort."

Regner blätterte in der Akte herum. „Wissen Sie, ob es da familiär irgendwelche Vorbelastungen gibt?" Er fuhr mit dem Finger über die Maschinenschrift. „Hier steht ja nichts. Wissen Sie was von der Mutter? Also, ob die was hat? Und was so in der Schwangerschaft los war?"

Ich zuckte mit den Achseln. „Nicht so richtig."

„Haben Sie nie nachgefragt? Sie haben doch da das Recht auf Akteneinsicht. Normalerweise erfährt man das ja auch, wenn man ein Pflegekind aufnimmt. Ist ja nicht ganz unwichtig für so eine Entscheidung."

Ich nickte. „Stimmt. Aber irgendwie … vor Valentin sollten wir ein Kind bekommen, da war die Mutter Gewichtheberin. Da haben die uns gleich alles gesagt auf dem Amt. Aber bei Valentin waren alle so … ich glaube, eingeschüchtert ist das richtige Wort. Seine Mutter, die ist eben gar nicht so, wie man sich so eine Mutter vorstellt." Ich schaute zum spielenden Valentin rüber. „Genau wie der Valentin. Wenn's brenzlig wird, taucht der so ab und tut so, als wär er gar nicht da. Und seine Mama ist halt ziemlich kontra. Auf so eine sympathische Art. Wir wollten sie bei den Besuchskontakten dann immer mal fragen, aber wir haben's dann doch nie übers Herz gebracht."

Regner nickte. „Okay. Ungewöhnlich, aber kann ich verstehen. Haben Sie was dagegen, wenn ich die Kollegen gerade mal anrufe?"

Ich schüttelte den Kopf. „Nö."

Regner suchte die Nummer aus der Akte und wählte. Er hatte tatsächlich einen uralten Apparat mit Drehscheibe.

„Ja, hallo? Frau Rammske? Ja, Regner hier, SBZ. Ich weiß nicht, ob Sie sich … genau. Also, bei mir sitzt der Herr Winter mit dem Valentin, Valentin Schnuck. Ja, genau. Es geht um den I-Status. Ach, das haben Sie sich schon … Ja, wir haben nämlich gemerkt, dass die Winters nie so richtig gefragt haben, was bei der Mama eigentlich so Sache war. Warum der Valentin jetzt in einer Pflegefamilie ist. Ich denke natürlich an … ja genau. Hm. Hm."

Regner nickte. Mir fiel plötzlich ein, dass Valentin mit im Zimmer war. Ich schielte zu ihm rüber. Er hockte am Boden und presste zwei Puzzleteile ineinander. „Mist. Scheiße", fluchte er. Das waren seine beiden neuen Lieblingswörter.

Wegner klemmte sich den Hörer unters Kinn, kritzelte etwas auf seine Schreibtischunterlage und zwinkerte mir zu.

„Okay. Schon in der Familie der Frau Schnuck, ja? In ihrer Kindheit schon. Okay. Und dann der Kindsvater auch?"

Ich zuckte zusammen. Valentin fluchte weiter vor sich hin.

„Wissen Sie, ob das in der Schwangerschaft … Nicht genau. Also eher nicht. Ach so, das sagt die Frau Schnuck. Und Sie glauben … Na ja. Gut. Es ist also nicht ausgeschlossen. Müssen wir dann sehen, wie sich das bei Valentin so … ja. Aber er hat ja jetzt zwei Papas, wo sich das in dieser Form bestimmt nicht wiederholt. Okay, danke. Auf Wiederhören."

Er legte auf und stieß die Luft aus. „Gut. Nicht schön, aber auch nichts, was wir hier noch nie gehört hätten." Er kniff die Augen zusammen. „Wollen Sie was wissen? Haben Sie sich da selbst schon was zusammengereimt? Der Valentin wird ja irgendwann mal fragen."

Ich holte tief Luft. Erst jetzt bemerkte ich, dass ich schon seit geraumer Zeit den Atem anhielt.

„Ich glaube, die Frau Schnuck schämt sich für irgendwas", fing ich zögerlich an zu erzählen. „Wenn man so stark bleiben muss und so unbedingt dafür sorgen will, dass einem keiner zu nahe kommt, um nachzufragen … da schämt man sich. Irgendwas Schlimmes ist passiert, und man denkt, man ist selber schuld. Und dann denkt man vielleicht, mein Sohn soll woanders hin, wo das nicht passiert, was mit mir passiert ist. So um den Dreh."

Wegner sah über meine Schulter zu Valentin.

„Sie geben einen guten Therapeuten ab, glaube ich." Er schlug die Akte zu. „Okay. Dann machen wir jetzt ein paar Tests, damit das abgehakt ist. Und dann gucken wir mal, welche Diagnose dem Valentin am meisten weiterhilft, ja?"

Kapitel 28

„Ich glaube, Sie könnten sich jetzt mal verabschieden“, sagte Frau Wasdenn.

Wir saßen am Rand der Sandkiste und sahen den Kindern beim Spielen zu. Frau Wasdenn hatte mich schon am ersten Tag ziemlich barsch angewiesen, ich solle das lassen, als ich Anstalten machte, mit Valentin herumzuturnen.

„Ja, das ist jetzt hier Kinderladen“, hatte ich ihm gesagt. „Das ist für dich und die anderen Kinder.“

Valentin hatte mit dem Fuß aufgestampft und geschrien und geweint. Dann hatte er sich darauf verlegt, fern von den anderen Kindern mit dem größten Bagger, den er finden konnte, Kreise und Schleifen in den Sand zu fahren.

„Er steckt sein Revier ab“, hatte Frau Wasdenn gesagt und herzhaft in das mitgebrachte Schinkenbrot gebissen. „Gut.“

„*Nuda per lusus pectora nostra patent*“, hatte Herr Diedas bestätigt und seine Veganwurst gekaut.

Ich hatte die Augen verdreht und in den Himmel geguckt. Es war nicht alles perfekt im Kinderladen Ballerfatz. Frau Wasdenn und Herr Diedas waren streng, vor allem zu mir. Die Zitiererei von Herrn Diedas konnte ich schon am zweiten Tag nicht mehr hören. Außerdem schien man hier bei aller handfester Bauarbeit mit den Kindern doch Fan von allerlei zwielichtigen Alternativmedizinen zu sein. Frau Wasdenn achtete sorgfältig darauf, bei Ausflügen immer eine Schachtel Spinnweben dabei zu haben, die sie statt Pflastern verwendete. Pflaster waren, so hatte sie mir mit ernster Miene erklärt, ein ganz mieser Betrug der Pharmaindustrie. In Weltgegenden, in denen die Menschen noch gesunde Herzen hatten, würde seit Tausenden von Jahren unverändert mit Spinnweben geheilt. Die wirkten nämlich nicht nur desinfizierend, sondern auch „harmonisierend" – was auch immer das bedeuten sollte.

„Ich weiß nicht, ob die Menschen in Weltgegenden, wo es nicht mal Pflaster gibt, eigentlich so gesunde Herzen haben", wagte ich zu bemerken. „Ist das nicht schlecht für die Kreislaufgesundheit, wenn man keine regelmäßige Vorsorge ..."

„Ruhig wie ein tiefer See mit ungetrübtem Wasser ist der Weise mit seiner heiteren Klarheit", unterbrach mich Herr Diedas. Er atmete aus: „Hapüü."

Herr Diedas war Anhänger irgendeiner obskuren Yogaschule und hielt mich beständig zu Atemübungen an.

„Hapüü", stimmte ich ein.

„Und hapüü." Herr Diedas atmete geräuschvoll aus. Ein Stückchen Veganwurst wurde in den Sand geschleudert.

„Hapüü", machte ich gottergeben.

„Ich halte das keinen zweiten Tag aus", hatte Levi gesagt. „Es war nett, die mal kennengelernt zu haben, und ich glaube, die sind total cool, und für Valentin ist das alles super. Aber die Sprüche von dem einen und das ganz tiefe Atmen und die Spinnweben, das macht mich fertig. Schatz, du bist der Diplomatische von uns. Du musst das machen, bitte."

„Ich wollte eigentlich nicht mehr so diplomatisch sein", sagte ich. „Meine innere Therapeutin, die ich als Talisman bei mir trage ..."

Levi klopfte mir aufs Knie. „Super, du passt da prima rein", sagte er.

So biss ich mir also brav auf die Lippe, wenn aufgeschlagene Kinderknie mit Spinnweben bedeckt wurden, und atmete brav in meine Mitte. Es war die Mühe wert, das merkte ich bald. So verschroben die beiden Pädagogen auch waren, sie verstanden ihr Handwerk. Frau Wasdenns Versprechen ging tatsächlich in Erfüllung: Der Kinderladen Ballerfatz war nicht blöd. Die Regeln und Abläufe hatten einen Sinn, der den Kindern unmittelbar einleuchtete, und was sich nicht mehr bewährte, wurde in Absprache mit den Kindern geändert. Der Tag bestand im Wesentlichen aus gemeinsamer Alltagsgestaltung. Die beiden Erwachsenen hatten sehr klare Vorstellungen davon, was sie wollten und was sie nicht wollten, und mischten sich in den Rest nicht weiter ein. Das schien für alle Beteiligten bemerkenswert gut zu funktionieren. Valentin entwickelte bald eine schüchterne Liebe zu Herrn Diedas, der ihn wahrscheinlich nicht nur wegen der seltsamen Sprachmarotte faszinierte, sondern auch in seiner ganzen traurigen Gestalt an einen gerupften Vogel erinnerte, eine Spezies, die Valentin als Halbdinosaurier ja verwandtschaftlich nahestand. Einige Male griff er, wenn er im Eifer eines Spiels seine gewohnte distanzierte Haltung vergaß, sogar nach der Hand des wandelnden Zitatelexikons.

Und jetzt war es so weit.

„Ich glaube, Sie könnten sich jetzt mal verabschieden", sagte Frau Wasdenn. „Gehen Sie einfach irgendwo Kaffee trinken und kommen Sie in, ach ich weiß nicht, zwanzig Minuten wieder. Ja?"

Valentin stand Hand in Hand mit Herrn Diedas an einer Baugrube, die an den Spielplatz anschloss. Herr Diedas kaute auf seiner unvermeidlichen Wurst, Valentin auf seinem Fingerknöchel. Beide schienen angesichts des aufgerissenen Erdreichs und der vor sich hin rostenden Bagger in Gedanken an letzte Dinge versunken.

„Soll ich beim Abschied denn sonst noch irgendwas machen?“, fragte ich.

„Sagen Sie die Wahrheit!“ Frau Wasdenn funkelte mich kämpferisch durch die dicken Brillengläser an. „Sagen Sie, dass Sie weggehen, einen Kaffee trinken, und gleich wiederkommen. Und dass Sie dann zusammen nach Hause gehen.“

„Okay“, sagte ich.

Als ich mich durch die spielenden Kinder Valentin und Herrn Diedas näherte, hüpfte mein Herz wie eine aufgeregte Amsel. Oder eine Nachtigall. Ich bekam tatsächlich weiche Knie.

„Hey, Valentin.“

Valentin und Herr Diedas drehten sich um.

„Ah. Parting is such sweet sorrow.“ Herr Diedas zwinkerte mir zu.

„Valentin, ich gehe einen Kaffee trinken und komme gleich wieder. Dann gehen wir zusammen nach Hause.“

Valentin nickte und versenkte sich wieder in die Betrachtung der Baugrube. Ich ging und schaute nicht zurück. Das Tor des Spielplatzes quietschte hinter mir. Meine Füße trugen mich von selber fort. Ich hielt die Hand meiner inneren Therapeutin ganz fest. Ich dachte an das Geräusch, mit dem der Rollladen des Umzugswagens herunterrasselte, als mein ganzes Jugendzimmer bei der Trennung von meinen Eltern ins Haus der Katzen-Oma verladen worden war. Knochen, Ketten, Guillotinen. Das Gesicht meines Vaters im Beifahrerfenster war immer kleiner geworden, während ich auf der Dorfstraße vor meiner ersten eigenen Wohnung stand und dachte, das ist also das Erwachsensein. Niemand hält dich mehr fest.

Ich erwartete, Schreie zu hören. Es kamen keine. Alles, was ich hörte, war der Lärm spielender Kinder.

Ich kannte mich in dieser Gegend der Trambahnen und Wollmänner nicht aus. Auf der Suche nach einer Bäckerei oder einem Stehcafé trieb ich durch Straßen voller Baugruben und Absperrbänder. Auf den wenigen intakten Wegabschnitten flüsterten Blätterschatten. Was wühlte sich hier durch den Untergrund? Wurde denn schon alles für die Ankunft hungriger Touristen und niederrangiger akademischer Mitarbeiter vorbereitet? Oder war der große Sturm schon gekommen, und die Löcher überall im Asphalt waren die Spuren lang anhaltender Handybestrahlung durch Instagram- und Tinder-Partikel? Gingen die Aufbauarbeiten von dem ebenfalls als Großbaustelle angelegten Kinderladen aus, oder nagte sich im Gegenteil aus den Staubkammern des Kinderladen Ballerfatz die Zersetzung durch verwaiste Start-up-Schuppen und leerstehende Barista-Ausbildungslager, von denen nur noch bleiben würde, der durch sie hindurchging, der Wind? Moment, solche Gedanken waren doch endgültig nicht mehr normal.

Ich schwitzte. Ich sah auf die Uhr. Sechs Minuten war Valentin jetzt erst allein, und schon fiel es mir schwer, Gegenwart und Vergangenheit vernünftig auseinanderzuhalten. Ich haute mir auf den Kopf. Besser, nickte meine innere Therapeutin. Was war schon so schlimm daran? Valentin blieb doch auch bei der Babysitterin allein.

„Entschuldigung“, sagte eine Stimme hinter mir. „Können Sie mir wohl sagen, wie ich hier zum Waschcenter komme?“

Der Mann mit dem Hund an der Seite kam mir gleich bekannt vor. Verwirrt, wie ich durch die plötzliche Trennung von Valentin war, stotterte ich trotzdem erst einmal an einer Antwort herum.

„Ich bin auch nicht von hier. Mein Kind … mein Sohn ist da drüben in der Kita, müssen Sie wissen. Also, auf dem Spielplatz, heißt das. Waschcenter, Waschcenter …“

„Es soll in der Rowohltstraße sein“, sagte der Mann ruhig. Er schien den Umgang mit Verwirrten gewöhnt zu sein. Der Hund kläffte bekräftigend.

„Rowohltstraße!“, rief ich erleichtert. „Die kenne ich! Sie meinen den Laden vom Wollmann. Ja, das ist, warten Sie mal … sagen Sie ihm, dass der kluge Junge Sie geschickt hat, dann bekommen Sie noch ein Handy wie ein Regenwurm dazu.“

Der Mann lächelte. Indem ich an der Wegbeschreibung herumdachte, fiel mein Blick auf seine auffällig glänzenden, teuer aussehenden Herrenschuhe.

„Herr Stöker?“

Er lächelte. „Ja?“

„Herr Stöker! Das ist ja der Hammer. Wie lange ist das … ich meine, kennen Sie mich noch? Ich bin's. Jannis. Jannis Winter. Zivildienst. Landeskrankenhaus. Sie haben mir Handgranatenweitwurf beigebracht.“

„Jannis!“ Er trat einen Schritt zurück und lachte lauthals. „Ich habe dich wirklich nicht erkannt. Du bist ja richtig … ich weiß auch nicht … erwachsen geworden?“

„Na, wenn Sie das sagen.“ Ich ging in die Hocke und kraulte den Hund hinter den Ohren.

„Das ist Almas“, stellte Herr Stöker uns vor. „Almas begleitet mich hier auf einem etwas unschönen Gang.“

„Ich wollte gerade fragen, was Sie hierherführt.“ Ich guckte mit zusammengekniffenen Augen zu ihm hoch. „Sie sehen gut aus!“ Es stimmte. Von dem unsteten Blick, den nikotingelben Fingern und der zerfusselten Strickjacke war nichts mehr geblieben. Er trug einen leichten Wollmantel. Die Haare fielen ihm fein bis auf die Schultern, und der Wind fühlte sich darin wohl.

„Meine Mutter ist gestorben“, sagte Herr Stöker. Almas fiepte.

„Das tut mir leid."

„Muss es nicht. Ich bleibe ein paar Tage, um ihre Wohnung aufzulösen. Dann geht es wieder heim nach Verden. Zu meiner Familie."

„Sie sind aber nicht noch in der Fleischindustrie tätig?"

„Nein, nein!" Herr Schröter lachte wieder. „Meine Frau würde mir was husten. Sie hat einen Reiterhof. Und ich bin da fürs Geschäftliche zuständig."

„Das freut mich ehrlich. Das finde ich prima", sagte ich. Ob's der Wind war? Die Trennung von Valentin? Ich hatte Tränen in den Augen. „Dann sind Sie also nicht gleich wieder durch die Drehtür in die Klinik zurück."

„Nein. Da bin ich dann nie wieder hin. Und Sie? Wie ist es Ihnen ergangen? Sie sind ja tatsächlich bis in die große Stadt gekommen. Und einen Sohn haben Sie auch."

„Ja, den Valentin. Der geht jetzt in die Kita. Wir trennen uns gerade."

„Ah", nickte Herr Schröter. „Ich kenne das. Schwierig. Aber Sie schaffen das schon. Ich habe immer gewusst, aus Ihnen wird mal was. Sie haben mir, wenn ich nicht irre, damals erzählt, dass Sie es mit Ihren alten Herrschaften etwas schwer haben?"

Ich nickte. Almas leckte mir die Hand.

„Wenn ich Ihnen einen Tipp geben darf, so aus alter Kameradschaft: Machen Sie was draus. Es ist hart, wenn man plötzlich allein ist. Wissen Sie, ich habe mein Leben lang darauf gewartet, dass meine Mutter mir ein freundliches Wort sagt. Und immer hat sie auf mich geschimpft. Nur Kuchen, den hat sie mir immer vorgesetzt. Hab ich nicht gegessen, aus Protest. Tja, und jetzt verscherbel ich hier ihre Waschmaschine und die Einbauküche. Heute denke ich, hätte ich mir bloß zu jedem Geburtstag einen besonders großen Kuchen gewünscht. Den hätte sie mir mit

Freuden geben können. Man muss sich von den Leuten, die man liebt, immer wünschen, was sie auch erfüllen können, wissen Sie? Na, was rede ich. Sie müssen sicher zu Ihrem Jungen."

„Ja. Moment!" Ich sprang auf und suchte in der Tasche nach etwas zu schreiben. „Ich gebe Ihnen meine Nummer. Sie müssen mich unbedingt ..." Alles, was ich fand, war das Foto von mir als schwarzweißer Therapeutin, das mich durch die letzten Wochen begleitet hatte. „Haben Sie einen Stift?"

Er zog einen Kuli aus der Innentasche seines Mantels.

„So!" Ich hielt ihm die bekritzelte Fotorückseite hin.

Er nahm das Papier, drehte und wendete es und wackelte dann mit dem Finger. „Ich wusste es! Sie haben wirklich Ihre schöne Freundin von damals geheiratet. Ich gratuliere!"

„Danke", sagte ich.

Wir standen uns gegenüber. Ich wollte ihn umarmen, traute mich aber nicht. Almas bellte, und der Moment war vorbei.

„Gehen Sie in die gleiche Richtung?" Herr Stöker steckte das Foto mit meiner Telefonnummer ein und wühlte in der Jackentasche nach etwas anderem. Ein Spielzeug wohl, denn Almas begann, aufgeregt um ihn herumzuhüpfen.

Ich guckte auf die Uhr. „So spät schon! Ich muss zurück, ja."

Wir gingen die Straße hinab.

„Konnten Sie eigentlich mal was damit anfangen?" Stöker schien gefunden zu haben, was er suchte, und blieb stehen.

„Anfangen? Womit?"

„Mit dem Handgranatenweitwurf."

Almas war ganz aus dem Häuschen, tanzte und jaulte.

„Der Russe hat sich eigentlich immer ganz ruhig verhalten."

„Na, dann passen Sie mal auf."

Herr Stöker zog einen Ball aus der Tasche, holte aus und schleuderte den Arm nach vorn. Ein herrlicher, ganz und gar perfekter Handgranatenweitwurf. Der Ball beschrieb einen hohen Bogen, verschwand sekundenlang im Sonnenlicht und sank dann wie von einer Schnur gezogen zu Boden. Kurz vor dem Aufprall schnappte Almas ihn aus der Luft und trug ihn schwanzwedelnd zu uns zurück.

„Na? Ist das nichts?" Herr Stöker strahlte. „Wie ich schon sagte: Von den Leuten, die man liebt, muss man verlangen, was sie auch geben können. Hunde wissen das."

„Nicht schlecht."

Wir blieben stehen. Vom nahen Spielplatz drang bereits wieder der Kinderlärm.

„Herr Stöker", sagte ich, „es hat mich sehr gefreut. Ich würde mich gern noch länger mit Ihnen unterhalten, aber ich muss zu meinem Sohn. Albern, dass mich das so beschäftigt, oder? Aber ich habe immer noch irgendwie das Gefühl, das muss klappen. Sonst nehmen die ihn mir wieder weg."

Herr Stöker schüttelte den sabbertriefenden Ball. „Wer sind denn *die*? Jannis, Sie kriegen doch wohl nicht was in Ihren Zahn gefunkt, oder?"

Ich schüttelte den Kopf. „Das sind ganz reale Leute. Valentin ist unser Pflegekind. Und das Jugendamt ... oder eigentlich eher die Mutter ... wobei, die ist immer so undurchschaubar. Ich weiß eigentlich bis heute nicht, warum Valentin bei uns ist. Das ist fast noch schlimmer, als wenn sie einfach nur krank wäre oder dumm oder böse. Ist sie alles nicht."

„Seien Sie doch froh."

„Ja. Das sag ich mir ja auch immer. Aber ich wüsste eben einfach gern, was in der vorgeht. Was hat die für ein Leben? Warum Valentin? Warum wir?“

Herr Stöker breitete die Arme aus. „Familie“, sagte er. „Was weiß man da schon? Meine Mutter ist tot, und ich habe vieles nicht von ihr gewusst. Werd's nie erfahren. Was wissen Sie von Ihren Eltern? Warum gibt es Sie, Jannis? Wissen Ihre Eltern das überhaupt? Ich sage Ihnen: Familie.“

„Ich sehe Valentins Mutter einmal im Monat für zwei Stunden. Das ist doch keine Familie!“

„Wie oft sehen Sie Ihre Eltern?“

Almas kam angewetzt und brachte den Ball zurück. „Sie werden das schaffen, Jannis.“ Herr Stöker drehte sich um und hob zum Abschied die Hand. „Kaufen Sie Ihrem Valentin ein Eis und Ihrer Frau ein schönes Kleid. Das heilt meiner Erfahrung nach so gut wie alle Wunden.“

Ich wollte noch etwas erwidern, da hörte ich durch das Spielplatzlärmen einen Laut, den ich unter Hunderten erkannt hätte. Valentin weinte.

Ich stieß die kreischende Pforte auf und konnte mich gerade noch zurückhalten, nicht loszurennen. Das Kind nicht weiter verschrecken. Ruhe ausstrahlen.

Valentin hielt immer noch Herrn Diedas an der Hand. Sein Gesicht war tränennass. Er strahlte, als er mich sah.

„Papa, du wieder da!“ Auf meinen Hosen war ein nasser Fleck, als er sich wieder von mir löste. Herrn Diedas hatte er nicht losgelassen.

Ich holte tief Luft. „Frau Wasdenn, es tut mir leid, dass es nicht funktioniert hat, aber ich finde, das ist okay. Valentin hat schlechte Erfahrungen mit dem Alleingelassenwerden. Er braucht da sicher noch ein paar Wochen, und wenn Ihnen das zu anstrengend wird, dann …“

Frau Wasdenn wickelte sorgfältig ein weiteres Schinkenbrot aus. „Was mir zu anstrengend ist oder nicht, das lassen Sie mal meine Sorge sein", sagte sie. Sie kaute, schluckte und zeigte mit der Stulle auf Valentin. „Ihr Sohn hat geweint, weil er sie vermisst hat, und Herr Diedas hat ihn getröstet. Wir haben ihm ein Schinkenbrot gegeben, das er erstaunlich schnell aufgegessen hat. Jetzt weint er, weil Sie wieder da sind. Es ist alles, wie es sein soll, und Sie dürfen stolz auf Ihr Kind sein. Wir sehen uns morgen um die gleiche Zeit. Möglicherweise ist das *Ihnen* zu anstrengend, aber das wissen Sie sicher selbst am besten. Für den Fall schlage ich vor, Sie schicken Ihren Mann, der kann das sicher genau so gut."

„Danke", sagte ich. „Wirklich, vielen Dank."

„Nicht, weil es vorteilhaft ist, sondern weil es Freude macht", sagte Herr Diedas leutselig und ließ Valentins Hand los. Der nahm sie zögerlich zurück, als könnte er nicht recht glauben, dass sie wirklich ihm gehören sollte.

Dann nahm er mich an die Hand. Wir verabschiedeten uns und gingen, und es war wirklich alles, alles gut.

Kapitel 29

Valentin ging in die Kita. Es fiel ihm nicht immer leicht, er hatte nicht immer Lust, aber er ging. Wenn ich ihn fragte, wie es gewesen war, sagte er „gut“. Wenn ich wissen wollte, was es zum Mittag gegeben hatte, sagte er „Nudeln“. Er hatte jetzt einen beträchtlichen Teil des Tages ein eigenes Leben, in das er mir manchmal Einblick gewährte, wenn er erzählte, er habe mit einem gewissen Erich Herrn Diedas geärgert, wenn er Schimpfwörter wie „Eierloch“ oder „Kackwurst“ mit nach Hause brachte oder, besonders spektakulär, berichtete, er habe mit Alina das schöne Kleid getauscht. Denn auch ein schönes Kleid durfte Valentin in der Kita anziehen, und eine Bemerkung fing er sich dafür nur ein, wenn es ihm nicht stand. Ältere Kinder wie Benito, denen das Jungssein und Mädchensein gerade besonders wichtig war, staunten zwar demonstrativ darüber, trollten sich aber bald zu anderen, wichtigeren Dingen. Wenn das Kleid bei der Arbeit mit dem Akkuschrauber störte, legte Valentin es einfach ab. Nacktsein war im Ballerfatz ebenfalls erlaubt, vorausgesetzt, es war warm genug.

Dass Valentin zwei Papas hatte, war immer noch ein Aufreger, aber ein derart übertrieben aufgeführter, dass ich bald nur noch darüber lachen musste.

Wenn ich klingelte, um Valentin abzuholen, war die erste Frage des Kindes, das mir öffnete, eigentlich immer: „Bist du einer von Valentins Papas?“ – auch wenn das entsprechende Kind mich schon Dutzende Male gesehen hatte. Bestätigte ich dies, brüllte das Kind unfehlbar quer durch die ganze Kinderladenbaulandschaft: „VALENTIN, DEIN PAPA IST DA! EINER VON DEINEN PAPAS! ES IST DER ANDERE PAPA!“ Nur, um mich dann strahlend anzulächeln und in Gesprächslautstärke zu verkünden: „Valentin hat zwei Papas!“

„Was du nicht sagst“, antwortete ich dann. Oder manchmal auch: „Und eine Mama!“

„UND EINE MAMA!“

„Aber die wohnt nicht bei uns. Sie kommt zu Besuch.“

„DIE KOMMT IMMER ZU BESUCH!“

Irgendwann tauchte Valentin aus den Tiefen der Ballerfatz-Katakomben auf, halbnackt, mit Filzstift bemalt, einen Akkuschrauber in der Hand, patschnass, klebrig von Gummibärensaft und die Hände voller Leim, und erlöste mich.

„Und, wie war's?“, fragte ich dann.

„Blöd.“

„Aha. Und was hast du so gemacht?“

„Nix.“

„Das sehe ich. Was gab's zum Mittag?“

„Nudeln.“

Und dann gingen wir nach Hause.

Angenehmer gestaltete sich die Türsituation eigentlich nur, wenn Alina öffnete, mit der Valentin gerne Kleidertausch betrieb. Es blieb mir ein Rätsel, wie die beiden das anstellten, denn Alina war ein Jahr jünger und gute anderthalb Köpfe kleiner. Sie war ein ernsthaftes Mädchen mit einem nussbraunen Haarhelm und Augen wie aus einem tschechischen Märchenfilm.

„Das ist die Alina“, sagte sie jedes Mal, wenn sie die Tür öffnete. Sie machte nie ganz auf. Die Arme-Bauerstochter-Augen linsten immer nur durch einen Spalt ins Treppenhaus.

„Ich bin der Jannis“, sagte ich jedes Mal. „Ist der Valentin da?“

Alina blinzelte und atmete vernehmlich durch den Türspalt. Die Frage schien sie an ihre Grenzen zu treiben.

„Das ist die Alina“, sagte sie schließlich.

„Alina, das weiß ich. Ich bin's Jannis. Ich bin hier, um den Valentin abzuholen.“

Die Tür ging zu. Ich klingelte erneut. Die Tür ging wieder auf. Schlehen-im-Schnee spähten durch den Spalt.

„Das ist die Alina.“

„Alina, lass mich rein.“

Ich hätte schwören können, dass irgendwo in der Rowohltstraße eine Nachtigall sang, die sich als Amsel getarnt hatte.

Schweigen.

„Ich werde schon drei. Dann bekomme ich Kuchen.“

„Großartig.“ Ich streckte die Hand nach dem Türgriff aus. Alina schlug mir die Tür vor der Nase zu.

„Das ist die Alina“, hörte ich von drinnen.

Irgendwann kam dann Benito oder Erich oder Malu und klärte die Lage.

„Alina, was machst du da? Warum machst du denn nicht auf?“

„Das ist die Alina.“

„Lass mich mal. Ja, hallo? VALENTIN! DU BIST ABGEHOLT. ES IST EINER VON DEINEN PAPAS! NÄMLICH DER EINE!“

Und dann kam aus einem Loch oder einer Ecke Valentin gekrochen, voller Schlamm, ohne Socken, mit Schere, Akkuschrauber, einer Leimpistole oder einem Puppenbein in der Hand, sagte, es sei blöd gewesen, er habe nichts gemacht, es habe Nudeln gegeben, und er wolle jetzt nach Hause.

Ich hatte mich in diese Routine gerade so richtig schön reinfallen lassen, als ich plötzlich beim Abholen in dem Fach, das Valentin in der Garderobe für seine Klamotten, seinen Kinderkram, seine Papierschnipsel und von der Straße aufgelesenen Müll unterhielt, eine Einladungskarte fand, auf der er für den kommenden Samstag bei Alina zum Geburtstag eingeladen war.

Mir war das sofort unangenehm. Eingedenk der traumatischen Erfahrungen mit der Marleenmama in der blöden Kita hatte ich mich bisher erfolgreich um beinahe jeden Elternkontakt im Ballerfatz gedrückt. Außer Guten Morgen und Auf Wiedersehen presste ich mir nur freundliche Blicke ab. Ich hatte geglaubt, damit würden sich die anderen Eltern auf Dauer zufriedengeben. Dem war anscheinend nicht so, „ein Papa" war ausdrücklich mit eingeladen.

„Was ist das?", fragte Valentin.

„Eine Einladungskarte", sagte ich. „Du bist bei Alina zum Geburtstag eingeladen."

„Oh." Valentin überlegte. „Ist das mit Geschenken?"

„Vermutlich sollten wir ein Geschenk kaufen, ja."

„Dann gehe ich hin."

„Das ist aber dann für Alina."

„Dann nicht."

Ich machte noch ein paar halbherzige Überredungsversuche, aber insgeheim war ich ganz froh, um diesen Geburtstag herumzukommen.

„Natürlich geht ihr da hin", sagte Levi am Abend empört, als Valentin im Bett war und ich beiläufig die Einladung erwähnte. „Ob Valentin will oder nicht."

„Warum?" *Das ist der Jannis,* hätte ich am liebsten gesagt. Mit dieser Zauberformel kam Alina ja schließlich auch durch eine verwirrende Welt. Und von Kindern lernen hieß bekanntlich siegen lernen.

„Weil unser Sohn unter anderem auch deshalb eine Kita besucht, um zu lernen, wie man mit Gleichaltrigen umgeht. Was dir im Übrigen auch nicht schaden könnte. Ihr werdet also ein angemessenes Geschenk kaufen, Samstag dahinfahren und schön Topfschlagen spielen oder was auch immer da passiert. Und dann kommt ihr nach Hause und ich bin furchtbar stolz auf euch."

„Geh du doch mit ihm dahin, wenn du das so wichtig findest."

„Erstens kann ich bereits mit Gleichaltrigen umgehen. Zweitens habe ich keine Lust. Und drittens darf ich dich wohl daran erinnern, dass du letzten Dienstag mit Rahels Typ nach der Bandprobe noch bis morgens um zwei trinken warst und meintest, dafür hätte ich was gut."

„Aber doch keinen ganzen Kindergeburtstag mit anderen Eltern! Was ist mit Freitag? Da warst du mit deinen Lesben beim Rocky-Filmabend."

„Und ich bin früher nach Hause gekommen, weil *du* am nächsten Tag Zwerge-und-Elfen-Spielen hattest. *Morgens um zehn.* Das schlägt ja wohl alles. Nimm deine innere Therapeutin mit, dann bist du nicht so allein."

Irgendwie hatte ich das Gefühl, dass er meine Versuche, die aggressiven Anteile in mir gezielt zu verstärken, nicht ganz ernst nahm. „Die hab ich verschenkt. An Herrn Stöker", brummte ich und versuchte, meine Kakaotasse über dem Batman-Heft zu balancieren.

„Das muss ich jetzt nicht verstehen." Levi rückte die Schlafbrille zurecht und wühlte sich ins Kissen. „Was mich sehr froh macht, denn ich *verstehe* es auch nicht. Ihr geht zu diesem Geburtstag. Und ich nehme dafür den Valentin, dann kannst du Mittwoch mit Rahel zu DJ Harvey gehen."

„Die heißt PJ Harvey." Ich gab mich weiterhin brummig, aber das Konzert war ein starkes Argument.

„Ich weiß. Ich will dich nur ärgern. Gute Nacht, mein Hase."

Ich versuchte, mich auf den Comic zu konzentrieren, verwechselte aber beständig Robin, Damian und Nightwing. Ich betrachtete den schlafenden Levi und seufzte. Draußen trällerte eine Amsel die Arie des Cherubino. „Neue Freuden, neue Schmerzen". Oder war es eine Nachtigall? Ich warf das Heft weg und fiel in unruhigen Schlaf.

Valentin suchte für Alina einen hübschen Akkuschrauber aus Plastik aus, und wir setzten uns am Samstag in die Tram in den Pullovermopsstadtteil.

Alina wohnte mit ihrer Mutter in einem Hausprojekt. Ein Hausprojekt bedeutete, wie mir klar wurde, als wir den sorgsam gepflegten Kiesweg entlangschritten, keineswegs ein selbst verwaltetes, besetztes Haus, das auch einmal für Boxkämpfe und schwarze Messen vermietet wurde, sondern ein sehr moderner Klotz von Eigentumswohnungen, in dem sich alle irgendwie kannten und gemeinsam die Mülltrennung organisierten.

Valentin klingelte.

„Wenn das mal gutgeht, Valentin", seufzte ich.

„Warum gutgehe?"

In meiner Fantasie gab es bei einem Kindergeburtstag unendlich viele Möglichkeiten, wie Valentin *anders* sein konnte. Ich liebte ihn für sein Anderssein, aber ich würde ihn erklären, in Schutz nehmen und übersetzen müssen. Ich hatte nichts dagegen, auch mal Gesicht zu zeigen, aber nur, wenn es mir gefiel. Ich wollte nicht immer Gewehr bei Fuß stehen und für Valentin stark sein müssen.

Meine innere Therapeutin hob die Augenbrauen.

„Ich dachte, ich hätte dich verschenkt“, murmelte ich.

„Warum verschenkt?“, fragte Valentin und presste das Paket mit dem Plastikakkuschrauber fester an sich.

„Ich bin eine *innere* Therapeutin“, sagte meine innere Therapeutin.

Der Lautsprecher neben der Tür schnarrte. „Das ist die Alina.“

„Püppi, lass mich mal“, sagte Alinas Mama im Hintergrund, und dann ging der Türsummer.

Wir stiegen die Treppe hoch. In der Tür erwarteten uns Alina und ihre Mama. Drinnen hörte ich Benito und Erich.

„Hi“, sagte die Mama. „Britta.“

„Hallo. Jannis.“

„Weiß ich doch“, sagte sie. Drinnen war alles etwas großfenstrig. Die Einrichtung der loftigen Einraumlandschaft bestand aus einer sehr teuren Einbauküche, einem Ikea-Sofa, einem Bücherregal und einer abgestoßenen Stereoanlage. Kindermusik spielte. Es gab Plastikbecher mit Saft, Kuchen und Salzstangen.

„Hallo, Alina, alles Gute zum Geburtstag“, sagte ich.

„Heppi Böti, Lalade im Schuh“, sagte Valentin und versteckte das Geschenk hinter dem Rücken.

„Ich habe Kuchen“, sagte Alina. „Ich bin schon drei.“ Sie hatte ein offenbar neues, gepunktetes Kleid an, das ihr etwas Käferhaftes verlieh. In ihm mümmelte sie noch ernsthafter an ihren Trademark-Sätzen.

„Sag mal danke“, sagte Britta.

„Das ist die Alina“, sagte Alina und ging weg, an der Anlage drehen.

„Ich glaube, sie ist schon ein *bisschen* enttäuscht jetzt“, sagte Britta. Sie lachte vorwurfsvoll. „Alina, mach das nicht so laut, bitte!“

Alina machte noch lauter. Erich und Benito schrien begeistert.

Britta stapfte hinüber und schaltete die Anlage aus. „Dann gibt es eben keine Musik." Auf dem Weg in die sehr teure Einbauküche sagte sie zu niemand Bestimmtem, aber ganz bestimmt zu mir: „Das macht sie immer, wenn sie unter Stress gerät."

Der Stress, das war Valentin und seine Weigerung, einer Dreijährigen einen Plastikakkuschrauber zu überreichen.

Ich schielte auf meine innere Therapeutin. „Hapüü", machte ich. Wer hätte gedacht, dass mir Herr Diedas' Esoterikfimmel noch mal zupasskäme? Meine innere Therapeutin zeigte mir beide Daumen.

„Komm, wir ziehen uns erst mal aus", sagte ich zu Valentin. „Das Geschenk kannst du ja auch noch später überreichen."

„Nein", sagte Valentin. „Ich will das behalten. Ich finde es blöd hier. Komm, wir gehen."

„Wir gehen nicht", sagte ich. Zwar wäre ich gerne gegangen, aber das wäre mir noch peinlicher gewesen als Valentins Auffälligkeit.

„Gebitchmoved von der eigenen Scham", höhnte meine innere Therapeutin.

„Gerade du als Frau solltest so was nicht sagen", murmelte ich.

„Ich sollte *was* nicht sagen?", fragte Britta aus der Einbauküche. „Du bist genau so schwer zu verstehen wie dein Sohn."

Hapüü, atmete ich. Valentin schmiss die Jacke in den Flur, versteckte das Geschenk darunter und tappte in Richtung Anlage. Sie hatte viele Knöpfe, Rädchen und blinkende Lichter. Die Kinder wussten offenbar schon aus dem Kinderladen um seinen unheilvollen Drang, alles zu drücken und zu drehen, was sich drücken und drehen ließ, und auch so manches andere. Alina lachte Valentin entgegen. Die beiden teilten offenbar mehr als den gleichen Kleidergeschmack.

Zur Ablenkung ging ich auch in die teure Einbauküche.

„Wo sind denn die Eltern von Erich und Benito?"

„Nicht da. Die meinten, die beiden Großen können das auch alleine." Britta hackte mit einem sehr großen Messer Kräuter und schmiss sie in eine Salatschüssel. Ich hoffte, dass sie nicht vorhatte, den Valentin vorzusetzen. Oder irgendeinem Kitakind.

„Blöd", sagte ich.

„Hmhm", sagte Britta. „Nicht SO LAUT!"

Valentin und Alina hatten den AN-Knopf und den Lautstärkeregler gefunden. Britta war mit drei Schritten da und zog den Stecker.

„Oh-oh", sagte meine innere Therapeutin.

„Mehr fällt dir nicht ein?", fragte ich.

„Kannst du da *vielleicht* mal aufpassen?" Britta verschanzte sich wieder hinter ihrem Salat.

Vielleicht, dachte ich, sollten wir wirklich gehen. Ich seufzte, ganz ohne Hapüü, sondern aus echter Ratlosigkeit. Ein Bücherregal hatte Britta auch. Warum es in der Küche stand, war mir schleierhaft, aber immerhin. *Das Glasperlenspiel*, las ich. *Das Enneagramm. Die 33 1/2 besten Selbsthilfetipps aus „Mängelexemplar"*. Gott der Gerechte. Wer so was las, der servierte auch Vierjährigen Salat. Aber dann. *Arbeit und Struktur. Fool on the Hill. My Mother: Demonology.* Okay, diese Frau konnte nicht so unsympathisch sein, wie sie im Moment tat. Immerhin hatte sie ja, fiel mir ein, Kuchen hingestellt. Und die Kinder durften sich selbst bedienen.

„Der Stecker ist ja jetzt raus. Kann ich dir vielleicht mit dem Salat …", fing ich an.

„Es ist doch egal, ob der Stecker raus ist. Es geht ums Prinzip." Sie schmiss die letzten Kräuterfetzen in die Schüssel und funkelte mich an. Die Schlehen-im-Schnee-Augen hatte ihre Tochter von ihr. „Du gibst deinem Sohn ja eh immer nach. Das ist mir schon in der Kita aufgefallen." Britta schüttelte den Salat durch, als wollte sie sichergehen, dass nichts in der Schüssel überlebte.

Meine innere Therapeutin zeigte mir, wie ich jetzt stehen musste. Weich und fest. Ich nickte ihr zu. Sie redete ein bisschen viel, aber wenn es drauf ankam, war sie ihr Geld wert.

„Na, es ist halt die Frage, worüber man sich streiten will", sagte ich. Ich war drauf und dran, mich zu verteidigen, aber stattdessen überlegte ich, was ich eigentlich sagen wollte. „Es gibt ja nicht immer nur den einen Moment. Es entscheidet sich nicht immer alles jetzt und hier."

Las ich denn hier aus dem *Glasperlenspiel* ab oder was? „Ich weiß halt auch oft nicht so genau. Ich finde, es ist ganz okay, wenn der Valentin merkt, dass man nicht immer alles so genau wissen muss und auch nachgeben darf. Besser, als wenn er später beim Therapeuten erzählt, dass ich ihm bei seinem ersten Kindergeburtstag das Geschenk mit Gewalt aus den Händen gepult habe."

„Hm", machte Britta. „Ich weiß nicht." Sie stellte die Salatschüssel ab und wischte sich über die Stirn. „Vielleicht hast du auch recht. Tut mir leid. Ich bin ein bisschen überfordert hier mit den vier Kindern. Ich will halt, das alles gut läuft. Das ist auch mein erster Kindergeburtstag."

„Wir waren ja eigentlich alle schon mal auf unseren Geburtstagen", sagte ich.

„Hä?", machte Britta und zog eine Grimasse, die sie sagenhaft hässlich machte. Jetzt war sie mir sympathisch.

„Egal. Aber habt ihr nicht schon vorher gefeiert? Den ersten und zweiten Geburtstag?"

„Ah." Britta trocknete sich die Hände ab. „Scheidung. Alleine jetzt. Eklig. Neues Thema."

Die sparsame Einrichtung in der großen Wohnung bekam plötzlich einen ganz anderen Sinn.

Alina saß mitten auf dem Wohnzimmerteppich und schälte den Plastikakkuschrauber aus dem Papier. Valentin stand mit Dinosaurierarmen daneben und trat von einem Fuß auf den anderen. „Valentin hat zwei Papas", flüsterte Erich laut zu Benito.

„Ich mag die Alina", sagte ich. „Sie ist so ernsthaft."

„Ernsthaft hat noch keiner gesagt." Britta stützte den Kopf auf die Hände, während sie zu den Kindern hinübersah. „*Schwierig* sagen sie sonst immer. Wegen der Sprachentwicklung."

„Ich kenne eine gute Logopädin", sagte ich.

Wir guckten eine Weile weiter zu. Erich und Benito bohrten sich abwechselnd mit dem Plastikakkuschrauber in den Po und schrien: „Zweites Loch! Zweites Loch!"

„Warum zweites Loch?", fragte Valentin und knetete sich die Hände.

„Ich habe Kuchen", sagte Alina und reichte ihm ein Stück. Er nahm es verwundert, als wäre es eine Hand, vielleicht seine.

„Ich mag den Valentin auch", sagte Britta. „Man kann ihm alles am Gesicht ablesen, was in ihm vorgeht. Offensichtlich hat er das nicht von seinem Papa."

„Doch, von dem einen Papa", sagte ich. „Dürfen Erwachsene auf Kindergeburtstagen eigentlich Alkohol trinken?"

„O Gott, ja, bitte", sagte Britta.

Es wurde dann noch ein sehr lustiger Nachmittag.

Kapitel 30

Frage 50: Wie stellen Sie sich Ihr Leben mit einem Pflegekind in ca. drei Jahren vor? Was funktioniert, woran müssen Sie noch arbeiten?

„Du dich verstecken!"

Valentin stampfte mit dem Fuß auf. „*Du* Papa seine, *du* dich verstecken. *Du* Kind, *du* suche!"

„Wer soll sich jetzt verstecken?" Levi sah mich entnervt an. Draußen dämmerte es bereits, und wir konnten uns kaum noch erkennen, aber diesen Gesichtsausdruck kannte ich einfach zu gut. Fast zwanzig Jahre waren wir jetzt zusammen, und in dieser Zeit war Levi eine Menge auf die Nerven gegangen: störrische Ziegen, das deutsche Gesundheitssystem, die Bürokratie des Pflegekindwesens, das Dasein als Hausmann und nicht selten ich. In letzter Zeit war es Valentins neueste sprachliche Eigenheit, die ihm den Verstand raubte. Mit fast vier tastete er sich an den Gebrauch von „ich" und „du" heran. „Mein" und „mich", „dein" und „dich" stellten kein Problem dar, aber da ihn ja alle mit „du" ansprachen, fand er es anscheinend nur logisch, dass auch er selbst sich so nannte. Und da man anscheinend andere Personen mit „du" ansprach, tat er das natürlich auch. Beides führte in Valentins Welt zu keinerlei Widersprüchen. In der Welt, in der die meisten anderen Menschen lebten, war heillose Konfusion das Ergebnis. Besonders schwierig war es bei „Verstecken im Dunkeln".

„Meinst du mit ‚du' jetzt ‚du, Papa' oder ‚ich, Valentin'?"

Diese Frage führte manchmal zum Ziel, vor allem, wenn man sie mit sehr deutlichen Gesten – deuten auf sich, deuten auf den anderen – verband.

„Ich, Valentin", sagte Valentin und zeigte auf sich selbst.

„Verstecken oder suchen?" Levi zwang sich hörbar zur Geduld.

„Verstecken."

„Aha. Und *wer* soll dann suchen?"

„Ma-han, *du* suche!" Stampfen im Dunkeln.

„Meinst du mich?"

„*Nein*, du!"

„Er meint", sagte ich vom Sofa aus, „*er* will sich verstecken und *du* sollst ihn suchen." Das Hin und Her ging schon eine ganze Weile, sodass ich mich gesetzt hatte und versuchte, im Restlicht zu entziffern, was Batman und der Joker in Europa trieben. Valentin und Levi waren sich einfach zu ähnlich: Wenn sie sich wie die Ziegenböcke die Köpfe aneinander einschlugen, wahrte man am besten Sicherheitsabstand.

„Ich *weiß,* was er meint. Ich will bloß, dass er es auch *sagt.* Dieses Gerate macht mich wahnsinnig."

Valentin kreischte los, warf sich hin und strampelte so heftig mit den Beinen, dass er sich den Fuß am Esszimmertisch anschlug. Noch schrilleres Weinen war die Folge.

„O Mann." Levi schmiss sich neben mich aufs Sofa. Ich legte den Comic beiseite. Gemeinsam verfolgten wir das Toben des Trotzorkans aus sicherer Entfernung.

„Meinst du, er kann sich da den Kopf anschlagen?"

Levi beugte sich über mich und griff nach dem Comic. „Glaube nicht", sagte er. „Und selbst wenn. Vielleicht fällt er in Ohnmacht und ist ruhig."

Wie viele Eltern hatten wir uns im Lauf der Zeit einen ziemlichen Krankenschwesternhumor zugelegt, wenn es um Trotzanfälle ging. Sorgen machten wir uns natürlich trotzdem, aber da wir aus Erfahrung wussten, dass wir nicht viel tun konnten, außer zu warten, bis der Sturm sich ausgetobt hatte, übten wir uns in ironischer Distanzierung.

„*Du* … nicht … sage … Omacht!“, schrie der Zornkreisel vor unserem Esszimmertisch und hüpfte und sprang in grellsten Chemiefarben.

„Meinst du *ich, Valentin* soll das nicht sagen oder …“

„Hör auf, das ist gemein.“ Das war mir jetzt doch zu viel. Ich klopfte Levi auf den Hintern, während er quer über mir lag und in dem Comic blätterte. „Er hat es schon schwer genug.“

„*Ich* habe es schwer genug“, sagte Levi und wackelte vielsagend auf mir hin und her. „Ich brauche Entspannung.“

„*Du* … nicht … Schespannung!“ Es war zu dunkel, um zu erkennen, ob Valentin Schaum vor dem Mund hatte, aber es hörte sich verdammt danach an. Levi streckte den Arm aus und knipste die Stehlampe an.

„*Nein!* Kein Licht! *Du nicht wolle Licht!*“

Wir mussten beide lachen. Das brachte den wütenden Valentin natürlich nur noch mehr in Rage. Seufzend betrachteten wir unser tobendes Kind und wünschten heimlich, es möge seine Not bald ausgeschwitzt haben.

„Batman und der Joker“, sagte Levi. „Sind die nicht eigentlich irgendwie verfeindet?“

„In diesem Heft arbeiten sie zusammen“, sagte ich. „Ein größeres Übel macht sie zu Verbündeten. Ein heimtückisches Virus, das ihnen ihre Kräfte raubt.“

„Woher kenne ich das bloß“, seufzte Levi und krabbelte von mir herunter. „Batman, wir müssen unsere Kräfte vereinen, um dieses heimtückische Virus in Bett zu stecken, bevor es uns all unsere Kräfte raubt. Vor allem die Kraft, heute noch das Batmobil in die Bathöhle zu fahren.“

Der Sturm vor dem Esstisch verebbte und ließ einen schlaffen, schluchzenden Valentin zurück. „Du müde", sagte er kläglich. „Ganz, ganz müde. Glaube tot. Bitte Bett tragen. Bitte Katze. Danke."

„Okay, komm her." Ich stemmte mich hoch und schlurfte zu dem Bündel Kind hinüber. Der Tag war lang gewesen. Ich hatte Valentin in die Kita gebracht, war nach Hause gefahren, hatte mich hinter den Schreibtisch geklemmt, Valentin wieder abgeholt, den Heimweg mit dem erschöpften und nörgeligen Zwerg hinter mich gebracht und lange Verstecken im Dunkeln gespielt.

Levi war es nicht viel besser ergangen. Er war in aller Frühe aus der Stadt raus auf den Hof gefahren, hatte Tiere begutachtet, Produkte getestet, eine neue Melkmaschine ausprobiert, über Lieferketten und Bilanzen gebrütet, und nach der Heimfahrt im verspäteten Regionalzug noch das Nötigste im Haushalt gemacht. Alle drei Mitglieder unserer Familie wollten, dass der Tag zu Ende war.

Leider war Valentin so erschöpft, dass er noch einmal richtig aufdrehte. Alles wurde zum Test: Abendbrot, Ausziehen, Zähneputzen, Ins-Bett-Gehen, Vorlesen, Einschlafen. Das Brot wurde nicht gegessen und die Banane auf dem Tisch verschmiert. Selbst ausziehen wollte er sich auf keinen Fall, und als ich es probierte, schlug er um sich und holte mir die Brille von der Nase. Ich ließ ihn stehen, was zu einem weiteren Tobsuchtsanfall führte. Ein zerrüttetes Männlein ohne Kopf tauchte Minuten später schniefend und heulend im Wohnzimmer auf, wo ich saß und wartete, dass sich mein Puls wieder beruhigte.

„Du jetzt ausziehe, *wirklich* ausziehe", weinte es aus dem Pulli. Ich guckte in den Kragen. Am Grunde des Pullovers hockte Valentins Gesicht wie eine sehr missgelaunte Unke. Wenn sie sich blähte, schlackerten die Ärmel. „Komm her", sagte ich. „Wir schaffen das zusammen."

Als er nackt war, rannte Valentin weg und verkroch sich in der Küche. Ich stocherte mit dem Besen unter dem Tisch herum, bekam irgendwann ein glitschiges Bein zu fassen und zerrte den quakenden Lurch hervor. Während ich ihn ins Bad trug, tat er sein Bestes, um mich an die Wand zu schmeißen. Ich versuchte, nicht allzu viel abzubekommen. Profiväter wichen solchen Schlägen natürlich geschickt aus. Aber ich war kein Profivater. Ich war bloß ein größenwahnsinniger Schmonzettenübersetzer, der zu viel Alice Miller gelesen hatte.

Die Wogen im Bad schlugen dann noch hoch. Am Ende wischten wir gemeinsam alles auf. Die Zähne wurden nicht geputzt.

Der Weg ins Bett war gespickt mit immer neuen Bedürfnissen. Hunger. Durst. Ein anderes Tier. Ein anderes Buch. Noch ein anderes Buch.

„Ablösung", rief ich.

Levi kam, und Valentin wurde ruhig. Wenn dieses Stadium einmal erreicht war, war das oft das letzte Mittel. Jemand anders musste kommen, und Valentin war wie ausgewechselt. Levi und ich hatten inzwischen eine hervorragende Intuition, wann wir uns abzuwechseln hatten, um eine verfahrene Situation wieder in Bewegung zu bringen. Der wohlfeile Ratschlag, Grenzen zu setzen, doch einfach konsequent zu sein, den die Majas dieser Welt stets im Anschlag führten, brachte uns keinen Schritt weiter. Wann immer wir versucht hatten, auf Biegen und Brechen etwas durchzusetzen, fanden wir uns alle drei entkräftet nach einem Stunden dauernden Streit darum, ob etwas gegessen wurde oder nicht, ob ein Kleidungsstück getragen wurde oder nicht oder ob Valentin getragen wurde oder nicht.

Unser Sohn brachte aus der Zeit, bevor er zu uns gekommen war, von seiner Mutter, seinem leiblichen Vater und den Erfahrungen, die er auf dem Weg bis zu uns gemacht hatte, ein riesiges Kontrollbedürfnis und eine komplementäre Fähigkeit, mit dem Kopf gegen die Wand zu rennen, mit – manchmal auch wortwörtlich. Hier genau so zu reagieren und unsererseits gegen anzurennen, führte nirgendwohin.

Ausnahmen bildeten unsere letzten Grenzen: die Unverletzlichkeit unseres Eigentums, unseres Körpers und das Recht, alleine zu sein oder Zeit als Paar zu verbringen. Hier brüllten wir, wenn es sein musste, genau so laut wie Valentin, oder ertrugen sein Gebrüll mit fester Freundlichkeit, bis er sich erschöpft hatte. Bei allen anderen Anlässen hatte es sich als wirkungsvoller erwiesen, wenn wir uns Valentin nicht entgegenstemmten, sondern im Gegenteil in Bewegung blieben, tänzelten, auswichen, neue Räume eröffneten. Als Boxer, Boxtrainer und ehemalige Münsterländer-Besitzer hatten wir darin zum Glück Erfahrung. Wir versuchten, Vorbilder darin zu sein, dass es noch andere Möglichkeiten gab als nur Sich-Durchsetzen oder nur Sich-Aufgeben.

Ich hörte, wie Levi Valentin leise vorsang, als ich das Tischchen auf dem Balkon vorbereitete. Wein und Gläser nahm ich mit und etwas von Levis Käse. Der Mond schien durch die Kastanie im Hof. Aus den Blumenkästen buddelten sich Junikäfer, die eindeutig verschlafen hatten.

„Er schläft", sagte Levi und plumpste in den Korbstuhl. „Kann nicht mehr. Muss rauchen."

Er rauchte. Im Herbst und Winter, wenn er viel in der Stadt war, gewöhnte er es sich ab. In den warmen Monaten, wenn er unter der Woche manchmal gar nicht mehr nach Hause kam, weil er draußen vor der Stadt bei den

Ziegen stand, da rauchte er. Es stand ihm immer noch sehr gut.

Ich rauchte auch – ausnahmsweise.

„Das sagt einem vorher keiner", stieß Levi irgendwann mit dem Rauch hervor.

„Nee", sagte ich. „Das sagt einem keiner."

„Einkoten", schnaubte Levi. „Einnässen."

„Und *vor allem* Verhaltensauffälligkeiten", sagten wir im Chor.

„Und was die Rammske oder die Biber da noch gemeint haben."

„Er fällt dann immer um", sagte ich und ahmte „pfüüt!" mit dem Zeigefinger das umkippende Kind nach.

„Aber wir wollen Sie auf *gar keinen Fall verschrecken.*" Levi schnipste Asche über die Balkonbrüstung. „Diese verdammten Amseln. Können die nicht mal leise sein?"

„Das sind Nachtigallen", sagte ich eitel.

„Schatz, um diese Zeit singt keine Nachtigall. Glaub einem Hirten."

„Was soll das denn bitte dann sein?"

„Amseln."

Wir hockten eine Weile einfach so da und blieben jeder bei unserer Meinung.

„Das gefällt mir überhaupt fast am besten an uns", sagte ich irgendwann.

„Dass wir einfach so dasitzen können und bei unserer Meinung bleiben?" Levi nickte heftig. „Sehr angenehm! Haben wir das damals eigentlich in diesen Fragebogen reingeschrieben?"

„Ich habe nicht die geringste Ahnung, was wir da alles für Quatsch geschrieben haben." Ich trank beherzt. Der Wein war herb und süß. „Was die so hören wollten, vermutlich."

„Nein! Gar nicht! Wir haben uns da total Mühe gegeben und voll unsere Meinung ausdiskutiert. Immerhin waren wir doch nicht umsonst ‚die Winters mit der *tollen* Bewerbung'!"

„Ach ja. Warte. Wir haben geschrieben, dass wir einen total diversen und … ach, irgendwas Freundeskreis haben. Der uns total unterstützt und supergut für Valentin ist."

„Ja, die sind ja irgendwie kaum in Erscheinung getreten."

„Kann man nicht sagen, nein."

Wir tranken. Der Mond kam auf dem Weg durch die Zweige in die Bredouille und blieb hängen. War vermutlich auch nicht mehr ganz nüchtern. Käsig weiß war er und würde sich aller Voraussicht nach noch zwischen die Mülltonnen im Hof übergeben, ähnlich wie unsere Hausmeisterin.

„Und die Familie?" Levi legte mir die Füße auf den Schoß.

„Nein, danke."

„Ach komm. Meine Eltern haben sich da echt gemacht. Die Urlaube sind cool. Und die machen und tun hier in der Wohnung und sind echt lieb zu Valentin. Die Stolperoma war als Erstes da, damals. So blöd, wie die manchmal sind, aber Familie ist denen wichtig. Da kommen die in Bewegung. Und deine Eltern, also, da bin ich in letzter Zeit auch ein bisschen überrascht. Apropos, warte mal."

Levi schwang die Füße zu Boden und verschwand in der Wohnung. Er kam mit einer Postkarte in der Hand zurück. „Von deiner Mutter", sagte er. „Für Valentin. Aus … ähm, Algier. Da kurvt die wohl gerade rum."

„Was Neues für die Sammlung vom Räffchen." Ich drehte das Papprechteck in den Händen. „Ja, da hat sich was getan. Und mein Vater schickt mir immer eine SMS, wenn so eine alte Schnulze im Nachmittagsprogramm läuft. Er hat es zwar *sehr schwer* …"

„*Sehr* schwer", bestätigte Levi und prostete mir zu.

„… *äußerst schwer*, aber da hat er eben voll den Überblick. Und Valentin liebt das ja, wenn sie da mit ihren Schlitten durch den Kunstschnee sausen und plötzlich anfangen zu singen. Der Schmonzetten-Fluch der Winters wird an die nächste Generation weitergegeben!"

„Wie hast du das gemacht?" Levi packte mir die Füße wieder auf den Schoß und fing an zu wühlen. Ich massierte. Wir konnten das gut.

„Ich habe sie gefragt", sagte ich. „Ich habe mich so lange geärgert, dass meine Eltern nicht das gebracht haben, was ich mir gewünscht habe, da habe ich mir überlegt, was sie mir gut schenken können. Oder uns. Mir und Valentin. Man muss sich von den Leuten, die man liebt, immer wünschen, was sie geben können."

„Wo hast du das denn her?"

„Hat mir ein alter Freund gesagt. Und es stimmt. Ich schlafe besser seitdem."

„Oder du bist wach und telefonierst mit deinem Bruder."

„Ist ja kein Hund mehr da." Ich zuckte mit den Achseln. „Sojus fehlt mir immer noch. Aber irgendwie … irgendwie … kann ich ihn immer noch hören. Weißt du, wer verdammt genau so redet wie der?"

„Na?"

„Meine innere Therapeutin."

Levi kippte den letzten Rest aus seinem Weinglas. „Du und deine innere Therapeutin."

„Hey, die hat mir gute Tipps gegeben. Wenn mein Bruder nachts arbeitet und seine ganze Kohle da in Skandinavien macht, wo die Sonne nie aufgeht, muss ich dann eben auch wach sein."

„Ich gebe zu, es funktioniert."

Wir saßen eine Weile still da und waren jeder für sich einer Meinung.

„Es ist das Wildeste, was ich je gemacht habe", sagte Levi.

„Wilder als Transssein?"

„O ja."

„Wilder als ich?"

Levi hörte auf zu füßeln. „Nicht unbedingt." Er stellte sein Weinglas ab. „Ich wäre gern mehr mit dir zusammen."

„Valentin macht das schon, dass wir uns oft abwechseln und dann nicht mehr so viel zusammen sind", nickte ich.

„Das auch. Aber das meine ich nicht. Ich meine ..." Die Amseln oder Nachtigallen schwangen sich zu neuen Höhenflügen auf. Weiter hinten, vor dem Supermarkt, bellte ein Hund. Vielleicht war es aber auch der Mond, der jetzt doch in unseren Hof reiherte, während die Kastanie ihm den Kopf hielt.

„Ich meine, du kannst sehr gut mit Valentin reden. Und überhaupt mit allen. Mit den Kitaleuten, mit deinen Rahels oder Brittas ... und mit Vampiren. Und Hunden. Mit Tieren und Pflanzen. Manchmal bist du Elfen und Zwerge. Manchmal weiß ich gar nicht, mit wem du redest, aber ich kann sehen, wie du die Lippen bewegst. Ich wünsche mir manchmal, dass du mehr mit mir redest."

Levi schien sehr interessiert an der nächtlichen Ruhestörung zu sein, die der touristische Mond in unserem Hof verübte. Er sah mich nicht an. In letzter Zeit tauchten immer mehr Vollbärtige mit Rollkoffern in unserem Viertel auf. Bei Wohnungsbesichtigungen reichte die Schlange bis auf die Straße. Und jetzt auch noch dieser Hipstermond. Wenn der Bioladen kam, würden wir umziehen müssen.

„Das tut mir leid", sagte ich. „Irgendwie hat es all die Jahre funktioniert."

„Es ist mehr geworden, seit Valentin da ist“, sagte Levi. „Dass es weniger ist, meine ich. Wir waren immer viel voneinander weg, aber jetzt … seit er da ist, komme ich manchmal nicht mehr richtig vor. Und du nicht bei mir.“

„Das ist vielleicht fürs nächste Kapitel“, sagte ich. „Dass wir das auch noch hinkriegen. Also, wieder. Oder überhaupt mal. Man lernt sich halt kennen durch so ein Kind.“

„Man lernt überhaupt so viele Leute kennen. Dieses Pflegekinderding. Das Schwierigste sind diese ganzen Leute, die plötzlich auch dazugehören.“

„Rammske und Biber!“

„Wie hieß die noch, die sich nicht vorgestellt hat. Dreyer.“

„Die sehr vernünftige Frau Brunner. Die sollten wir übrigens mal wieder besuchen.“

„Die Maja.“

„O Gott ja, die Maja.“

„Die Schulpraktikantin.“

„Keine Ahnung, wie die noch mal hieß.“

„Die Marleenmama.“

„Bitte. Ich saufe hier.“

„Der Wollmann.“

„Deine innere Therapeutin.“

„Frau Wasdenn.“

„Die gute Frau Wasdenn! Der liebe Herr Diedas.“

„*Timeo diedados et dona ferentes.*“

„Benito.“

„Erich.“

„Das ist die Alina!“

„Ich habe Kuchen!“

„Und Vanessa.“

„Ja, Vanessa.“

Der letzte Rest Wein verschwand in uns. Der Mond vertrug den Anblick nicht, aber was konnten wir dafür, dass er so ein Weichei war?

„Ich finde, auf ihre eigene Art, die wir wahrscheinlich nie ganz verstehen werden, ist die eine gute Mutter." Levi wackelte schon etwas besoffen mit dem Kopf.

„Das ist sie." Ich war auch schon In-den-besten-Jahren-Weindusel-sentimental. Ich kriegte feuchte Augen. Es fiel mir nicht schwer, mir vorzustellen, was Sojus dazu gesagt hätte. Und beim Gedanken an Sojus musste ich plötzlich richtig flennen.

„Dann", sagte Levi, und ich hörte an seiner Stimme, dass es ihn auch erwischt hatte, „dann hat der Valentin ja eine gute Mutter und *zwei* gute Väter."

„Der Valentin hat *zwei Väter*", sagte ich.

„Den *einen* und den *anderen!*"

Wir saßen eine Weile lachend da und weinten jeder für sich.

„Sind wir das? Gute Väter, meine ich?", fragte Levi, als wir langsam wieder klarkamen.

„Ich habe nicht die geringste Ahnung", sagte ich und musste gleich wieder heulen. „Ehrlich, ich wünschte, die vom Jugendamt würden mal etwas Nützliches tun und eine offizielle Bestätigung dafür raushauen. Aber die kriegt ja nie einer. Warum sollten wir es da besser haben?"

„Ich gebe dir die Bestätigung", sagte Levi. „Du bist wirklich ein guter Papa."

Ich wollte gerne sagen, dass er auch ein guter Papa war, aber ich musste heulen, und ein kotzender Mond schien auf mich, und ich wusste immer noch nicht, welcher Vogel das war, der mich da in den Wahnsinn trieb, und es ging nicht. Aber ich hoffte, dass das zu den Dingen gehörte, die Levi verstand, auch wenn sich nur meine Lippen bewegten.

„Klar", sagte er. „Klar, du Doofmann."

Wir beugten uns vor und tasteten nacheinander. Mehr, als die Mieten in die Höhe treiben und Cafés für schlecht schmeckende Getränke mit Fantasienamen eröffnen, brachte dieser Mond auch nicht zustande. Vernünftig scheinen jedenfalls schon mal nicht.

Valentin fing an zu schreien.

„Ich gehe", sagte ich.

„Bleib nicht zu lange."

Ich tastete mich im Dunkeln ins Kinderzimmer.

„Räffchen, was ist?"

„Du nicht schlafen kanne. Du irgendwie nur liege rum. Mond scheine."

Ich legte mich neben Valentin ins Bett.

„Ja, der hat da noch was zu tun, der Mond. Ich bleib mal bei dir."

Valentin schnullerte angestrengt.

„Warum was zu tun Mond?"

„Na, der muss halt scheinen. Schafft er aber nicht."

„Warum schafft nicht?"

„Zu viel getrunken."

„Warum trinke viel?"

„Valentin, schlaf."

„Du auch trinke."

„Räffchen, nein. Ist vorbei. Geh schlafen. Ich hab dich sehr lieb."

Valentin rummste den Kopf gegen meine Brust, trat mich ein paar Mal und atmete dann regelmäßiger. Ich lauschte auf meinen Herzschlag.

Levi sang leise auf dem Balkon vor sich hin. Das hatte er von seinen Ziegen.

„Papa?"

„Ja?"

Vor dem Supermarkt bellte ein Hund.
Die Amsel oder Nachtigall schmetterte.
Der Wind war frei.
„Du dich auch lieb."
Ich hätte es nicht besser sagen können.